Aki Sung

宋亞樹

Aki Sung
宋亞樹

1/2的女主角

言情名家　宋亞樹——著

第一部　女主角

1

好冷……

摸了幾次都沒找到被子，林喜樂睡得迷迷糊糊的，下意識想關冷氣。

好不容易在枕頭旁撈到冷氣遙控器，嗶——

扇葉轉動，空調送風的聲音規律地傳出來，房裡一下就變得比剛才更冷。

吼，搞什麼啊？原來根本沒開冷氣啊。

她摩娑著手臂，氣呼呼地從床上坐起來，再次按下遙控器上的開關。

根本就不是冷氣開太冷嘛，她還以爲是忘記定時關機了咧。

爲什麼夏天晚上會這麼冷啊？

再度倒回床鋪，將床尾捲成一團的被子拉過來……咦？怎麼會是羽絨被？她的薄被呢？

算了，沒關係，她現在很冷，羽絨被剛好。她蒙住頭，翻了個身……再霍然坐起！

不行，還是很在意。

她伸手想開床頭櫃上的夜燈，可是怎麼也找不到……她的夜燈咧？

僅存的睡意終於完全消失，她開始懷疑這裡不是自己家了。

跳下床，點亮大燈，環顧四周，是她的房間沒錯啊。

床還是那張床，書櫃還是那個書櫃，電腦也還是那個電腦。衣櫥、懶骨頭……所有的擺設都還在原本的位置上。

但她腳上這雙假掰得要命的蕾絲拖鞋是怎麼回事？不對，不只是拖鞋，定睛一看，所有的東西都不太對勁。

原本一雙十元的塑膠拖鞋變成蕾絲拖鞋，素色床單變成粉色公主風床單，床旁還掛著紗幔，就連她原本清一色黑的鍵盤、滑鼠都變成粉紅色的……

唰一聲滑開衣櫥，裡頭原本掛著的白灰黑無色彩衣物全被輕快活潑的五顏六色取代，粉紅、柔黃、艾綠……居然還有紗裙、蓬蓬袖這種打死她也不會穿的浪漫款式。

既然衣櫃裡都已經這樣，那她現在身上穿的是……？

她顫抖的視線從蕾絲拖鞋緩緩上移，經過一截光裸的小腿肚和半截白嫩的大腿，正想吐槽自己下半身到底有沒有穿衣服時，映入眼簾的緞面絲綢裙子差點沒把她嚇壞。

這什麼鬼?!只有性感睡衣才會長這樣吧？

伸手一拉，大半個胸部幾乎從低得不能再低的領口掉出來。慘了慘了，這是被撿屍，還是遇到什麼變裝殺人魔了嗎？

不對，她不菸不酒不跑夜店不喝陌生人的飲料，撿什麼屍啦？

衝到全身鏡前一看，沒有馬上中風真的全憑她身強體健。

鏡子裡的女人衣不蔽體，胸前深V開到腰際，裙子短得只能遮住半個臀部，搭配一件薄得不能再薄的綁帶丁字褲。

開什麼玩笑？有人趁她睡著時幫她換上這個嗎？

又或是，難道她穿越了？重生？奪舍？附身？借屍還魂？

等等，她死了嗎！不可能吧?!

腦海裡竄出許多莫名其妙的念頭，她深深吸氣，看向鏡子裡映照出的臉，接著再緩緩舒了一口長氣。

太好了！鏡子裡的臉是她的沒錯。

看她嚇得有多厲害，居然連重生、奪舍種種謬想都出現了？

只是，到底爲什麼夏天會這麼冷，而且她還穿成這樣？

她驚魂未定地從衣櫥裡抓了件薄外套和薄長褲出來，對著那柔美的鵝黃色皺眉，勉爲其難地穿上。

才想走出房門去倒杯水冷靜一下，腳步一停，後知後覺地意識到某些怪異之處，又緩緩地踱回全身鏡前。

眨了眨眼，是她的錯覺嗎？

她的皮膚好像白了點，臉上的斑不見了，頭髮也長了些……

所有的動作都重來一遍，視線下移，胸還是那個老是被她嫌太大，卻總被人誤會成是故意在炫耀的E罩杯，腰還是那有點肉肉但不至於太胖的腰，腿……腿毛呢？

居然連腿毛都刮得這麼乾淨，這也太澈底了吧？

等等！她的指甲上還有亮片與水鑽是怎麼回事？她從不做美甲的啊！

地球一起瘋了嗎？

一切都太奇怪了。

回房途中，不經意瞥見牆上月曆，連四天紅字。

對，連續假期，她知道啊，剛過完端午連假……不對，怎麼是九月？

九月二十一日，剛放完中秋連假，怎麼會？

她揉了揉眼睛，可不論怎麼看都是九月，飛快衝回房間打開手機與電腦，顯示日期都是九月二十一日。

冷靜，一定有哪裡弄錯了。

深呼吸，打開電視新聞，不論是國內、國際，全是相同結果……還有什麼能夠確認今天日期的方法？

她踉蹌了一下，跌坐在椅子上，腦海裡不停盤算各種念頭。

怎麼可能一覺睡醒就從端午變中秋？這是什麼縮時攝影又或是睡美人的概念嗎？

不如請個長假緩一緩好了，她的存款應該還能撐一陣子……

打開存款簿，猛抽一口氣，她慶幸自己坐在椅子上。

六位數的存款如今只剩四位數，而且距離發薪還不到兩星期，怎麼會窮成這樣啦？

這可是她從大學時打工一路攢來的欸！

到底發生了什麼事？精神分裂嗎？殺了她吧！

她瀕死地趴在桌上，前額叩叩叩撞著桌面。

在還沒把自己撞暈之前，林喜樂先把她的理智撞回來了。

冷靜下來之後，她開始尋找蛛絲馬跡，推敲這遺失的三個月。

電腦、手帳、抽屜、手機、電子郵件信箱……能開的全開了，拜社交軟體所賜，臉書和LINE上也充斥著許多痕跡。

登入密碼都和三個月前相同，能夠毫無阻礙地上線，幸好這三個月裡，她的第二人格——姑且就當作是第二人格吧——沒有喪心病狂到把密碼全換掉。

這麼一想，她是不是應該更新密碼，以防第二人格哪天又回來胡搞瞎搞呢？

但是，話又說回來，倘若第二人格伏藏在她的潛意識裡，能夠窺知她的一切，那她現在換密碼有什麼用？

啊，不管了，先換再說。

一個動念，她便將所有密碼全換了，調整了下坐姿，開始檢視——

六月二十六日。她報名駕訓班。

六月三十日。她在住家附近的醫美診所預付了價值超過十萬元的全年課程，甚至還做了皮秒雷射。

七月一日。她大成本治裝，除了衣櫃裡已經看到的那些之外，就連鞋子也全部從中低跟換爲中高跟，瞬間又花了五位數。

七月十五日。她重新布置、整理房間，添購新床單、電腦配件。

七月三十日。考上駕照的同日下午，她買了一部車，還申請了公司停車位，車牌號碼是她現在知道爲什麼辦公室裡的大家都說傅然的眼睛是桃花眼了，被他這麼盯著瞧，實在很難正常呼吸。

「我要去搭公車。」她指著不遠處的公車站，避重就輕地回答問題。總不能說她要去看身心科吧？

傅然挑眉，看了眼腕錶。「妳要自己去展覽館？現在還太早了。而且我們不是約好八點了嗎？現在還有一個小時。」

林喜樂露出Loading的表情，一臉茫然，可是無論再如何下載，她也找不回遺失的資料。除了搞不懂要去什麼展覽館之外，更搞不懂爲何傅然一副和她很熟的模樣。

「爲什麼要去展覽館？」她眨了眨眼睛，相信她現在看起來一定像個智障。可惡！那個第二人格爲何不把每件事都鉅細靡遺地記錄下來？

「我們要去勘查尾牙場地。」傅然盤起雙臂，審慎地打量著她。

這不是他第一次覺得她很奇怪了，最開始的時候，就是三個月前。

「尾牙還早吧？」慘了，難不成現在不光是睡覺會縮時，和人說個幾句話也會時光飛逝嗎？該不會和傅然講完話，她就進入更年期了吧？

林喜樂戰戰兢兢地想著，小心翼翼地問：「而且，爲什麼總機要勘查尾牙場地？」

傅然微乎其微地嘆了口氣。「我是福委會主委，妳是委員。」

「福委會？我？」她驚愕地指著自己。

福委會，全名爲職工福利委員會，簡單來說，就是公司裡爲職工謀福利的單位，負責尾牙、摸彩、說明會、座談會……等等各類大小活動。

除了要爲同仁謀福利，爲公司省預算，和廠商搏感情，也要考慮到報稅節稅、人情壓力、長官意願、同仁感受……種種雞毛蒜皮的枝微末節。

眾人之事就是麻煩之事，沒支薪，下班時間被吃光光，還會被同事討厭、被主管抱怨，根本是一場災難。

傅然就算了，他天生領導人才，當主委一點也不奇怪，而她一個邊緣小總機當什麼福委？

「妳忘記了嗎？」傅然盯著她變了好幾變的表情，腦海裡的念頭也同時隨著她的臉色轉了好幾轉。

「沒有，我沒有忘記。」根本沒記起來過啊！她嘀嘀咕咕。「到底誰陷害我？」

除了被陷害之外，她眞想不出自己爲何會在福委會裡。一定是這樣，福委會兩年一任，七月遴選，正好在她失去記憶的這三個月裡。

耳力絕佳的傅然全都聽見了。「妳主動向HR主管申請的。」HR是公司裡的人力資源部門，也是她的直屬單位。

「……」什麼？居然是這樣？她尷尬地直衝著傅然笑，覺得自己笑得像個神經病，顏面神經都快失調了。

哈哈，看來這三個月的她眞是上進啊！這是一個邁向人生災難組的節奏嗎？

她該不該向傅然開誠布公，說她完全沒有這三個月的印象？

可是，一來她和傅然並不熟，誰知道他會有什麼反應，說不定根本不相信她，以爲她在胡說八道。
二來，倘若傅然相信她，而她就醫後，萬一得到了什麼驚人的診斷報告，傅然位於公司要職，會不會順勢報告公司，說她不適任，因此資遣她？
不行不行，她現在一窮二白，硬著頭皮也得演下去，福委就福委！
「呵呵，我只是想考考你記不記得而已。」話轉超硬，林喜樂笑得更尷尬了。
傅然眸光深沉地注視著她的反常，腦子裡想的卻和她是截然不同的方向：

她現在是誰？又想測試他什麼？

這三個月內，他一直吃著她陰晴不定、反覆無常的虧，簡直像被她耍著玩，有氣沒地方發，還僅能見招拆招。
兩人一發不語地盯著對方，各懷心思，氣氛和她臉上的笑容同樣凝滯。
傅然挑了下眉，微微勾唇，緩緩走近她，居高臨下睇著她的神情像隻發現獵物的貓。
「寶貝，妳的每件事我都記得。」傅然俯身凝注她，溫暖的呼息噴薄在她鼻尖，好看的五官瞬間在她眼前放大，近得林喜樂幾乎能感覺到他的眼睫搧動。
突然調戲良家婦女是哪招?!林喜樂被他嚇了一大跳，瞬間往後退了好幾步，差點跌倒。
傅然眼明手快扶住她後腰，兩人距離更近，他身上若有似無的木質調古龍水味環抱住她，和她後腰上的手一樣，將她擁得牢實。

後腰……他摸到贅肉了吧？她趕忙站直身體，腰肉和臉頰同時發燙，全身雞皮疙瘩竄起。

這肉麻得要命的氣氛是怎麼回事？「寶貝」這稱呼又是怎麼回事？

在她的印象裡，傅然並沒有暱稱公司裡哪位女同事「寶貝」的習慣，也沒有任何關於他流連花叢、玩弄女性的傳聞八卦，難道……

「打電話給我。」她急中生智，決定賭一把。

傅然看著她的眼神像看著賊。

「我忘了有沒有帶手機出門，拜託。」她還假意掏了掏包包。

這什麼小兒科伎倆？她可是先拋出問句，才裝模作樣翻找肩包的，傅然怎會看不出來？但他仍善心大發地拿出手機，撥了通電話給她，試圖想弄清她葫蘆裡在賣什麼藥。

鈴——手機鈴音響起，來電顯示上的「男朋友」讓林喜樂萬念俱灰。

這時候眞不知道該不該感謝第二人格和大多數女生一樣，有更改聯絡人暱稱的習慣。

開什麼玩笑?!不過三個月，她居然連男朋友都交了，再來九個月是不是連孩子都生了？而且，爲什麼是傅然啊？她可是有暗戀對象的欸！

她再度想撞牆，可惜路邊無牆可撞，只能用盡所有詞彙詛咒第二人格。

「寶貝？」傅然眼裡的探究從來沒有消失過。

好好好，寶貝就寶貝，福委就福委，在幾乎是零的存款面前，尊嚴和清白都不值得一提。

林喜樂，快入戲！

「再考考你，今天是我們交往的第幾天？」林喜樂毫無感情地假笑，入戲兼打探情報。她眞是絕頂聰明，超佩服自己。

她和傅然雖然在同一間公司上班，但不算十分熟悉。她是總機，身為公司門面，本來就會和各部門的人有所接觸，而她與傅然的交情就是如此表淺，到底是怎麼成為男女朋友的？

「第六十七天。」傅然居然連想都沒想。

菁英就是菁英，這記憶力也太好了吧？林喜樂瞠目結舌地看著他。

「我們爲什麼會交往啊？」六十七天？也就是說，第二人格接手她的身體沒多久，馬上就搞定公司裡的黃金單身漢了？這是什麼出神入化的操作？

「妳主動的。」傅然聳了聳肩，眼底依舊閃動著她無暇看清的思緒。

到底多愛主動？她又開始在內心咒罵第二人格了。「那你爲什麼會答應？」

接連幾個問句，傅然已經知根搭底，看清她在裝模作樣，玩興一起，吊兒郎當地答：「妳把大半個胸部放在我桌上，哭著說妳暗戀我很久了，哪個男人會不答應？」

把大半個胸……

王八蛋！變態！下流！混帳！

林喜樂已經搞不懂她究竟是在罵第二人格還是在罵傅然了。

踢公伯啊，爲什麼要對她如此殘酷？她的畢生志願只是當個小透明啊啊啊！

想想存摺上那慘不卒睹的四位數，心裡一揪，她忍！

「走吧，不是要去勘查場地嗎？」結束了內心的崩潰之後，她端出身爲總機最引以爲傲的官方笑容，直勾勾地盯著傅然微笑，聲音甜美地彷彿能掐出蜜，內心澎湃地彷彿在下戰書。

誰怕誰？

再給她三個月，不，不用三個月，她一定會以最快的速度，解決尾牙，解決福委會！解決第二人格，解決傅然！

爲了活下去，爲了當回小透明，她要安、全、下、莊！

「等等。」傅然一把拉住勢如破竹但不曉得要衝去哪裡的林喜樂。

「幹麼？」她轉過頭，拚命阻止自己齜牙咧嘴地瞪向她下流又混帳的「男朋友」。

「現在才七點多，跟展場人員約好的時間都還沒到，先吃過早餐再去吧。」傅然將腕錶舉到她面前。

他這麼一舉，倒是讓林喜樂想起些什麼了。

剛剛傅然攔住她的時候，就曾經提到「現在還太早了」對吧？這意思就是指他們兩個有約，但她出門得早了。

既然如此，那傅然也這麼早幹麼？而且，照這情形來推敲，傅然出現在她家樓下，應該就是來等她的吧？

「你爲什麼這麼早來？」

傅然眼神一爍，沒有回答她的問題。

「走吧，去吃早餐。」傅然邁開長腿，舉步便走

神神祕祕的……她瞇起眼，奇怪地打量著他的背影。

算了，她現在身上全是連自己都搞不懂的祕密，自顧不暇，哪裡還有空閒時間管傅然？先

吃飽再說！

背好肩包，她小跑步跟上傅然。

✻

手寫字「*All Day OPEN*」的掛牌懸掛在漆著綠色油漆的門板上，在每個客人進門時，撞擊出清脆的迎賓聲響。

林喜樂與傅然坐在緊鄰落地窗的座位，桌上透明碗裡的生菜被林喜樂的餐叉反覆翻動，片片都裹滿了閃亮亮的油醋。

她皺著眉頭，一遍又一遍看著手裡的文件，一口又一口地將生菜沙拉放進嘴裡，毫無意識地咀嚼。

那是傅然交給她的尾牙場地平面圖，上頭密密麻麻地注記著許多注意事項，據說是她親手做的。可她左看右看，這字跡根本不是她的，倒是和她手帳上這三個月來的筆跡相同——可想而知，又是第二人格寫的。

她回想起網路上那些關於精神疾病的文章，暗忖自己是不是太壓抑，才會一夜睡醒，風雲變色。

但無論她怎麼想，都覺得生活過得很愜意也很滿意，不太可能是這樣。或許，在尋找身心科醫師之前，她也需要先做一下腦部檢查？

會不會只是腦部受創，暫時性失憶？但是，話又說回來，失憶會連字跡都改變嗎？

她神思不屬地吃著早餐，傅然支著下巴睞著她，神情裡同樣也有著幾分茫然。

油醋醬，不是千島醬；就連附餐飲料也選擇了熱飲，而非冷飲。和她在這三個月裡的選擇都不相同。

是臨時起意想換口味？或是她又想整他了？還是他的推測有可能是眞的？

慢條斯理地用完餐，傅然盯著她，忍不住問：「妳有沒有什麼話想對我說？」

「啥？」林喜樂放下文件，不解地眨了眨眼睛。

「我是說，有沒有什麼事我能幫忙？」

有啊，離我遠一點，王八蛋變態下流混帳！她把這些話和生菜一起通通嚥進去。

「你可以讓我退出福委會嗎？」有問有希望！她試探性地問。

「不行。」怎麼可能？名單都上繳了。

「你可以給我二十萬嗎？」

「不行。」前陣子花錢如流水，如今想找他借錢，想都別想。而且，她居然是用「給」而不是「借」，眞是欠揍。

「你可以和我分手嗎？」

「不行。」

「那沒有了，謝謝。」是不是該上網搜尋一下「最令男人討厭的女人類型」，好讓傅然主動和她提分手呢？林喜樂認眞地想。

超敷衍，超沒誠意，超想掐死她。傅然嘴角一抽，瞪著再度將臉埋進平面圖裡的林喜樂，面帶微笑地將她手中文件抽走。

「寶貝。」

怎麼會有人喊寶貝喊得這麼令人毛骨悚然？林喜樂背脊一涼，心不甘情不願地抬頭看他。眞煩，既不能得罪，又沒辦法由衷地和顏悅色。

「今天不拍照上傳ＩＧ嗎？」傅然食指敲了敲桌面，指著服務生剛端上來的那杯棉花糖熱可可。

五顏六色的棉花糖浮在冒著奶泡的熱騰騰巧克力上，若換成上星期的她，早就邊喊著「好可愛好可愛怎麼會這麼可愛」，邊拍照打卡了。

他的手指眞好看啊，骨節分明又修長。林喜樂微微走神，趕忙將心思拉回來。

她什麼時候有ＩＧ了？滑開手機一看……天啊，還眞的有?!

完全不用猜，第二人格對吧？

「今天沒心情。」她懶洋洋地說，竟然已經沒什麼驚嚇感了，反而還有點慶幸能得到線索的管道又多了一個。

等傅然離開之後，她一定要好好研究一下這個ＩＧ帳號發布了什麼。

「怎麼樣？」傅然忽爾揚起一道眉。

什麼怎樣？想打架啊？林喜樂實在很難心平氣和地面對傅然。誰能夠對只因爲胸部才喜歡自己的男人有好感啊？又不是被虐狂。

爲了避免不小心出拳，她不說話，等著傅然繼續往下說，決定接下來都要這樣以不變應萬變。面癱系女友，就決定是妳了！

「關於尾牙場地，有什麼想法嗎？」

想套她話，門都沒有！她聳聳肩，指著被傅然拿走的資料。

「我的想法已經都寫在那上面了。」

連積極度都差很多啊……前陣子，她可是還信誓旦旦地揚言，要藉著福委會當跳板，和各單位打好關係，彰顯自己的工作能力，好好往上爬的。

「嗯哼。」傅然也不說破，淺應了聲，從口袋裡拿出車鑰匙，默默放到她面前。

「幹麼？」她渾身警戒都豎起來了。

「上次不是說想開我的車試試嗎？」

別鬧了！考駕照的不是她，她不會開車啊，難道是想頭七後再回家嗎？

「你記錯了。」她內心萬馬奔騰，表面風平浪靜，笑得既溫柔又有禮貌。

「我沒有。」傅然同樣也笑得溫柔又有禮貌。

「我今天不想試。」

「爲什麼？」

「就沒心情，哪來這麼多爲什麼？」難道要拿生理期出來擋一擋嗎？她沒好氣。

「我是問，剛剛爲什麼提分手？」

「沒，就女朋友日常，鬧鬧脾氣耍任性。」她波瀾不驚地假笑。

「……」用這麼平靜的口吻鬧脾氣真沒說服力。

傅然掀了掀唇，還想說些什麼，一個青春亮麗的女服務生蹦蹦跳跳到他們桌邊來。

「傅先生、林小姐，早安，你們今天也來了呀。」女服務生口吻輕快，精神抖擻。

「也」？林喜樂抬眼，確定從沒見過眼前這位服務生。

事實上，這間二十四小時營業的複合式咖啡廳雖然在她家附近，但價位稍高，她來過的次數寥寥可數。

由這女服務生的態度推測，傅然和第二人格八成是常客吧？

「早。剛上班？」傅然客套地向女服務生道早。

林喜樂也向服務生點點頭，維持著她以不變應萬變的面癱原則。

「是啊，今天早班。」女服務生快樂地回應，低頭望了眼他們的桌面，疑惑地問：「咦？林小姐，妳的沙拉醬是廚房上錯了嗎？要不要幫妳換？」

她一頓，瞥了眼傅然，回答得從容又鎮定。「沒有，只是心血來潮換換口味。」

好吧，第二人格的口味和她不一樣這件事實在沒什麼值得驚訝的。

行事作風、個性、字跡……完全沒有共同點。話又說回來，雷同的話還叫第二人格嗎？她在內心吐槽自己。

只是，既然女服務生都發現了，傅然勢必也發現了。無論如何，她都不能露餡。面癱女友online。

「好，那有什麼需要再叫我。」女服務生輕快地離開。

接收到傅然投來的探究目光，她不以爲意，捧起桌上的巧克力啜飲，順便將場地資料拿回來，繼續惡補公事，以免等等一問三不知。

「時間差不多了，走吧。」不知道過了多久，傅然喊她。

「好。」她收整東西起身，傅然已經拿了帳單去結帳。

那結帳的動作太自然，一點想叫她付錢的意思都沒有。林喜樂愣住，不知道該不該堅持和傅然ＡＡ。

她不想讓傅然買單，可萬一這幾個月來，第二人格和傅然之間的相處模式就是這樣呢？她貿然打破的話，豈不顯得更奇怪？

啊，煩死了，怎麼每件事都這麼難？林喜樂撈過菜單，默默將餐點金額記錄在手機裡。

「發什麼呆？」傅然走回來，打斷她遊走的神思。

她搖搖頭，將面癱發揮得淋漓盡致，沉默地隨著傅然走到大門口，一組客人恰好進門，傅然立即側過身子，將她擋在身後，以免別人撞到她。

她還來不及反應，剛剛那個活潑的女服務生立刻格格笑了起來。

「你們感情眞好。林小姐，眞羨慕妳有這麼體貼的男朋友。」

羨慕的話就拿走吧！和傅然感情好的是第二人格，才不是她咧！她暗自心想。

可是，既然第二人格和傅然感情很好，那她是不是應該表現得熱情一點？但想到傅然的變態發言，實在又很難熱情下去……等等！等等等等！

掌心驀然有熱度傳來是怎麼回事？

她低頭一看，傳然理所當然地牽著她的手，十指緊扣，面色不改，順理成章得就像他很習慣這樣做一樣。

臉色唰一下就紅了，她掙開傳然的手也不是，不掙開也不是。

女服務生說的話和男朋友這幾個字在她耳邊反覆迴蕩，彷彿直到此時才眞正在她心裡產生了重量。

對，她和傳然是情侶，牽手很正常，就算擁抱、接吻、上……慢著！他們睡了嗎？

問傳然？不問傳然？別鬧了這種事要怎麼問出口？

啊啊啊！她確實認爲情投意合的男女朋友自然而然發展出肉體關係再正常不過，但這並不代表她能夠接受自己的身體在她無意識的狀態下，被第二人格拿去跟男人那啥啊！

姑且不論傳然是不是她喜歡的類型，都太令人崩潰了。

天崩地裂，她好想死，比發現自己一貧如洗更想死。

人財兩失根本，打劫她的還是她自己，連想揍個人出氣都沒辦法。

「妳怎麼了？」她臉上的表情實在太精采，精采到傳然無法視而不見。

「沒有。」她僵硬地搖頭，完全不想抬頭看傳然。還她的貞操來啊王八蛋！

「累的話等等車上睡一下好了。」

睡？「不睡！」她聽到關鍵字，立刻甩開傳然的手，音量大到嚇壞附近路人。

「妳幹麼？」傳然莫名其妙。

「沒……沒事。」反應過度了，她知道，她是智障。她勉爲其難地按捺下想揍傳然的衝動。面癱女友上線不到兩回合就下線了，真哀傷。

「走吧。」傅然注視著她變化多端的臉色，嘆了口氣，聽不出來是無奈還是生氣，再度將她的手牽回來，始終沒有放開。

2

座落於臺北市內的兩層樓展館恢弘壯麗，挑高設計，全區無柱位，空間寬敞明亮，氣派雄渾，十分壯觀。

「一樓展場分爲J、K、L三區，單區能夠容納一百五十到三百桌，兩區合併，加上走道，大概能容下七百五十桌。其中，像K區緊鄰捷運站出口，是很熱門的區位，至於外燴準備區則在……」

到達了預定的尾牙場地，展場人員領著傅然和林喜樂，逐一確認展館區域。

「另外，企業尾牙方案也有提供一些免費選用的項目，比如掛旗、橫幅廣告這些臨時廣告物，點位及規格在網路上都能下載。」

「謝謝。」傅然揚了揚手中文件，正是那份廣告物點位資料。「我們會和人員動線圖、逃生平面圖，還有活動流程一起提交。」

「好的，那就有勞傅先生了，另外，關於保證金和尾款——」展場人員接著和傅然討論合作細項，林喜樂跟在後頭，一邊筆記一邊錄音，忙得不得了，腿也痠得不得了。

她和傅然任職的陽碩聯合科技，是擁有超過五千名員工的一流企業，股價非凡、營收可觀，要辦尾牙至少需要五百桌。

外燴公司需要仔細尋找，以確保菜色合乎董事口味；活動流程不能馬虎，得找行銷活動公司來比稿；摸彩獎品與所需花費，則要請廠商報價，層層簽核……

想到這些，林喜樂又想詛咒第二人格了，到底多有病才會主動加入福委會啊？

好不容易，場地細項拍板，展場人員離去，傅然將一堆待辦事項塞進她手裡。

「我知道，我都聽見了，也有錄音。」她淒風苦雨地抱回那堆資料。「場地談好之後，接下來還要請活動公司比稿對吧？」

「對。」傅然讚許地點點頭。謝天謝地，雖然她的言行舉止有點奇怪，但智商依然在線，眞是可喜可賀。

「好，我回公司之後立刻發函給配合過的活動公司，也會問問上屆福委有沒什麼建議。那抽獎的獎品呢？已經決定了嗎？預算下來了嗎？」

「還沒，要等廠商報價之後再開會決定。」

「那誰要去找廠商報價？」

「妳。」

不是吧？她瞪大眼，吃驚地指著自己。「看場地是我，找活動公司是我，找廠商也是我？」福委會是一個組織，怎麼可能只有她忙啊？

傅然沉默不語，她內心警鈴大響。

「又是我主動的？」第二人格出來決鬥！

傅然仔細觀察著她的細微表情，慢條斯理地改口：「別人推給妳的。」

呼，幸好沒病入膏肓，她舒了口長氣，如釋重負。

她是認眞的，她太討厭主動攬事情到身上來了，眞的很不想變成那種沒事找事做的傢伙。

傅然將她的表情變化全看在眼底，再度換了說法。「記錯了，是妳爭取的。」

耍人啊?!「到底是什麼？」她沒好氣。

「後者。」

圈圈叉叉的！結果還是她主動找來的啊！

她覺得她漸漸摸清第二人格的想法了，總之就是不管三七二十一，拚命將她往人生勝利組的方向推就是了，難怪第二人格和媽媽那麼合……她的臉色驀然陰沉下來。

「你也覺得這樣很好吧？」她沒頭沒腦地拋出一句，有點悶悶的。

「哪樣？」

「積極進取？奮發向上？之類的。」其實她更想說好大喜功、唯恐天下不亂，但這樣形容自己好像怪怪的。

傅然注視著她，腦子裡不知在盤算些什麼。還沒等到他回話，林喜樂卻不想談了。

「算了，跟你說你也不懂。」她自顧自往展場外走。Shit，小腿痠得好像不是自己的，高跟鞋的使命難道是消滅女性嗎？

都是因爲她的鞋全被喪心病狂的第二人格換成高跟鞋的緣故啦！

本想說出門看個醫生而已，才勉爲其難選了最順眼的一雙，沒想到卻被抓來看場地……還是幾千坪的場地！早知如此，她說什麼也會生出一雙平底鞋來的。

「妳的腳沒事吧？」傅然拉住她手臂，早就注意到她歪七扭八的步伐。

「沒事，反正等等就進公司了。」

「妳下午還得穿著上半天班。」

「沒關係，休息一下就好了。」窮人是沒資格買新鞋的，嚶嚶。

傅然緊皺的眉頭深深表達了他的不認同。

「不然怎麼辦？你要背我？」她跟著皺眉，不認同他的不認同。

「妳肯？」傅然盯向她的裙子。

「不肯。」她卻護住她的胸部。

傅然差點放聲大笑。她好像不是這幾個月裡的她，應該不是，他推測不是。這念頭令他感到高興，將她拉到場館邊花圃坐下，回身便走。「妳坐在這裡，等我。」

幹麼啊？她雖莫名其妙，卻很慶幸傅然沒多問鞋子的事情，否則眞不知該如何解釋她爲何明明不太會穿高跟鞋，鞋櫃裡卻只有高跟鞋這件事。

幾分鐘過後，傅然氣喘吁吁地跑回來，蹲到她面前，前額隱約浮汗。

「樓下便利商店買的，將就一下。」拆開包裝，他將一雙藍白拖放到她面前。

居然是藍白拖?!太實用了！幸好傅然沒幫她買什麼花枝招展的鞋，以免她明明不喜歡卻要還錢，白白欠人情。

「將就什麼啊？藍白拖萬歲！臺灣之光！」她開心地踢掉高跟鞋，換上藍白拖，平踩在地面上的感覺美好得令她想插腰狂笑。

「謝謝！」她喜孜孜地向傅然道謝。

傅然不禁跟著她笑了起來，幫她拎起被她嫌棄得要命的高跟鞋，這下更加確定她不是前陣子的她了。

「走吧。」他領著她走向停車場，兩人準備啓程回公司。

「好哦。」她越踩腳上的拖鞋越滿意，開開心心地坐進副駕駛座。

最初，她還煞有其事地看著展館資料，有一搭沒一搭地和傅然說著話，沒想到說著說著，眼皮越來越重，瞬間就沒電了。

空調送出的風徐徐吹在她臉上，窗外街景一格格向後退，傅然搭在方向盤的手指好漂亮……熬了大半夜，又奔波了一早，她筋疲力盡，眼皮掀了又閉，閉了又掀……

「睡著了？」因紅燈而停下的傅然察覺她沒聲音，往旁一睞，輕笑出聲。

那個稍早時還大吼著說「不睡」的不知道是誰？

在他幾不可聞的笑音中，她朦朦朧朧睜開了一條眼縫，又不敵睡意地閉起。

恍惚間，她似乎看見傅然伸手在冷氣出風口前探了探，將扇葉轉走，接著將西裝外套蓋在她身上，細心地裹住她的肩膀。

外套上有他淡淡的古龍水香氣，好溫暖……

原來，有男朋友照顧是這種感覺啊？

他不只爲她換風向、披外套，還爲了她跑得滿身大汗，只爲了幫她買一雙便利商店裡的拖鞋。其實，她有點感動。

可是，這個男朋友不是她的，可能，喜歡的也不是她，而是她的第二人格……

倘若睡醒，發現一切只是場夢就好了。

她昏昏沉沉地跌入夢鄉。

「林喜樂，上學要遲到了，快起床！」

模模糊糊間，她好像聽見了母親的聲音。

「我女兒哦？對啊，她整天都在玩，看那些垃圾漫畫……啥？她考上的那間國立大學不錯哦？呵呵，沒有啦，哪有很厲害？」

「林喜樂，我跟妳說，女生讀那麼多書沒有用啦！妳別指望我會幫妳付大學學費。」

母親穿著圍裙，執著鍋鏟，嘴裡對她全是數落，可在外人面前，就會換成另一種面貌。

「我女兒？對啊，剛畢業，進了那家什麼碩的公司……呵呵，對對對，就是新聞上那間很厲害的公司。」

「林喜樂，妳看，我就說妳讀書沒用啊，我都不敢跟人家說妳是在當總機小姐，說出去多丟臉！撿角啦妳。」

「林喜樂，阿姨說她看新聞，你們公司去年賺很多，妳年終拿多少？家裡很多東西該換了。」

「啥？搬出去住？妳是要放我一個人在家裡等死是不是？我是造了什麼孽？歹命哦——」

「林喜樂，我叫妳趕快在公司找個人嫁了妳到底有沒有在聽？」

「中秋過了天就涼了，妳記得多穿一點，至少車上也放件厚外套，免得下班回來太冷。」

林喜樂、林喜樂……

「我是福委會主委，妳是委員。」

「寶貝，妳的每件事我都記得。」

樂樂。寶貝。

誰？

「樂樂，快醒醒，妳做惡夢了？」傅然撥開她微微汗濕的劉海，好不容易才將她搖醒。

林喜樂睜開有如千斤重的眼皮，冷汗涔涔地由夢中嚇醒。

眨了眨眼睛，望著眼前傅然關心的臉龐，她一時間沒回過神來。

她是誰？她又在哪裡？

「還好嗎？要不要喝點東西？」傅然將一瓶熱飲貼向她臉頰，頰上傳來的溫熱逐漸令她回到現實。

「我……哦……」她接過頰畔的熱奶茶，仔細端詳傅然的臉，小心翼翼問：「今天是幾月幾號？」

「九月二十二。」

她打量著窗外景色，認出這裡是公司停車場，腦海中慢吞吞回放起早上發生的一切，出言確認：「我們剛看完尾牙場地，正要回公司上班。我們是……嗯，我們在交往。」

林喜樂頓了頓，本來想說「我們是男女朋友」，但話到嘴邊又感到彆扭，只好硬生生換了個說法。但是其實，「交往」有比「男女朋友」好嗎？這一切都很值得吐槽……

「是。」傅然點頭。

她鬆了口氣，跟著點頭，實在很怕一覺睡醒又風雲變色。

傅然盯著她轉了幾轉的臉色，彷彿也跟著安心下來，開口問道：「距離午休結束還有一點時間，妳餓嗎？要去吃飯嗎？」

「不要，早餐都還沒消化。」她想也不想地拒絕。

「我想也是。」她向來省餐費，省著省著，胃口也變小了，吃得少，這些事情，他都是知道的。傅然冷不防遞給她一個牛皮紙袋。「下午餓了吃這個。」

「這什麼？」她打開紙袋，看見裡頭裝著盒裝三明治，上面印著她最喜歡的咖啡廳Logo，有些不可置信。「你怎麼知道我喜歡吃這──」

「要現在喝嗎？」傅然打斷她的話，指著她手上的飲料。

「哦，好。」她眨了眨眼睛，呆呆地應好，直到此時才注意到，這也是她最喜歡喝的那家奶茶，和三明治不是在同一處買的。那是一間藏在公司附近巷弄裡的小店，沒有招牌，平時根本不會有人注意。

她愣愣望著傅然接過她手中的熱飲，行雲流水地爲她撕開封膜，蓋上杯蓋，放入吸管，再次遞到她面前。

「謝謝。」太貼心了吧？好恐怖，第二人格是怎麼把他訓練成這樣的？林喜樂接過杯子，無法阻止自己胡思亂想。

在她呼呼大睡的時候，傅然既幫她張羅午餐，又幫她買飲料，是有多忙啊？

「你呢？你自己不吃飯嗎？」林喜樂左顧右盼，注意到車上並沒有別的食物。

傅然搖頭。「我下午要飛日本，五天，等等就要去機場了。」

「出差？」她喝了口奶茶，入口溫度正好，可見傅然已經買了好一會兒。

不知道他剛剛等她醒來等了多久？她睡著時有沒有流口水？

她本來還很討厭傅然的，現在卻莫名在意起自己在他面前的形象……

「嗯。晚上妳得自己回家了，注意安全。」

「好。」拜託，講得好像他天天接送她上下班一樣，她根本沒有被他接送過的記憶好不好？而且，傅然出差很棒，她終於可以順利去看醫生了。她猛然回過神，揮掉有沒有形象的無謂擔憂。

「對了，公司裡的人知道我們……呃，我們的事嗎？」搞什麼啊？明明告訴自己別在意，可是現在居然連「交往」這兩個字都無法順利說出口。

「不用避諱，但也不需要特別交代。」陽碩雖不鼓勵職場戀情，但並未明文禁止，夫妻兩人同時都在公司的案例也是在所多有，順其自然就好。

「好。」她點點頭，收拾隨身物品。「謝謝你明明要趕去機場，卻還特地送我來上班，那我走了哦，掰掰。」

傅然將她正要推開的車門拉回來。「樂樂。」

「嗯？」她轉頭，迎進傅然亮燦的眼。見鬼了，她居然越來越習慣傅然喊她小名了。

「妳害怕嗎？」傅然沒頭沒腦地拋出一句。

她側頭凝睇他，總覺得他的問句裡隱含著許多她聽不懂的訊息，可她不敢弄懂。

「怕什麼？我爲什麼要怕？」唯恐洩露出什麼，她逞強地說。

怕！怎會不怕？她怕死了！

等等進公司不知道要面對什麼，除了福委會，第二人格不知道還搞出了多少事？這三個月來，她性情大變、高調招搖，說不定同事都被她得罪光了。

「做妳自己就好了。」傅然瞅著她，意有所指。

她近距離與傅然對望，不知是因爲藏了天大祕密的緣故，還是因爲密閉空間的緣故，緊張得幾乎能聽見自己鼓動的心音。

到底是因爲恐懼那些未知的事情，還是因爲眼前的傅然？

「哦。」她掀了掀唇，隨口回應。

「有事打電話給我，等我回來。」傅然揉了揉她髮心，在她還來不及反應時便縮手了。

「嗯。」忽略頭頂上那一閃而逝的觸感，她推開車門，拎著包包和高跟鞋下車，若無其事地朝他揮手。「掰掰。」

「再見。」引擎發動，傅然寶藍色的轎車揚長而去。

她往前走了幾步，本要果斷進公司，卻驀然停下腳步，回眸看著傅然的車子逐漸遠成一團看不見的小黑點，總覺得心裡好像有點不踏實，彷彿也被帶走了些什麼……

這一定是某種雛鳥情結吧？因爲她遭逢變故，才會對第一眼見到的傅然心生依賴？又或者，是因爲剛剛做的那個亂七八糟的夢？

別鬧了！現在沒時間胡思亂想！

她拿出手機，將藍白拖、三明治、奶茶的價格，一併輸入手機裡，毫不留情地將這頁記事本命名爲——「色狼傅然大變態」。

上班上班，戰鬥吧！林喜樂。

＊

刻意避開正門，選了平時最少人搭乘的電梯，她鬼鬼祟祟地摸進陽碩大樓。

她的職務雖然是總機，需要待在櫃檯接待訪客，但隸屬的人力資源部門裡有她的櫥櫃，能夠放置她的大衣、便當、保溫杯、便鞋……等等私人物品。

因爲還沒做好面對同事的心理準備，她偷偷潛入辦公室，不住張望。

幸好現在是午休，睡覺的睡覺，吃飯的吃飯，座位上的人很少，讓她鬆了一口氣。

飛快地走到自己的櫃子旁，她小心翼翼將櫃門打開，唯恐製造出驚擾同事的聲響。果不其然，櫃子裡頭的東西全是第二人格的風格與配色——浪漫、浮誇、招搖，她一樣也不認得。

天啊，這件充滿蕾絲花邊的大衣是怎麼回事？那雙起碼有九公分高的高跟鞋又是怎樣？還有，補妝的東西會不會太多？櫃門上貼的那面鏡子會不會太大片？

她一邊腹誹，一邊脫掉腳上的藍白拖，沒想到肩膀卻冷不防地被拍了一下。

「喜樂，妳來了啊？」人資主管江姊的聲音從後頭傳來。

眞倒楣，怎麼會第一個碰到直屬上司？她很想叫救命。

「是啊，我剛到。江姊午安，您吃飽了嗎？」她既甜美又有禮貌地轉身回話。

「喜樂，我跟妳說，妳送我女兒的那套書她很喜歡，謝謝妳。那套書不便宜吧？來，多少錢？江姊給妳。」

年過五十，以陰晴不定聞名的人資部主管江姊拿著錢包，笑臉盈盈地看著林喜樂，看出她一身冷汗，很想立刻衝去廟裡燒香拜拜。

見鬼了，她從來沒看過江姊這麼和善的模樣。

江姊平時總是吼著「林喜樂，那間會議室收一下」、「林喜樂，動作快」、「林喜樂，妳是白癡嗎？要我說幾遍才聽得懂?!」、「林喜樂，妳下個月就給我滾」，不分青紅皀白地輪番播放，吼得天地變色，整間辦公室都能爲之震動，突然這麼和顏悅色，難道也是第二人格發作？

「不用啦，妳們能喜歡，我就很高興了。」哪套書？快把錢還來！林喜樂說著言不由衷的違心之論，臉上掛著的微笑甜美百分百。

「哎喲，這怎麼好意思？」江姊很好意思地將錢包收起來，樂呵呵地拍了拍她肩頭。「妳眞是懂事。」

「就是啊，喜樂懂事又能幹，這麼有人緣，要不是被傅總監追走了，眞想介紹給我兒子。」不知從哪冒出來財務部資深前輩陳姊路過，立刻接話。

別鬧了，陳姊，妳兒子是個油頭凸肚的中年大叔好嗎？

她勉力維持著臉上的笑容，總覺得還是應該澄清一下。

「我跟傅總監不是……呃……」講到一半突然愣住，雖然傅然說不用特地避諱，但大方承認也很奇怪，可是，不認的話，萬一被介紹給中年大叔怎麼辦？

她猛然收口，神情爲難，看在有心人眼裡，只覺得她不善說謊，試圖掩飾。

「哎喲，我剛剛都看到了啊，我看見妳從傅總監車上下來，是傅總監送妳來的吧？」財務陳姊神神祕祕地說。

無聊！八卦！吃飽閒著沒事幹！她在內心翻了個驚天動地的大白眼。

「那是因爲我們去看尾牙場——」

「呵呵，怎麼不找別的福委去，偏偏只找妳？」

「我——」

「好了啦，別說了，喜樂害羞了啦！」

「哈哈哈，眞可愛。」

「小女生就是這樣，不像我們大嬸——」

吼，夠了哦！她不想和這些人交好就是這樣，動不動就要打探人隱私，閒聊八卦！都是第二人格害的啦！沒事跟這些人套什麼交情？

「江姊、陳姊，不好意思，我先去一下洗手間。」她落荒而逃，將這些閒談拋在腦後。

累死人了！還她的邊緣人生活啊！

她衝進洗手間裡，藉機開溜，未料都還沒收拾好心情，另一串招呼問候寒暄又展開了。

同事A走進洗手間，一看見她，喜出望外，眉飛色舞地在她面前噘起紅唇，熱絡地搖著她手臂。「喜樂，妳看，我擦了妳上次推薦我的那個色號，如何？不錯吧？眞的很顯白齁？」

「欸，喜樂，下週三晚上唱歌，算妳一個，我訂好包廂了哦！」同事B跟著興高采烈地湊過來。

「喜樂，妳說的那家義式餐廳果然很讚欸，我帶我男朋友去過生日，他超滿意！」同事C在她面前滑開IG裡與男友的生日照，笑得合不攏嘴。

這、呃……她和同事A、B、C根本只是點頭之交，這麼熱情是怎樣？更何況她們說的她一句也聽不懂。

「眞的啊？那太棒了！各位，我趕時間，先走了哦。」她掛著招牌微笑，再度從洗手間內倉皇逃走。

搞什麼？大家都這麼喜歡第二人格啊？

第二人格不只用了三個月就交到菁英男友，還將媽媽、直屬主管、資深前輩、同事全都一網打盡，簡直人見人愛，花見花開。

難道沒有人發現她的性格和從前完全不一樣了？沒有人發現她消失了？

這和她預期的完全不同，她的心情超級複雜。

照理來說，她應該要爲了第二人格沒在公司惹出麻煩而鬆口氣，現在卻無論如何也高興不起來，甚至還有幾分沮喪，就好像……好像被全世界拋棄了。

「喜樂，妳怎麼邊走路邊發呆？」一道再熟悉不過的溫煦男嗓迎面而來，霎時打斷了她的心煩意亂。

她抬眸，撞進一雙藏在復古圓框鏡片後，深邃如星的眼。

「學長。」看清了眼前男人，她一時間竟有種看見親人的感受，出口的聲音帶了幾分委屈。

陳新是她的大學學長，也是推薦她來報考陽碩的前輩，已在陽碩的資訊科技部門服務多年，更是她暗戀了好幾年，卻始終提不起勇氣告白的對象。

「在想什麼？心不在焉的。」陳新推了推鼻梁上的眼鏡，笑著開口，識別證掛在他多年如一日的深紅色針織衫前，被精壯結實的體魄撐得微微鼓起。

「學長，我……我……」她有滿腹委屈想傾訴，又慌又急又氣，卻毫無頭緒，不知該從何講起。

「被江姊罵了？」陳新關懷地問。

「不是。」

「被同事碎嘴了？」

「也沒有……」

陳新望著她懊惱的神情，抿唇揚笑。「沒關係，妳想告訴我的時候再說，有什麼煩心事都可以找我商量，知道嗎？」

「好。」林喜樂吸了吸鼻子，將滿肚子心酸吸回去，有點感動。

就知道學長最好了，只有學長不一樣，學長不是那些不了解她的媽媽、主管和同事。或許，和學長坦白的話，學長能理解……

「對了，喜樂。」在她尚未開口之前，陳新驀然低下頭，在口袋中一陣翻找。

「嗯？」她疑惑地看著陳新的動作。

「妳上次說想看的那場演唱會，我買到票了。」陳新從口袋裡拿出兩張票券，林喜樂定睛一看，是當紅樂團的亞洲巡迴場最後一站。

她當然知道這樂團，也知道他們即將在臺北開演唱會，但是，那是因爲這樂團的聲勢如日中天，演唱會消息鋪天蓋地的緣故，並不是因爲她喜歡這樂團。她怎麼可能會跟陳新說她想去看這場演唱會？

「這票很難買吧？」她吃驚地望著那兩張門票，票券上顯示的票價居然比她現有的存款更多，太貴了吧！

「我託了很多人幫忙，開了好幾臺電腦一起搶，好不容易才買到的。」陳新笑得有點靦腆，執起她的手，將演唱會門票交到她手裡。

「雖然不是最好的位置，但我想妳應該會很開心。」

「開心？當然開心啊，哈哈，謝謝。」對對，她都開心爆了……她拿著門票的手微微發顫。與陳新相識的這幾年來，她曾無數次試探、邀約，想與陳新單獨相處，可陳新總是文風不動，一副對她毫無興趣的模樣。

更何況，陳新是標準ＩＴ宅男，對於人多的場合向來敬謝不敏，唯有電腦電玩展、科技展才能讓他顯露出一丁點興趣，如今居然爲她買了天價演唱會門票？

不，不是爲了她，爲了第二人格才對。

「太好了，那我們一起去，不見不散。」陳新拉著她手，喜出望外，眼底全是星芒。

林喜樂一愣，她認得這種眼神，稍早前她才在傅然眼裡見到過，是很喜愛她的男人才會露出的眼神。

明明陳新的手很暖，但她卻被握得連心都發寒。

「好了，謝謝學長。午休要結束了，我要回——」她掙開陳新的手，陳新卻反手將她抓牢。

「喜樂。」

「嗯？」她抬頭，又猛地垂眸，本能閃躲陳新熾烈的眼神，幾乎被不祥的預感滅頂吞食，從頭皮冷到腳底。拜託，不要說……

然而陳新還是說了。

「喜樂，我一直以爲自己只把妳當作妹妹看待，可是，這幾個月和妳相處下來，我才知道其實不是這樣。我對妳有心動的感覺，這陣子，我時常想著妳，甚至想一直和妳在一起，偷偷幻想著和妳共組家庭的未來……」

這幻想的進度也太快了吧？要是這麼有行動力，他們認識的這幾年都不知道能夠生幾個小孩了。

「喜樂，我想跟妳在一起，妳好好考慮，不用急著回答我，只要別拒絕我就行了。我們就先像普通朋友一樣，一起去看演唱會，慢慢來，不要有壓力。」

「好，我想一想，謝謝學長。」她茫然點頭，倉促地與陳新告別。

這情節發展荒謬得令她想笑，更想哭，還以為她抓到浮木，沒想到卻被狠狠甩了一巴掌。

傅總監，有個王八蛋想染指你家寶貝你知道嗎？為什麼你們交往的事情不昭告天下，弄得人盡皆知呢？如此一來，她就不用面對這種難堪了。

她手裡緊緊捏著演唱會門票，忿忿不已的高跟鞋蹬蹬蹬地踩在長廊上，將她的心磕碰出一個個窟窿。

好啊，全世界都去喜歡第二人格啊！

她像道旋風般颳過長廊，煩躁不安地回到工作崗位上，全沒注意到暗處有雙窺伺的眼，默默觀察著她的舉止。

✲

「陽碩科技您好，敝姓林，很榮幸能為您服務。」充滿科技感的簡約大廳裡，迴蕩著林喜樂不帶情緒的清甜嗓音。

「好的，我明白了，這就爲您通知，請稍候。」她按下保留鍵，撥通業務部門分機。「張主任嗎？我是喜樂。對，立璟在線上，現在爲您轉接過去方便嗎？」

她流暢地接聽、轉接著電話，視線瀏覽著電腦螢幕上的畫面，雙手飛快地打字。

除了接聽電話之外，她還一邊發E-mail給活動行銷公司，說明尾牙日期與活動需求，邀請他們提出活動方案；一邊聯絡能提供尾牙摸彩獎品的廠商，確認獎品項目與價格，將之做成表格。

「喜樂，公關部約了松傳媒，三點要用一號會議室。」內線分機響起。

「好，我知道，會議室已經整理好了，等等松傳媒來的時候，我會接待。」耳邊夾著電話，她將桌上黏貼的待辦事項逐張移動到已完成區。

松傳媒是目前陽碩配合的最大媒體窗口，這次來是爲了討論明年度新品上市的事，從三個月前，第二人格還沒出來攪局的時候，她就已經接待過許多次了。

持續飛快動作，不多時，她的已完成區域已經貼滿五顏六色的便利貼，抬眼望了下時間，兩點二十分。

時間剛好，可以準備會議室，和公關室確認茶水和文件。

她站起身來，努力將全副心神都集中在工作上。

「喜樂，我一直以爲自己只把妳當作妹妹看待，可是，這幾個月和妳相處下來，我才知道其實不是這樣……」

陳新的示好與告白一下子躍入腦海，中斷她的思路，令她不由得心浮氣躁。

工作、工作，努力工作！工作就能忘記所有不愉快的事情，趕快將生活推回常軌，趕快把存款賺回來！她搖了搖頭，驅散內心那股無以名狀的火氣。

「您好，我約了今天要面試……」門口徐徐走入一位左顧右盼的男人，穿著簡單的襯衫、西裝褲，看起來年紀很輕，怯生生地發問。

面試？林喜樂一愣。

由於總機隸屬於人資部門，公司若有安排需要筆試或面試的新進人員，都會提前知會她，由她這邊來發放試題或是引導至單位，但她並沒有收到通知啊。

「好的，請您先填寫這份表格，在這裡稍候，謝謝。」她將年輕男人領到接待桌，遞給他筆和制式表格，再爲他添了杯茶。

「孟潔，妳知道哪個單位有新人要來面試嗎？」她趕緊走回櫃檯，向和她同爲總機的呂孟潔求救。

陽碩科技的部門分工細，櫃檯向來都是配置兩名總機，除了接聽電話之外，也負責接待客戶，處理許多瑣碎的雜事。

呂孟潔與她工作上時常互相照應，自然而然成爲她最好的同事及朋友。

然而，此時妝容明媚的呂孟潔卻埋首在電腦前，捲弄著染成咖啡色的髮絲，對她的話語充耳未聞。

「孟潔？」她以為呂孟潔沒聽見，再度喚了聲。「妳知道哪個單位有——」

「我不知道。」呂孟潔終於抬起頭來，望著她的眼神非常冷淡。

「這樣啊？那我問江姊——」明知道問江姊少不了一頓念，可她實在太想速戰速決，立刻拿起話筒，準備撥打內線，眼角餘光卻看見玻璃門外有一行西裝筆挺的人，似乎就要進門了。

慘了，松傳媒提早到了。

「孟潔，那位新人可以交給妳處理嗎？還是妳可以幫我帶松傳媒去公關部？他們要用一號會議室。」

呂孟潔抬眸望向門外，酸溜溜地拉長了尾音。

「那是馮協理欸，我怎麼可能幫妳接待？」馮協理是業界數一數二難搞的窗口，只要他來開會就是一陣人仰馬翻，她才不幹。而且，林喜樂近來可是馮協理面前的紅人，哪輪得她來？

看見呂孟潔不以為然的態度，林喜樂腦子裡想的卻是馮協理不只龜毛、要求多，還總是色迷迷的，配合過的女職員都很不喜歡他。如果可以選的話，她也不要選馮協理，呂孟潔的態度太正常了。

「好，那新人那邊就麻煩妳問江姊了哦，孟潔，謝謝。」她將掛在椅背上的外套拿起來穿，排釦一路扣到最頂，甚至從抽屜裡拿出了副超級大眼鏡戴上。

這是她當了多年總機來的心得，遇到讓人不舒服的客戶，把自己包越緊越好。

呂孟潔勾畫著細緻眼線的眼睛瞇起來，戒備地打量著她與前陣子截然不同的行為，本來似乎想說些什麼，最後卻選擇沉默。

叮——陽碩大門往左右滑開，身形福態，頭頂微禿的馮協理領著幾名男人魚貫走入。

「馮協理，歡迎蒞臨。」她露出招牌笑容，起身迎接。

「林小姐？」馮協理推了推油膩膩圓臉上的眼鏡，視線大剌剌地盯著她的胸部。「妳今天怎麼穿成這樣？」

「我不是和平常一樣嗎？」這句不行，她不知道這三個月內自己穿成哪樣，這樣回答太冒險了。「怎麼說？」這句聽起來又太裝模作樣了，不好。「這樣好看嗎？」是否有在調情的嫌疑？不妥。

「謝謝馮協理關心，我前陣子感冒，老覺得冷。」琢磨了老半天，她終於揀定了最不會出錯的一句。

她包得很緊，聲稱自己很冷不爲過吧？

微笑、得體、大方、從容，她努力忽視馮協理落在胸前的目光。

「眞遺憾，現在身體都好了吧？」馮協理的聲音極其失落，視線停留在她胸前的時間比在她臉上的時間多。

「都好了，只是還有點畏寒，謝謝馮協理。這邊請。」遺憾什麼啊？眞想戳瞎他！林喜樂壓抑著內心不舒服的感受，領著馮協理走進電梯，刷卡感應樓層。

她目不斜視，盯著變換的樓層燈號，突然感受到莫名的壓迫感，轉頭，猝不及防對上馮協理近在咫尺的臉。

「嚇！」她往旁一縮，差點撞到牆壁。

「林小姐，妳好香，用什麼牌子香水啊？」原本站在她斜後方的馮協理，不知何時移動到她身旁，低頭在她脖子旁大口嗅聞。

她站在樓層面板前，已經是電梯最內側，根本無路可退，驚慌地抬眼看向電梯內其他人，但大家全都不為所動，彷彿沒有這回事。

「我沒有使用香水的習慣。」她竭力維持著表面的冷靜。

「哦，那一定是洗髮精嘍？」馮協理冷不防抓起她一綹頭髮，湊近鼻尖。「就是這個味道，眞香。」

要吐到他臉上還是揍他一拳？兩個選項都想選，然而社畜是兩個都無法選的。

「哪裡。」她面帶微笑地將頭髮拉回來，眼神再度瞥向電梯內其他男性，可與她對上眼的人，眼神飄移的飄移，保持微笑的保持微笑，全都默不吭聲。

「七樓到了，這邊請。」電梯門打開，她率先往外走，用最快的速度將他們帶入會議室坐定。「公關部同仁很快就到了，我先去準備茶水。今天一樣幫各位準備咖啡好嗎？」好不容易將他們全帶到會議室坐定，她飛快問。

「好。」

「好的，請各位稍候。」她轉身要走，手卻被馮協理一把握住。

「趕快忙完趕快回來呀，呵呵。」馮協理油膩膩地衝著她笑，兩手摩娑著她的掌心。

太噁心了！她眞的很想吐。

「請稍候。」她用盡全部理智阻止自己出拳，落荒而逃，但還沒走出會議室，背後的交談聲便竄進耳裡。

「奶那麼大卻包那麼緊，枉費我之前誇陽碩門面最像樣。」馮協理的聲音和他的臉一樣油。

「真是的，害我們今天這麼期待。」

「欸，但是你們看見了嗎？她的襯衫都要爆釦了耶！」

「真想揉！」

「哈哈哈！」

一群西裝筆挺的男人沒禮貌的鬨笑了起來，嘴裡說的全是不堪入耳的下流發言。

變態！沒水準！性騷擾！

她加快腳步，全身都不舒服到了極點，公關部男同事迎面走來，嘻皮笑臉地和她打招呼。

「嗨，喜樂，今天怎麼包成這樣？一點福利都沒有，太不夠意思了啦！」男同事在她胸前游移的目光和馮協理一樣噁心，簡直雪上加霜。

冷靜！不要和他一般見識，微笑、得體、大方、從……從他的鬼！一股怒氣直衝腦門，她狠狠瞪向公關部男同事。「福利什麼？你當我酒店小姐嗎？」

男同事抬眼看她，滿臉莫名其妙。「是妳自己之前說的啊，有優勢就要利用，道歉就要露胸部，剛好而已。」

「我什麼時候說——」好，第二人格對吧？她立刻將話嚥回去，氣沖沖的。「總之，我現在不是這麼想的就對了。」

「幹麼？妳大姨媽來了哦？」男同事依舊笑嘻嘻的。

他不說就算了，這麼一說，又讓人更不高興了。

「一下福利，一下大姨媽，開口閉口都是性別歧視，你是哪裡有事啊？」職場的性別教育不能等！她更火大了。

看她這麼凶，男同事也上火了。「妳才腦子有事咧！不過是個總機，整天打扮得漂漂亮亮的坐在櫃檯，不就是指望哪天巴上高層嗎？裝什麼清高啊？」

對，她腦子有事，她怎會指望和這樣的人溝通？她瞪著男同事，決定不跟智障講話，扭頭就走。

「神經病！」男同事還沒罵夠，對著她的背影又吼了幾句。「妳們女人就是這樣啦！隨便撒撒嬌、露露胸就能翻過一座山，得了便宜還賣乖，一天到晚喊歧視。」

男同事在她身後連聲罵個不停，她越走越快，每一步都踏出火氣。

討厭，她一直很自愛很低調很透明的，怎麼會變成這樣？她才沒有說過什麼有優勢就要利用這種話！

她頭也不回地走到茶水間準備咖啡，但男同事的嘲諷和馮協理噁心的觸感揮之不去，氤氳熱氣蒸騰著她的雙眼，令她眼前一片模糊。

從小到大，她都是那麼希望別人都不要注意到她，不管是成績也好，身材也罷，她一直很希望能夠當個透明人，最好每個人都看不見她。

她早就吃過太多關於身材的虧，神經病才會以爲身材是優勢！她抬起袖口忿忿抹了下眼睛……絕對不是想哭！她才不要爲了這些狗屁倒灶的事情哭！

深呼吸，眼睛睜到最大，她努力收拾好情緒，送完茶水，回到一樓大廳。

沒想到都還沒走回自己的座位，卻有一串倉促的腳步聲伴隨著吼叫聲由遠而近嚷來，幾乎震破她的耳膜。

「林喜樂！妳是白癡嗎？怎麼把面試的人晾在那裡？妳誰不晾，偏偏晾常董的外甥?!我不是千叮嚀萬交代不能怠慢嗎？萬一他跑去向常董告狀，我在人資部還怎麼待得下去啊？天啊！」江姊崩潰地說。

常董的外甥？新人？剛剛那位？

她沒有晾著誰，她明明……視線不禁向呂孟潔投去。呂孟潔不著痕跡地側過身體，刻意迴避她的目光。

江姊奪命般的責罵仍在耳邊持續，她腦子嗡嗡嗡的，竟覺得這一切荒謬得令人想笑。

被洗劫一空的存款、憑空冒出的男友、天上掉下來的福委、莫名向她告白的學長、性騷擾的廠商、輕視她的男同事、無故找她麻煩的好朋友、對她破口大罵的主管……

「笑？妳還笑得出來？林喜樂，我看妳是不想要年終和考績了！妳不要以爲妳最近拚命巴結我，我就會輕易放過妳！」

哦，原來幾個小時前對她還那麼客氣的江姊，其實認爲她在刻意巴結啊？

她被主管罵得狗血淋頭，遙望著背對她的好朋友，最後再望著電腦桌上那琳瑯滿目的待辦事項……

原本平靜的生活被搞得腥風血雨，一切都在挑戰她的忍耐極限，她臉上掛著絕不該在此時出現的笑容。

去死吧，第二人格！

3

求助於神經醫學科，做了一大堆檢查，看了一大堆報告，排除了癌症、中風、癲癇、腦部病變等種種可能之後，她被轉診到了精神科。

假如這是一本小說的話，大概都已經進行到第三章了，然而她的苦難才剛開始。

她大字形癱在床上，疲累至極，可被設定爲勿擾模式的手機卻仍不識相地跳出視窗，提醒她有多少未接來電與未讀訊息。

她匆匆瞥了眼手機，扔到一旁，將臉埋進枕頭裡。

都是傅然。

「睡了嗎？有沒有好好吃飯？」

「我後天到臺北，這幾天很忙？」

「妳提來的廠商資料我看了，等我回去再討論。」

「接電話。」

煩死了，連精神科都還抽不出時間去看，哪有心情接第二人格男友的電話啊？

手機螢幕再度亮起，伴隨著無聲的震動，像和她耗上似的，非要她接聽才肯罷休。

她忍無可忍，接起電話劈頭就罵：「煩不煩啊？你到底要打幾次？每天都打，你出差很閒嗎？」傅然根本是壓垮駱駝的最後一根稻草，引爆發了她連日來的火氣。

她受夠了，已經不想在意傅然會不會對她的工作造成影響，最好傅然快去向上頭告狀，資遣她順便和她分手，砍掉重練。

「樂樂。」話筒那端的溫徐男嗓很鎮定，絲毫沒有被罵的不悅。

「幹麼啦?!」相較於傅然的淡定，她簡直像吃炸藥了。

「我想妳。」

「……」

他罵不還口，若無其事地訴說想念，反而顯得她好像壞人，讓她更火大了。

「想什麼想？我有什麼好想的？你吃飽撐著沒事幹嗎？」女朋友無理取鬧，任性嬌蠻又不識相，快回頭是岸啊，施主！

「誰欺負妳了？」傅然的口吻依舊不慍不火，電話裡隱約傳來紙張摩擦和放下東西的環境音，似乎還有敲打鍵盤的聲音。

他在工作？加班？她抬眸看了看時間，已經是晚上十點半。

這麼晚了，他不抓緊時間休息，反而還惦記著她，其實是真的很關心她吧？不對不對，她想這些做什麼？

不要同情他，她這幾天受的氣已經夠多了，傅然只是個因爲胸部而和第二人格交往的王八蛋而已，和馮協理以及那些男同事都一樣！

「全世界都欺負我，包括你，你們這些只愛胸部的混帳！」她一吐惡氣，把這些天的不愉快通盤發洩到傅然身上，務求分手爲目標。

「哦？『你們』？除了我還有誰？」她的聲音透過擴音發散，迴蕩在他入住的商務旅館內。傅然閉著雙眼，手指輕輕點敲著桌面，伸展工作了一整天的僵硬身體。

「還有誰？不就馮協理和公關部那個誰嗎？」不提就算了，一提就回想起來，越想越氣。

「馮協理？松傅媒？」傅然睜開雙眼，微微蹙眉。

「對啊！不然還有哪個馮協理？」她沒好氣，劈里啪啦的又是一長串。「色狼！以爲別人不敢得罪他，就可以毛手毛腳，說那些下流到不行的話，只會拿女生的身材開玩笑，沒水準！還有江姊，不分青紅皀白——」

「江姊爲難妳了？」

「江姊當然爲難我，她每天都在爲難我！就跟你每天都要打電話吵我一樣！這世界到底哪裡有問題？就連孟潔都……不對，有問題的根本是我自己，醫生說我沒問題，但我覺得我從頭到腳全是問題！」簡直繞口令，她連珠炮似的，再不發洩，就要暴斃了。

傅然靜靜聽著她訴說，抿去唇邊那道若有似無的笑弧，心情很是愉快。

她終於接電話了，很好；她願意對他發必須對其他人按捺的脾氣，也很好。

這是他第一次這麼直接感受到她的情緒，先前她臉上雖然總掛著職業性的甜美笑容，卻始終有股距離感，客氣有餘，但難以親近。

「還有，學長也是個神經病，看什麼演唱會？誰要看演唱會?!之前明明怎樣都約不出來，我才不過斷片幾個月就說有心動的感覺，心動個鬼啦！我明明喜歡他那麼久了，難道他都感覺不出來嗎？」

「樂樂。」

「幹麼啦?!」

「請容我提醒妳，電話這頭的人是妳男朋友。」

對哦，和男朋友說暗戀別的男人好像怪怪的……不對！她的目標就是和傅然分手啊，一點也不怪！

「快跟我分手啦！」

「想都別想。」

「吼，你是那種老婆外遇還死不簽字的元配嗎？」

「對。」傅然居然笑出聲來。

她快氣壞了。「我要掛電話了！」

「樂樂，等等。」

「衝山曉啦。」粗話都脫口而出了，快分手啦大哥。

「妳這幾天有沒有好好吃飯？」傅然天外飛來一句。

「氣都氣飽了，吃什麼飯啊？」而且還窮得要命，太心酸了。

「睡覺呢？有好好睡嗎？」

「怎麼可能好好睡啊？萬一……啊算了，說了你也不懂。」要怎麼告訴別人她擔心睡醒又失去記憶呢？林喜樂更悲憤了。

「去泡杯熱奶茶或熱巧克力，好好睡一覺，嗯？」她聽起來又累又暴躁，需要休息，傅然口吻溫煦得像在哄鬧脾氣的小朋友。

嗯，確實是在鬧脾氣，只不過是「女朋友」，不是「小朋友」，這個念頭令他唇邊笑弧擴大，聲音也聽起來更加柔軟。

「不要。」被欺負透了的小朋友忿忿不已。

「聽話。」

「為什麼要聽你的？你叫我幹麼就幹麼啊？」

「好，那妳別聽我的，我聽妳的。既然妳不睡，這幾天還發生了些什麼事，不如跟我說說？」傅然的溫煦也始終如一。

「聽我的就分手啊！」

「唯獨這件事不行。」

「吼，這也不行，那也不行，到底哪件事可以啊？」她碎碎念，推開房門，眞的走到廚房沖泡熱巧克力。

對欸，她為什麼忘記她可以泡熱奶茶或巧克力？

香甜溫暖的飲料總能撫慰她的心情，安定她的神經，不管在家裡或公司，她總是備著好多庫存。幸好第二人格不喜歡，過了三個月，她的庫存居然一包也沒少。否則她現在這麼窮，哪買得起？

「今天喝什麼？」傅然聽見她這頭的窸窣，很快就推測出她的舉止，話音裡似乎有笑。

「巧克力啊。」

「Swiss Miss？」這是她慣喝的廠牌，他曾留意過，她的座位下永遠放著滿滿一大盒。

「不是，前陣子換了，最近喜歡Monbana，它們的可可粉比較香，和Swiss Miss不太一樣……」她攪拌著巧克力，沒發現注意力已經被傅然轉移，自然而然換了話題，好像也沒剛剛那麼生氣了。

「獨角獸的Monbana？」傅然輸入關鍵字，電腦螢幕上跳出桃紅色的獨角獸Logo，他腦中卻浮現她心滿意足喝著熱巧克力的模樣，唇角越來越彎。

「對，你竟然知道……不對，你剛搜尋哦？」她剛剛好像聽見鍵盤打字的聲音了，而且還是機械鍵盤。

「耳朵眞利。」傅然輕笑。

「那當然，我可是總機欸。」心細如髮，善於察言觀色，對聲音敏銳可是總機引以爲豪的技能。

「既然這位總機如此優秀，說吧，江姊怎麼爲難妳了？」

「還不就是有人來面試，然後剛好馮協理他們來——」

她捧著熱巧克力，一口口啜飲，也不知是被甜甜的飲料療癒了還是怎麼的，在傅然的耐心誘哄下，逐漸放下心防與不耐，開始一句句訴說，從江姊說到馮協理，從陳新聊到呂孟潔，從口紅色號說到公司內的八卦，早忘了她幫傅然黏貼的變態標籤，輕鬆得像與認識許久的好友閒話家常。

「所以妳和孟潔是怎麼回事？」

「我就是不知道怎麼回事才這麼苦惱呀。」

「那……陳新？妳拒絕他了嗎？」

「我還找不到時間跟學長說，這幾天眞的太忙──」

「哦？」

等等，這微微上揚的單音是怎麼回事？

雖然只有一個字，卻莫名危險，充滿不祥。

「我一定會跟他說的啦，我才不要去那什麼鬼演唱會！」她不由自主地嚥了口水，備感壓力。奇怪，怎麼有種劈腿或是被捉姦在床的感受？她明明什麼也沒幹呀！

傅然突然笑了出來，透過話筒傳來的笑聲低低的，隱約帶著寵溺，有股魅人心神的魔力，竟令她心跳微微加快。

「幹麼只說我？你這麼晚還不睡是在加班哦？」她趕忙轉開話題，極力揮去那不該有的劈腿罪惡感與悸動感。

「嗯。」

「案子不順利嗎？」

「很順利。」

「順利就快去睡呀，在這瞎聊什麼，嫌時間太多？」

「我想妳。」

「咳、咳咳咳——」她差點被巧克力嗆死。這人怎麼老是能這麼正經地說些肉麻話啊？

「我要去洗澡睡覺了，掰掰。」她將手機一扔，飛也似地逃進浴室。

「樂樂？樂樂？」傅然一連喊了幾聲，毫無回應，看了下尚未變暗的手機螢幕，皺著眉頭笑了。

跑得也太快，居然連通話都忘了按掉……

也罷。

他哭笑不得地將手機放在一旁，繼續進行手邊的工作，腦海裡卻不斷琢磨推敲著她剛才說過的話。

松傅媒

江姊

呂孟潔

陳新

醫生說她沒有問題

她不敢睡覺

前三個月裡的她一反常態，高跟鞋、冷飲、長袖善舞、千島醬……

如今的她似乎不記得這三個月內發生的種種，甚至苦惱到去醫院求診……

傅然手支著下巴，指節一下下敲打著桌面，眉心微蹙。

＊

清晨熹微的日光薄薄地探入窗櫺裡，枝椏間隱約透出幾聲清脆的鳥鳴。

羽絨被很軟，枕頭鬆鬆的，她好像躺在一朵蓬軟的雲裡。

夢裡，那個名爲林喜樂的女人身上穿著浪漫甜美的雪紡襯衫，腳上踩著難以駕馭的高跟鞋，輕快地穿梭在人資部門裡，談笑風生。

陳新倚在門框旁目不轉睛地看著她，眼裡有著難以形容的光亮，可她翩然一轉，卻搭上了傅然的寶藍色轎車。

那片出現在陳新眼底的星芒倏然移轉到她眼裡，立場一換，變成她戀戀不捨地瞅著傅然，可傅然卻目不斜視地盯著前方，看都不看坐在副駕駛座的她一眼。

傅然、傅然……

奇怪，傅然曾經有過如此冷漠的表情嗎？

「獨角獸的 Monbana？」

「我想妳。」

嚇！她口乾舌燥地從床上坐起來，迷迷糊糊地環顧四周。

她睡著了！

反射性低頭打量自己，很好，這裡還是她房間，身上穿著的還是她洗完澡後換上的睡衣，頭臉身體腳全都還是她的。

她睡了多久？……天啊，手機螢幕怎麼還亮著？上頭顯示的通話還在計時讀秒耶。

「……喂？」她試探地對著手機喊了聲。

她忘了按掉通話，傳然怎麼也跟著沒掛？雖說是通訊APP內建的語音通話，不需收費，但……

「我在。」那頭溫潤的男嗓毫不遲疑地應聲。堅定、及時、低沉，就像他一直守在電話前，默默等待她的清醒與召喚。

「天啊！你整夜沒睡嗎？」她傻傻握著手機，不知該如何形容此時的感受，似乎有股微弱的電流透過話筒傳過來，刺激了她的心跳，蕩漾著難以言喻的感動。

「睡了會兒。」

「你、你……」你怎麼沒掛電話？你在等我？你爲什麼不好好睡覺？你是笨蛋嗎？好幾句話鯁在喉嚨，不知該選哪句好，她支支吾吾的，頰色卻漸漸染紅。

「別擔心，我需要的睡眠量很少。」

「誰擔心你了？」她停頓了會兒，竟不由自主想像起他此時的模樣，頰色不覺更深了。

像是察覺到她的不自在般，傅然笑了出來，笑音愉快，彷彿天空是因他而染亮。

什麼嘛，笑什麼笑啊？笑聲這麼好聽會不會太過分啊？他老是這副泰然自若的模樣，好像顯得她總愛鬧彆扭……不對，她確實是鬧了整晚的彆扭，把氣全出在他身上，結果……他這是以德報怨了？

自覺理虧，她更是心虛得不知該說些什麼才好。

坦蕩從容的傅然倒是先發話了。

「妳有睡好嗎？要不要再睡會兒？還是先去吃個早餐再上班？」

「你脾氣眞好。」鬼使神差的，她脫口說出眞心話。

「只對妳好而已。」他又笑了。

「可不可以不要每次說話都要撩人家一下？你波特王啊？」

「我說實話，而且我不是波特王，是妳男朋友。」

「……」她一定是發神經了，才會爲了他的言談舉止感到臉紅，別忘了他是第二人格的男朋友，而且還是個變態大色狼。

「樂樂。」

「再見。」她不知所措，決定逃跑，這次絕對會記得按掉通話！

「幹麼啦?!不要再說你想我了，」每次被他喊小名都有種不祥的預感，又會心跳加快，林喜樂果斷恐嚇他。

「說妳想我。」

老天爺啊，快把這個老愛調戲良家婦女的男人收走吧！

「才不要咧。」

嘟——通話毫不留情地被掐滅，傅然望著驟然變暗的手機螢幕大笑出聲。

✯

手寫字「*All Day OPEN*」的掛牌迎風而動，刷著綠色油漆的小清新門板被緩緩推開。

「林小姐，今天一位嗎？」

服務生精神抖擻的聲音揚起，林喜樂點點頭，目光和眼前人交會，對上一張朝氣蓬勃的燦亮笑臉——是上次和傅然一起來時遇到的那位女服務生。

「今天一樣坐窗邊對吧？這邊請。」女服務生想也不想地領著林喜樂往吧檯高腳椅區移動。

「不不不，」她立刻拒絕，望著熙來攘往的行人搖頭，目光飄移至咖啡廳一隅。「給我角落的座位吧。」

「好。」女服務生笑盈盈地在角落座位放下菜單，拿起倒扣在桌上的杯子添水。

「我以前都坐窗邊嗎？」入座前，她不禁開口問。坐什麼窗邊啊？角落才是邊緣小透明的所在啊，第二人格的個性眞是和她天差地遠。

「是啊。」女服務生將水杯推到她面前。

她立刻喝了口水，悄悄掩飾她的不自在。向別人打探自己的事情眞是有夠奇怪，雖然她知道那是第二人格，但別人都不知道啊。

「我以前都點什麼？」她翻開菜單，繼續再問。

她要求換座位時，女服務生本來沒覺得奇怪，畢竟誰都有可能心血來潮想換位置，但她接著又這麼問，女服務生顯然困惑了。

「A餐，妳都點這個。」女服務生指著菜單上某個套餐，不解地望著林喜樂。這是要考她記性嗎？

「那……上次跟我一起來的那位先生呢？」她突然有點心虛，咳，她只是好奇問問，才不是因爲想了解傅然什麼的。

「哪位先生？」女服務生一愣，瞇起眼。

林喜樂也跟著瞇起眼，兩人大眼瞪小眼。

距離她上次和傅然一起來不過才幾天，當時女服務生還表現得十分熟絡，這麼快就忘了？

「就上次和我一起來的那個男生啊，高高的，長得很好看，眼尾這樣——」她伸手將眼角拉成傅然的桃花眼，不知情的人大概會以爲她長針眼。

「林小姐，妳到底在幹麼啦？」女服務生噗哧笑出聲。

「齁，這下妳應該知道是誰了吧？」她揉了揉被拉痛的眼角，誠心祈禱沒有別人看見。眞是的，害她這麼不計形象。

「我知道妳說的這位是傅先生，但時常跟妳一起來的先生有兩位啊。」女服務生輕快地說。

「兩位？」

「對啊，除了傅先生之外，還有另一位先生也長得不錯，不過他有戴眼鏡，看起來有點宅，身材很好，應該有在健身……」

等等，這特徵太明顯了，她腦中浮現一張十分不願想起的臉。

「妳說他是你們公司的工程師，還說他很煩，可是又會和他一起來，每次來都有說有笑的，還會牽他的手……」

噗——她嘴裡的水差點噴出來。

「對不起、對不起，沒噴到妳吧？」牽手是怎樣？第二人格難道是劈腿了嗎？她抓起紙巾往女服務生身上猛擦。

「林小姐，妳到底在玩什麼啦？」女服務生可憐兮兮地抱怨。

我才想問老天爺到底爲什麼要這樣玩我啊啊啊！她非常崩潰。

「對不起，我不是故意的。」快把總機小姐的甜美假面戴起來，鎭定！

「林小姐，妳今天要點什麼？」女服務生決定趕快逃跑。

「一樣A……不，給我傅先生平時點的餐好了。」她頓了頓，驀然改口，彷彿爲了掩飾什麼似的，又喝了口水，再這樣下去，她光喝水就飽了。

女服務生點餐的動作停下，問：「傅先生今天怎麼沒一起來？」

「他出差了。」

「哦，那難怪妳要點他吃的套餐，妳想他了齁？」

噗——她嘴裡的水又噴出來了，幸好女服務生夠機靈，這次閃得很快。

「我才沒有！」她臉色漲紅地辯解。

「呵呵，附餐飲料也和傅先生一樣？特調咖啡三分糖微冰？」女服務生臉上掛著此地無銀三百兩的曖昧笑容。

「一樣三分糖，但要熱的。」好悲憤，她有點想死。

「附餐要先上嗎？」

「好。」她點點頭，在女服務生離開之後終於鬆了口氣。

眞是的，她幹麼沒事跑到這間咖啡廳來呢？

只是……自從傅然提醒她吃早餐之後，她才後知後覺想起，既然不方便詢問同事或親朋好友第二人格的事，她可以從女服務生身上打探呀！

山不轉路轉嘛，沒有利害關係，不用擔心露餡，不必擔心被革職，更不需擔心流言蜚語，於是，她就來了。

但是，來了之後呢？得到了第二人格疑似劈腿的消息，她還能做些什麼？

「林小姐，妳的特調。」女服務生將咖啡放到她面前，轉身又去忙了。

「謝謝。」她望著那杯熱氣騰騰的飲料，眨了眨眼，彷彿看見了一雙修長漂亮的手，食指輕敲著桌面。

「今天不拍照上傳ＩＧ嗎？」

對！第二人格有ＩＧ！

看看她被虐成什麼樣了？又忙又累又智障，怎麼就忘了呢？

她飛快拿出手機，點開完全不熟悉的ＩＧ，手忙腳亂地操作，摸索了老半天，才終於找到自己的個人頁面在哪裡。邊緣人要學會使用ＩＧ眞是件難事。

登出登入，確認帳號密碼，都和她原本的ＦＢ、LINE相同，既然ＦＢ和LINE都改了，她也毫不遲疑地將ＩＧ密碼改掉。

六月二十六日，這個ＩＧ發布了第一則貼文，第一則貼文是她的駕訓班報名表，上面寫著：「開始新人生！」

什麼開始新人生？毀掉她的人生才對吧？

她嗤之以鼻地看下去，才看沒幾則貼文，越看眼睛睜得越大，想死的心都有了。

一張張她穿著極爲暴露的照片映入眼簾。

各式各樣的食物，琳琅滿目的化妝保養品，不分遠近的遊山玩水、踩點……

等等，居然沒有她和傳然或陳新的合照耶，任何透露出她有男友或親密男性友人的蛛絲馬跡都沒有。

這是什麼爲了保持行情的操作嗎？爲了避嫌？爲了腳踏多條船？

算了，管它的，繼續看下去就對了。

摯友名單裡有同事ＡＢＣ，動態裡也有許多與ＡＢＣ的合照與出遊紀錄，卻沒有與她最爲交好的呂孟潔。

「林小姐，餐點來了哦，用餐愉快。」女服務生在她面前放下餐點，她點點頭，迫不及待地拿起餐叉吃了一口。

好吃……才不是因爲思念傅然所以覺得好吃呢，她不知道在和誰賭氣似的，猛塞了好幾口進嘴裡，卻忍不住偷偷記住菜色，又繼續滑ＩＧ。

「綠茶婊！」

一張呂孟潔被割得破破爛爛的照片跳出來，居然出現在什麼典藏動態裡，觸目驚心，她手一抖，餐叉差點滑掉。

「雖然好像應該感謝妳，但我決定還是先弄死妳，免得夜長夢多。Bye，心機女。」

貼文上的文字和圖片同樣惡毒，當然不是她寫的，絕對是第二人格的手筆。

怎麼回事？呂孟潔明明是她最好的朋友，而這則貼文殺傷力這麼強，沒有設定隱藏，沒有限制瀏覽權限，居然還有標注暱稱……

點入被標注的暱稱……她又差點嚇傻，這不正是呂孟潔嗎？

天啊，第二人格也太殺了吧?!這不就是擺明了要正面對決嗎？是光明正大罵給呂孟潔看的。

她執著餐叉的手停在半空中，嘴巴張得圓圓的，不可思議，腦子裡一片渾沌。

她在公司裡雖然是個邊緣小透明，偶爾也會抱怨主管同事，但從來沒有對誰有過如此強烈的敵意。

回想起呂孟潔連日來對她的態度，她驀然間弄懂了什麼。

等等！這麼說的話……

換個角度想，和第二人格反目的呂孟潔，會不會正是最有可能相信她的那個人？

✲

林喜樂坐在櫃檯，一邊整理尾牙獎品的報價單，一邊偷看鄰座的呂孟潔。

iPhone、iPad、掃地機器人、氣炸鍋……

呂孟潔還是維持著這幾日來的冷淡，看都不看她一眼，零互動、零交集，妝容精緻但眼眉不善。

該怎麼和呂孟潔談呢？怎樣的起手式才能取信於人？

趁午休時攔住呂孟潔？不，等呂孟潔吃完飯回來再攔好了，吃飽後心情比較好，成功機率比較高。

她默默打定主意，待午休音樂一響起，便用最快的速度衝向置物櫃，將泡麵拿到茶水間，準備守株待兔。

沒想到才走進茶水間，手機就響了。她低頭看向來電顯示，納悶地按下通話鍵。

「喂？」幹麼？不是早上才通過電話嗎？

「是我。」傅然的聲音溫煦地傳來。

「怎樣？」她歪頭夾住手機，騰出手來撕開泡麵醬包，想了想，立刻警戒地補充。「不要再說你想我了。」

傅然吞下一聲微乎其微的笑音。「既然妳這麼說，我只好從善如流了。午餐吃什麼？」

呃……望著手中的泡麵，不知爲何，她居然有種被抓到小辮子的心虛感，總覺得傅然很有可能會念她一頓。

「你特地從日本打電話來，就爲了問我午餐吃什麼？」她顧左右而言他。

「不是，我想說的妳不准我說。」

她不准他……天啊！她慢了好幾拍才意識到他又拐著彎說想她了，說好的從善如流呢？

「早上才叮嚀我要吃早餐，現在又要問午餐，你是我媽嗎？」明明熱水都還沒加，怎麼她就已經覺得熱了呢？她再度拙劣的轉移話題。

「不是，我是妳男朋友。」非常理直氣壯。

她認輸，算她敗給他，這人怎麼總是這樣？

「猜我吃什麼？」她在泡麵裡注入熱水，寧願被他念，也不要被花式調戲。

「泡麵？」

「嚇！」這也太神了吧？她不禁抬頭張望。「你在公司裡裝了針孔？」

「只裝在妳身上。」傅然很愉快。

「你可不可以正經點？」

「不行。」傅然輕笑。

「不調戲我你會死嗎？」

「不會死，但會很不愉快。」傅然這下回答得很正經了。

「你可不可以不要該正經時不正經，該不正經時正經？」

「也不行。」

「要不要這麼叛逆啊你？好，『要』，我幫你回答，你不用說了。」到底第二人格是怎麼和這傢伙成爲男女朋友的？她很無奈，卻又覺得有點好笑，稍稍緩解了從早上發現ＩＧ之後的緊張感。

傅然愉快地笑了起來，他的笑聲很好聽，透過話筒傳來，徐緩輕柔，彷彿能看見他的胸膛因此而震動，林喜樂一愣，竟不由得想像起他喉結滾動的模樣。

她曾經看過他笑的樣子嗎？

好像有，又好像沒有……她真的一點印象也沒有了。

從前在公司時，兩人雖有互動，但半生不熟，比陌生人好不了多少，可這兩天，他卻成爲最親近她的人。

「你心情很好？發生什麼事了？」她自然而然地關心起他，都沒發現自己越來越習慣和傅然通話，也越來越習慣傅然的存在。

才不過短短幾日，她的心情從拚命想甩掉他，進展到現在如朋友般的胡亂瞎聊，一切都是那麼自然。好像只有在與傅然說話時，她才能夠完全將第二人格的事情拋在腦後。

「剛簽完合約。」傅然不疾不徐地答。

對吼，他是國際事業部總監嘛，出差經手的肯定是大案子。

「恭喜。」她由衷地道。

「謝謝。」傅然一頓，又喚：「樂樂。」

「嗯？」

「我在喝Monbana。」傅然啜了口冒著熱氣的巧克力，執著杯耳的手指修長優雅。

「欸？怎麼會有？飯店提供的？」話一出口，她就知道錯了。「你特地去買的？」

「嗯。」傅然點頭。

「日本好買嗎？」

「還可以。」

「好喝嗎？」

「太甜。」

「也對，你平時都喝三分糖的話，Monbana真的太甜了。」

「妳記得我喝三分糖？」傅然放下杯子，微瞇起眼。

林喜樂腦中登時警鈴大作。踢公伯啊，殺了她吧！

「怎麼可能記得啊？我們才吃過一次飯耶！」她急著澄清，以致於全然沒發現自己說溜嘴。她口乾舌燥，下意識解釋：「我是問服務生的啦。」

才跟他吃過一次飯，就記住他愛喝什麼，豈不是顯得太在意他了嗎？

她才沒有呢！而且，她才不要讓他知道，她甚至還點了和他一樣的餐……

「哦？所以妳跑去問服務生我都喝什麼？」傅然的口吻聽起來很耐人尋味。

「我就是，那啥，想換換口味。」根本越描越黑，她有點無力。

「那妳閉著眼睛在菜單上胡亂點就好，何必特地問服務生？」

「咦？怎麼突然有雜音？喂？喂喂？聽不清楚欸！我要去吃泡麵了，掰掰。」她匆匆忙忙按掉通話。

雛鳥情結眞是太恐怖了，怎麼會有種情竇初開的少女感呢？

別忘了她當初設定的目標可是甩掉傅然，脫下女主角王冠，當回她的萬年邊緣小透明呢！而且，傅然之所以對她好，全是因爲第二人格的緣故。

她心頭有點發堵，攪拌了下泡麵，食不知味地吃了幾口，從窗戶望出去，恰好看見呂孟潔走進陽碩大樓。

太好了！顧不得沒吃完的泡麵，她風風火火地提步追出去。

✲

這頭，傅然望著手機螢幕，滿腦子裡想著的，卻是她那句「我們才吃過一次飯耶」。

縈繞於心的疑惑終於水落石出，澈底坐實他的猜想。

前幾天和他一起吃早餐的才是眞正的林喜樂，而那是他與她的第一次。

喜歡藍白拖、喜歡熱飲、喜歡熱奶茶和熱巧克力、喜歡油醋醬、喜歡將自己包得密不透風的林喜樂，和現在的一樣，是原本的林喜樂。

他喜歡的樂樂。

✻

「妳的意思是，妳完全沒有這三個月的記憶，這三個月以來的妳，其實是妳的第二人格？」呂孟潔咖啡色的頭髮甩了甩，尾音拖得長長的，和她的眼線同樣飛揚。

林喜樂費了九牛二虎之力，才終於把連正眼都不願意看她一眼的呂孟潔拉到安全梯旁，對著不情不願的呂孟潔掏心掏肺。

「對。」她的心情就像那終於找到樹洞的理髮師，吐出的每個字都是來自靈魂的吶喊。

呂孟潔輕蔑地笑出聲來。「別鬧了，就算想和好也換個像樣點的理由，省省吧妳。」

我不是想和好，我是想找樹洞啊！她差點就這麼說出口了，幸好她沒這麼白目，不然拉攏戰友的計畫還沒開始就泡湯了。

「我們之間究竟發生了什麼事？到底爲什麼會撕破臉？」翻遍了ＩＧ、ＦＢ和手帳，都沒找到她與呂孟潔決裂的原因，她好納悶。

看吧！推理小說裡所謂的關鍵日記都是騙人的，圈圈叉叉的這年頭到底誰還認眞寫日記？而且還要寫到能找出決定性的線索，眞是欺騙社會，她有夠悲憤。

「林喜樂，妳究竟是想裝傻還是想二度傷害？」呂孟潔看起來比她的大紅色口紅更火。

「孟潔，妳相信我，妳看——」她從包包裡拿出這幾天的醫院掛號單、收據和檢查報告，一股腦攤在呂孟潔面前。「我眞的有去看醫生，不只做了很多檢查，還預約了今晚的精神科門診，假如妳不相信，下班後可以跟我去醫院一趟……」

「誰要跟妳一起去醫院啊？」呂孟潔不屑地回嘴，眼神卻仍偷偷瞥向掛號單。

「妳跟我去了之後就知道我沒有騙妳，無論這三個月裡發生過什麼，我都沒有想傷害妳的意思。」

呂孟潔不耐煩地盤起雙臂，終於願意正視她，惡狠狠地說：「妳突然跑來跟我講這些到底想幹麼？」

「我當然是希望有人能夠相信我，希望我們還能是朋友，希望生活能回到正軌——」

「正軌？」呂孟潔不以爲然。「妳現在這樣有什麼不好？江姊看重妳，同事喜歡妳，客戶愛找妳，就連陳新和傅然都圍著妳團團轉。短短三個月，妳就搖身一變成爲人生勝利組，還有什麼好挑剔的？少在這邊得了便宜還賣乖，我才不吃妳這套。」

「但我不想啊。」她眞是有理說不清。她愛的是藍白拖，不是高跟鞋啊！「如果是妳，一覺醒來發現已經過了三個月，完全沒有這段時間的記憶，還被強迫塞了一堆不想要的東西，妳會高興嗎？」

「未必會高興，但絕對不會像妳這、麼、不、高、興。」呂孟潔重重強調，顯然認爲她刻意炫耀。

「孟潔，拜託妳千萬要相信我，我眞的很需要有人能夠告訴我，這幾個月裡到底發生了什麼事……」

「懶得理妳。」呂孟潔掉頭就走。

「孟潔——」她舉步想追，抬頭卻見到陳新朝這裡走來的身影。

倒楣，偏偏這時候遇到學長。她現在不想和學長講話，光是想到要耗費心神拒絕學長，她就覺得好累。

算了，改天再找呂孟潔吧！她匆忙離開。

咦？人呢？這麼快就放棄了？走了幾步，察覺林喜樂沒跟上來的呂孟潔停下腳步。

陳新從呂孟潔身旁走過，禮貌性地向她點頭，呂孟潔也跟著點了點頭，眉頭卻倏然蹙緊，很難不多做聯想。

林喜樂跑得這麼突然，難道是在躲陳新嗎？

怎麼可能？林喜樂暗戀陳新這件事，她是比誰都清楚的。

莫非林喜樂說的是眞的？如果是的話，那不就代表……

呂孟潔握緊口袋裡的某樣東西，全身雞皮疙瘩陣陣直起。

4

「解離性人格是一種十分複雜的病症，也有可能是思覺失調症，這都需要長時間及全面性的觀察與診斷。這段時間請妳盡量保持心情愉快。倘若情況允許，也請妳盡可能將每天發生的事情記錄下來。」

「林小姐，妳想聊聊妳的童年或是人生經驗嗎？妳的原生家庭狀況如何呢？妳的生活最近有沒有重大變化呢？」

「妳有失眠的困擾嗎？最近是否十分焦慮呢？」

不是，就算我原本不焦慮，被醫生這麼一說也變得焦慮了呀！而且，誰碰上這種事會不焦慮啊？

林喜樂由精神科門診走出來，心情並沒有因爲尋得專業幫助而好轉，反而更加徬徨。她站在醫院廊道上，無措地看著手上的醫療單據。

假如能夠選擇的話，她很希望醫生能告訴她一個物理上的病因，好比她是因爲撞到頭或是什麼腦部病變才導致失憶，可是偏偏怎麼檢查都沒有。

她不認爲她有精神上的病因，但精神科醫師卻認爲她可能有童年創傷或遭逢巨變，很想深入了解她的精神狀態。

難道她眞的有心病嗎？

她兀自發著呆，手機驟然響起，才按下通話，母親連珠炮似的嘮叨便劈里啪啦傳來。

「樂樂，又加班了嗎？怎麼連通電話也沒打回來？二姑媽今天還在問妳的工作和婚事，妳前陣子不是說很快就會調單位升官，還說已經找到對象了嗎？怎麼都沒帶回家？還有，下個月的家用應該可以多給一點了吧？」聽她遲遲沒回話，林母霎時間不高興了起來。「妳爭氣點，最近好不容易才讓媽長了點臉，別又變回以前那副死樣子，聽見了沒？」

通話無預警結束，她茫然盯著手機，不知道該不該因母親對她的態度恢復往常感到慶幸。

是啊，她就是這副死樣子。

她孤立無援，求助無門，沒有人相信她，也沒有人喜歡眞正的她。

無論是媽媽、江姊、學長、同事、客戶……除了呂孟潔之外，大家都更喜歡這三個月內的她，然而呂孟潔已經不想理她了。

到底她現在可以去哪裡，又能找誰傾訴？

咕嚕——肚子不爭氣叫了兩聲，令她想起中午那碗沒吃完的泡麵。好餓……

她又餓又累又疲勞，焦慮緊繃，就算回家也無法眞正放鬆。家裡只有一個處處嫌棄她的母親，而她房裡的東西全都是她不熟悉的，那裡已不再像是屬於她的房間……

鈴——手機再度響起，彷彿要將她打入絕望的谷底。

算了，不管是什麼都來吧，就算是陳新或是貸款推銷詐騙都沒關係，全都來吧！

「幹什麼啦？有話快說！」她厭世極了，看也不看地就按下通話。

「樂樂？」傅然顯然愣了一下。

「不是我是鬼哦?!」她沒好氣。怎麼又是傅然？他也太倒楣了吧，連續掃到兩次颱風尾，老是被她遷怒，這下八成能分手了吧？

「妳還好嗎？」

「當然不好啊！你是智障嗎？」

「妳在哪裡？」

「你管我在哪裡！不要理我啦！反正我就是個神經病，不要你來管，不用任何人來管！每個人都不在乎我，沒人喜歡我，根本沒人在意我是誰，你快跟我分手啦！」這句問候一下子點燃了她，她將這幾日受到的挫折全數吼出來，越吼越挫敗，越講越想哭。

她是誰？她人在哪裡？連她自己都快要搞不清楚了。

她是不是根本不該掙扎？根本該讓第二人格來接管她的生活，控制她的意志，享受她的一切，才是眞正的眾望所歸。

看看那些穿越重生故事都是這樣的——樂觀積極、奮發向上的女主角重生到原本怯懦膽小、透明邊緣的女配角身上之後，所有的讀者都期待著女主角好好大幹一場，有仇報仇、有冤報冤，讓周遭的人刮目相看，根本沒有人理會原本的女配角去哪裡了。

她不爭不搶，甘於平淡，就算吃虧了也不在乎，但她的人生觀與價値觀就是被世俗否定的一切，就算她自己多安然、多喜歡，都沒用。

她就是個毫無用處的存在，爹媽不疼，讀者不愛。

「我在乎妳。」傅然說得堅定，每一字都鏗鏘有力，全無遲疑。

「你才不在乎我，你只在乎我的胸部！」

「我在乎妳，也在乎妳的胸部，因爲那是妳的。」

「你有病嗎？」

「我沒有病，我很在乎妳，我不跟妳分手，想都別想，我早說過了。」

「你跳針啊?!聽不懂人話是不是？」怎麼連這麼簡單的事情也講不通？她越來越挫敗，越來越懊惱，越來越無力，與其說是在對傅然發脾氣，倒不如說是在對自己發脾氣。

「樂樂，我在乎妳，喜歡妳，也在意妳是誰。告訴我妳在哪裡，聽話。」傅然的態度始終如一，從容溫緩，異常堅定。

「我才不要聽話！我爲什麼要聽話?!我……」她話音一哽，種種挫敗、無助、憤怒、委屈、難受的情緒衝湧而上，突破了她連日來強撐的表象。

壓抑多時的驚慌終於潰堤，她吸了吸鼻子，語無倫次，也不管傅然有沒有聽懂，一股腦傾訴。「傅然，我好害怕，我眞的好怕……我不想回家……我是不是眞的瘋了？沒有人相信我，我的錢沒了，我的衣服我的鞋我的ＢＬ，通通都沒了，好像連我自己也沒了……到底是哪裡出了問題？我是不是眞的有病……怎麼辦？我不知道該怎麼辦，我好怕。嗚……」

「樂樂，妳先別慌，告訴我妳在哪，在那別動，等我。」傅然握著手機，完全能感受到她的無措，不覺也有些心急。

「我在醫院……」她身心俱疲地蹲下，環抱住自己發顫的身體，將臉龐深深埋入膝蓋裡。

「哪個醫院？」

「在……」

醫院刺眼的白光打在她蜷縮的身上，她身旁人來人往，卻沒人因她停下腳步。

一道持續注視著她的身影，悄悄隱沒在廊道裡。

＊

寶藍色的轎車駛入夜幕，如同夜空中的流星，翩然降落在瑟縮的女孩面前。

「樂樂。」風塵僕僕的傅然在醫院側門接到了林喜樂，爲她打開副駕駛座的車門。

他動作輕柔地將神情空洞的她帶上車，爲她繫好安全帶，緩緩地伸手觸碰她被風吹得冰冷的臉頰。

傻瓜。眼睛這麼紅，不知道是剛哭過，還是拚命憋哭憋出來的？

「傻傻站在門口吹風，也不在裡頭等，萬一著涼了怎麼辦？」打開暖氣，他話裡全是心疼。

她沒有回話，眼神茫茫然的，專注望著自己的手指，像迷路的孩子。

「這麼喜歡藍白拖啊？」傅然低頭往下看，對著她只套著藍白拖的腳深深皺眉。「腳都不暖了，身體怎麼會暖？」

想必她的腳一定比臉更冰，他眞氣自己沒能更早趕來。

「我沒有錢買新鞋。」小小聲的一句，可憐兮兮地從副駕駛座飄出來，她的聲音比表情更加委屈。

傅然開始後悔出差前沒借她錢了。

「這麼沒精神？不罵我了？」揉了揉她髮心，他看進她的眼底。

「累了。」她有氣無力地回，好像稍早時在電話裡被痛罵的是她一樣。

「妳需要好好休息。」傅然摸了摸她依舊冰涼的手，調整了下暖氣溫度及風向。「打個電話回家給伯母，說妳要熬夜加班，住同事家，請她別等門。」

她緩緩側過頭，戒備地看了他一眼。

「不是說不想回家嗎？買不起新鞋，應該也住不起飯店吧？」傅然說得很實在。「我一個人住，所以沒有見父母或是見室友的困擾。」

她再次揚眸，眼底的戒備更深了。

「保證不會對妳做什麼，我家有客房，而且社區外面就是警察局，報案很方便。」傅然指天發誓。

什麼報案方便啊？她不由得笑了。

見她終於露出笑容，傅然稍稍安心了些，從駕駛座旁拿出一盒牛奶，將她的手覆於其上，緊緊握牢。

「來。現在應該是剛好能入口的溫度，妳喝喝看。」

好溫暖……牛奶的熱度透過冰涼的指尖傳來，像傅然覆著她的掌心出現得一樣及時。她胸口泛起絲絲暖意，充塞著許多還看不清的心緒。

「本來想買妳喜歡喝的那家熱奶茶，又怕晚上喝含咖啡因過高的飲料太刺激，又不知道妳有沒有吃晚餐，空腹喝茶傷胃。想來想去，最後只好在超商買牛奶。」說完，見她還怔怔捧著牛奶，他皺起眉頭。「需要我先喝一口，證明牛奶沒有問題嗎？」

「不用。」她回神啜飲了口，用笑聲掩飾內心異樣的感受。

她不知道要怎麼回應傅然對她的示好，畢竟傅然喜歡的是第二人格，可是，她除了不知該如何對傅然坦白之外，好像，還有著不想失去傅然的私心……

「你怎麼提早回來了？」為了阻止自己胡思亂想，她趕快轉移話題。明明中午通電話時，他人還在日本，怎麼轉眼人就在臺灣了？說好的出差五天呢？

「合約簽妥了，想女朋友，就提早回來了。」傅然轉動方向盤，將轎車駛離醫院。

「你很喜歡強調男女朋友這件事。」她橫他一眼，差點又被他嗆到。

「因為妳沒有自覺。」傅然將手機遞到她眼前，她的手機號碼前清清楚楚顯示著「女朋友」三個字。

「我哪沒有自覺了？」她瞪著那行字，吐槽得有些心虛，霎時間靈光一閃，又突然想到。「欸，等等，我手機裡的『男朋友』該不會是你輸入的吧？」

「是。」傅然點頭。

「我還以為只有女生會這樣。」怎麼這麼幼稚啊？她不禁白眼，又喝了口牛奶。

傅然意味深長地睞了她一眼。「樂樂，我知道，除了我，妳和陳新也走得很近。」

「咳、咳咳——」她拍了拍胸口，差點被牛奶不人道毀滅。

所以是怎樣？手機上各自輸入了男女朋友這些字眼，是據地爲王的概念嗎？

「慢著……難道看場地那天，你一早就在我家附近等我，是爲了確認我和陳新有沒有約？」想起女服務生說過的話，她驀然連結起了什麼。

傅然沒回話，前方的紅綠燈將他的臉輝映得一明一滅，藏進了許多心事。

她就當他默認了。

突然間，她覺得他好傻，這樣患得患失，有點讓人心疼。

「如果，我不是跟你交往時的那個我，你還會對我這麼好嗎？」她凝望著他，總覺得這一切都來得莫名其妙，問得戰戰兢兢。

他說得對，她確實沒有身爲他女友的自覺。

看看他，明明是奔波回國，眼下依稀有著青色暗影，可一身高領針織衫搭配長版大衣的裝扮絲毫不減俊逸，隨便往人群中一扔，都是目光焦點。

再說，不只外貌條件出眾，就社經地位而言，他在公司裡的表現也十分優異，人緣極佳，前景看好。而她不過區區一個小總機，到底憑什麼受他青睞？就憑她的E罩杯？怎麼可能？公司裡比她更「胸」的在所多有。

「只要妳是妳，我永遠都會對妳好。」趁著停紅燈的空檔，傅然轉過頭來，如同起誓般鄭重對她宣告。

「爲什麼？」

「我喜歡妳。」

男嗓溫沉，似乎能勾動夜色中的什麼，她心口一跳，只得沉默地低下頭，藉以平緩內心的衝擊感。

「還想再聽一次嗎？」

她連忙搖頭。

「我不知道你喜歡我什麼，我有什麼能讓你喜歡的？」她低低地問。那些從小到大被母親嫌棄過的缺點，不斷跳上來，在她腦內無限回放。

「我會慢慢讓妳知道，妳先休息，把精神和身體都養好，別胡思亂想。」傅然摸了摸她鬱鬱寡歡的臉。「快打電話給伯母吧，時間晚了。」

「嗯……」她點了點頭，本還帶著一絲猶豫的心思悄然蒸散在車內狹小的空間裡。

就一晚……應該，不要緊吧？

她想相信傅然，她可以相信傅然。

想暫時逃離，好好呼吸。

傅然身旁，似乎有她需要的氧氣。

✴

轎車一路前行，繞過了大半個市區。

她本以爲傅然會將車開進什麼豪華氣派的高級社區，或許在山上，或許在臺北近郊，總之，絕對不是像現在這樣隱藏在鬧區中的老巷弄，老社區，老公寓。

傅然在平凡無奇的月租停車場停好車，從車上拎下從日本帶回來的行李，領著她走進自家公寓。直到看見他行李的此刻，她才深刻意識到，他是連家都還沒回，就直奔她身旁的，心中感動跟怪異的感受更爲加深，麻麻癢癢的。

她跟著他走進樓梯間，拾級而上，一路來到三樓。

沿途看著這藏不住屋齡的扶手、階梯、牆面，總覺得十分出人意表。

這不就是跟她家一樣的老公寓嗎？身爲菁英難道不該住豪宅嗎？

欸，等等，先別下定論，會不會只是外表騙人罷了？其實門一打開，屋子裡裝修得跟皇宮一樣富麗堂皇？

喀——隨著傅然轉動鑰匙，大門被緩緩推開，映入林喜樂眼簾的是整理乾淨的玄關、鞋櫃及客廳。樸實、平凡、每樣家具看起來都有著年代感，就像一般市井小民的住家。

「妳很失望嗎？」傅然走進屋子裡，突然回頭問了這麼一句。

「失望什麼？」她眨了眨眼。

「以爲我家會更氣派之類。」

「是有點出乎意料啦，但不會失望啊，我覺得很自在。」她由衷地說。

「我想也是。」傅然笑。「曾經有很多人建議我換房子，但是我喜歡這裡，住慣了，沒覺得需要換。」

她點頭再點頭，拚命點頭。她太懂了！還是用慣的東西好，不管新的有多昂貴、多浮誇都一樣。

「喏，拖鞋。」傅然打開鞋櫃，拿出了雙家居拖鞋給她。

「謝謝。」

「鞋櫃裡的空位都可以擺。」傅然指了指她腳上的藍白拖，逕自將行李拉進屋內。

「好。」她正要將藍白拖放入鞋櫃，動作卻驀然停下，愣住。

鞋櫃裡有女鞋？上下排都有，起碼也有四、五雙。

傅然不是說他沒有和父母親同住，也沒有室友嗎？怎會有女鞋？

「傅然，你……」眞看不出來啊，她琢磨了老半天，表情越來越微妙。

「怎？」傅然放好行李，納悶地走回她身旁。

「沒事，有幾個不爲人知的癖好不是什麼壞事。」她拍拍他的肩，非常善解人意。

不爲人知的……？他順著她的視線看去。

慢著，她該不會以爲他有女裝癖、鞋癖，或是任何有的沒有的吧？

傅然慢了好幾拍才讀懂她的表情，她臉上那「不用害羞你別解釋了姊姊我都懂」的神情是怎樣！

「妳仔細看清楚。」傅然將她的身體扳正到鞋櫃前，十分無奈。

有什麼好仔細看的啦？需要如此嬌羞嗎？她眨了眨眼睛。

不就是女鞋而已……咦？居然每雙都看起來穿過很多遍，不知道是他自己穿的，還是跟人家買的？

「你口味有夠重。」人不可貌相，她嘻嘻笑，笑得很有遐想空間。

傅然頭很痛，簡直用盡畢生修養才沒從她的小腦袋巴下去。「林小姐，妳給我睜大眼睛好好看清楚。」

吼，真受不了，惱羞成怒欸。

「就鞋子啊，有什麼好……」她話音一收，突然把那幾雙鞋從鞋櫃裡翻出來，瞪直眼睛看了又看，驚嚷。「天啊，這我的鞋欸！這雙也是……那雙也是……不對，全部都是！搞毛啊？傅然你有病嗎?!太變態了！」

她的休閒鞋！她的低跟鞋！她的帆布鞋！她的拖鞋！

嗚嗚嗚，原來你們在這裡，娘好想你們啊！還以為此生再也無法相見了！

她激動萬分，完全不明白這是怎麼回事，不知道該揍傅然還是謝傅然，臉上表情複雜得十分精采。

她傻裡傻氣的模樣簡直令傅然笑壞。

「來。」傅然拉著她穿過走廊，推開客房的門，看見房內物品的那一霎那，林喜樂再度尖叫了。

「我的鍵盤！我的滑鼠！我的衣服！我的ＢＬ！」她不可思議地奔進房裡，衝向書櫃及置物櫃，抱起裡頭的物品看了又看，又叫又跳，團團亂轉。

「我的首刷紀念版！我的作者簽名板！我的《10 count》！我的《有何不可》！」

太感人了！怎麼會有這種事？

她面色漲紅，簡直像在玩瑪莉歐賽車，九彎十八拐，大起大落，這樣眞的不會中風嗎？

「大師兄回來了！全都回來了！」她感動莫名，傻笑得像個笨蛋。

突然冒出《少林足球》的對白是怎樣？傅然失笑。

「這是怎麼回事？爲什麼我的東西會在你這裡？」林喜樂抱著她失而復得的孩兒們跳到傅然面前，整張臉龐都是亮的。

「妳請我幫忙扔，我不知道妳會不會哪天突然後悔……總之，就先留著，放在我這裡，反正家裡有空間。」

「傅然，你眞是神機妙算未卜先知瞻前顧後，根本諸葛在世，不不，劉伯溫？推背圖？啊，還是唐國師？」她胡言亂語，喜孜孜的。到底要用什麼形容詞才足以讚嘆傅然？她詞窮。

傅然苦笑，眞不知該不該感謝她亂七八糟的恭維。

「還有，我有能夠信賴的朋友在經營中古車行，妳的車若是用不著，趁車齡還很新時脫手吧，價錢比較好。」

「你怎麼……爲什麼？你怎麼會知道我……」聽他主動提起車子，林喜樂結結巴巴，暫時沒能將想說的話組織起來。

他太了解她了，爲什麼？就憑她兩通爆炸遷怒的通話內容？

「是我不好，妳決定扔東西和買車的時候都有來找我商量，我當時應該阻止妳的。」

她瞅著傅然，心裡有很多話想說，偏偏不知該從哪句開口。今晚衝擊太大，一切都還亂紛紛的。

「浴室在外頭，裡面的洗漱用品妳可以任意使用，乾淨的毛巾在櫥櫃裡。床單妳可以自己鋪吧？都是妳原本的，我送洗過，就在衣櫃最下方，妳走近點就會看見。家裡只有三間房，一間妳的，一間我的，另一間是倉庫，有什麼需要就來喊我，打電話也行。妳若餓了，廚房、冰箱裡的東西都請自便，我先回房整理行李。」傅然一股作氣說完，顯然已經為她做好打算。

「等等，傅然，我們需要談一談。」見他轉身要走，林喜樂下意識抓住他衣襬。

「除了戀愛，我和妳沒什麼好談的。」傅然連一秒猶豫也沒有。

「你到底哪來這麼多撩妹對白啊？」她噴笑的同時又有些崩潰。他究竟是正經還是不正經？她都已經分不出來了。

「樂樂，我累了，我們明天再談好嗎？」傅然刻意揉了揉眉心。他確實累了，需要休息，但他認為她更是。

若他不讓自己看起來累一點，恐怕她是不肯輕易就範的。

「好。」盯著他緊揉眉心的舉止，她立刻打消念頭。

「晚安。」真單純，還很善良體貼，不願造成別人困擾，就像他記憶中的林喜樂一樣。傅然摸了摸她髮心，唇邊笑意微揚。

「晚安。」她朝他揮揮手，笑得很可愛，和剛剛在醫院的頹然模樣判若兩人。

盯著她這副眼睛閃亮、雙頰紅彤彤的模樣，傅然霎時又捨不得走了。

「對了，樂樂，」傅然倏地轉過頭。「如果擔心我夜襲妳，房門可以上鎖。」

「不用你提醒，我一定會鎖的。」她笑出來，可嘴上明明這麼說，心裡其實並不是很擔心，開玩笑的成分居多。

「那妳應該跟我拿鑰匙，不然我三兩下就開了，妳鎖也沒用。」傅然盤胸正色說。

「那你倒是快交出來呀。」她伸手。

「忘了收在哪裡，很久以前就找不到了。」這倒是實話，傅然兩手一攤。

「那你就別再這邊講廢話了啊，到底！」她抄起一旁的抱枕扔他，大笑。「不是說很累了嗎？快去收拾行李睡覺了啦。」

「這麼凶，這是對待男朋友應該有的態度嗎？」傅然被她扔出一長串笑音，喉結滾動，眼裡全是星光。

她驀然間覺得胸口好似被什麼抓住，一時找不回呼吸的節奏。

終於，能好好看見他笑的模樣了……

近在眼前，如此清晰，和透過電話聽見時截然不同，這麼有感染力，這麼……好看。

果眞……足以將世界染亮。

「快回去啦，晚安！」

她手忙腳亂地將傅然推出去，關上房門，拚命穩住自己的呼吸。

她莫名傻笑了會兒，鋪好床單，洗好澡，穿著自己慣穿的睡衣，抱著心愛的漫畫躺在床上滾來滾去，心情很好，深覺此刻是這陣子以來最好的夜晚。

好奇妙，她明明是在一個陌生的環境裡，卻因爲東西全是自己的，而感到這麼熟悉，這麼有安全感。

第二人格啊，幸好妳留了傅然下來。

幸好，妳眼光不差，交的男友不算太壞……

她開開心心地將自己裹進棉被裡。

她有預感，今晚一定能睡個前所未有的好覺。

✵

果不其然，一夜無夢。

翌日清晨，林喜樂神清氣爽地起床，看了看時鐘，居然才早上五點半，天才濛濛亮，整個城市都還沒醒。

很久沒睡得這麼好了，精神百倍，而且，肚子餓了，很久沒有感受到如此強烈的食欲了。

她撫著肚子，飢腸轆轆，躡手躡腳地推開房門，小心翼翼地左右張望。

傅然的房門還是關著的，應該還沒醒吧？

昨晚，他說冰箱和廚房裡的東西都可以用，那就代表他家裡有食物，可能平常有在開伙？

但是，他出差了幾天，生鮮蔬菜也許早沒了……

她輕聲打開冰箱，矮身往內瞧了瞧，再走到廚房，研究了下鍋碗瓢盆、調味料與咖啡機。

走回客廳，看見傅然的鑰匙就掛在玄關，她偏頭想了想，用最快的速度洗漱完畢，換好衣服，拿起鑰匙出門。

✻

傅然是被食物的香氣喚醒的。

七點……這麼早？

他睡眼惺忪地走進浴室打理好自己，半信半疑地走出房間。

餐桌上擺放著兩個白色圓形瓷盤，裡頭有法式吐司、水煮蛋、雞胸肉、綠色花椰菜，還有一個正待填滿的空位。

都是很簡單的東西，但賣相很好，擺放得十分整齊，盤面也很乾淨，看起來十分舒心。一旁還有兩個空杯子，空氣中瀰漫著濃濃的咖啡香。

「樂樂？」他走進廚房，在瓦斯爐前找到執著鍋鏟，穿著圍裙，煎著培根，哼著歌，看起來心情十分愉快的林喜樂。

「咦？你醒了？早安。」她聞聲回頭。「等我一下哦，快好了。」

培根被煎得微微捲起，金黃色的油在鍋裡滋滋作響，香氣四溢。

林喜樂翻動培根，一邊動作一邊說話。

「我看你上次點的早餐，你大概早上一定要補充蛋白質吧？培根和雞胸肉是冷凍庫裡的，咖啡豆是櫃子裡的，其他東西是我拿你的鑰匙下樓買的。傳統市場還沒開，幸好有二十四小時營業的超市，我隨便買了點蛋和青菜，將就著吃吧。」

關瓦斯，鏟起培根，盛盤，她的心情很好。

「還叫我記得鎖房門，結果你自己錢包和鑰匙就大剌剌放在那麼顯眼的地方，也不怕我偷，早知道把你的現金都拿光……」

「妳拿沒關係。」

「呃？」他應得這麼大方，她轉頭過來與他對望，臉上笑容更盛。「有錢了不起呀？」

「跟連鞋子都買不起的妳比起來是挺了不起的。」傅然中肯地回答。

「哼哼，幸好我現在已經不用買新鞋了。」可惡，居然這麼有道理，她不禁好笑，手上動作未停，三兩下便洗好了鍋子，將東西歸位，一氣呵成。

「我好訝異你竟然有圍裙。」她指著身上的圍裙，直視他。

他的頭髮好蓬鬆，可能因爲還沒抓髮蠟或造型的緣故，看起來比平時更柔軟；頰邊沒有新生的鬍碴，大概起床時已經刮過了，不知道他的臉摸起來觸感怎樣？有鬍子時又是怎樣？他的膚質看起來挺好的……

而且，他穿著V領條紋衫，敞開的領口可以清楚看見鎖骨，上面有微微隆起的青筋、汗毛，好像還有肌肉……

「爲什麼要訝異我有圍裙？」傅然渾然不覺她的走神，重點還在她的上句話裡。

啊，對吼，明明在講圍裙，她盯著他的肉和毛做什麼?!她趕忙將飄遠的神思拉回來。

「以爲你是外食族，爲了節省時間，每天都啃超商的飯糰、便當，或是趁應酬時在高級餐廳用餐之類的，怎麼可能會有閒情逸致自己下廚？你的工作已經夠忙了。」

「妳是對我誤解很深？對男人誤解很深？還是對職場男性誤解很深？」傅然皺了皺眉頭。

「大概都有吧，大家的刻板印象就是這樣。」她聳聳肩。

「好吧，就像我時常被認爲應該住在高級住宅區一樣。」傅然思索了會兒，實在也沒辦法對這類刻板印象有什麼意見。

「就是啊。」她點頭。

「其實我的生活很簡單，上班、下班、睡覺、吃飯，跟大家差不多。」

「包含下廚？」

「包含下廚。」

「什麼都會，連下廚也會，眞厲害。」

「不厲害，其實……」傅然難得的停頓，神情少見的侷促。

她的好奇心一下就被勾起來了。「嗯？」

「其實……我並不是眞的那麼會下廚，我不太會煎魚，也不太會炸東西，光是爲了煎魚，就弄壞了好幾個鍋子，圍裙也是因爲煎魚買的，我很怕那個濺起來的油……」傅然摸了摸鼻子，不說了。

等等，這反差有點萌……傅總監，你的人設要崩了！

但是，怎麼會覺得很可愛？甚至還有點高興？

「沒關係，你以後想吃魚的話，我來煎就好了。」她說了什麼？這儼然女朋友的口吻是怎麼回事？「不是，我的意思不是我很會煎魚……」這是重點嗎?!林喜樂，妳自盡吧！「我是說，我不是想煎給你吃，不是，偶爾煎給你吃是也沒關係，欸，等等，也不是……」

傅然微瞇了瞇眼，兩泓墨泉般的眼裡全是揉碎的光，眼尾上揚的角度非常迷人，唇邊依稀帶著笑意，看得她更加緊張了。

「我把培根端出去！」她捧起培根，決定奪那扇廚房裡根本不存在的門而出。

「樂樂。」傅然橫臂擋在她面前。

「啥？」她腳步一停，抬頭睞他。奇怪，是因爲和他靠得很近的關係，才驚覺他原來有這麼高嗎？脖子好痠……

「妳忘了脫圍裙。」傅然微微俯身，雙手環過她兩臂外側，繞到她身後，拉鬆圍裙上繫著的蝴蝶結，視線自頭至尾沒從她臉上移開。

極細微的布帛扯動聲在空氣迸綻，拉動其中一條引線，繩結便掙脫束縛，全盤皆崩，再維繫不住任何什麼。

這麼微弱的聲響，仿如煙花，能夠在滿幕夜空中炸出星火。

而他的眼神卻更加璀璨。

林喜樂仰望著他，視線竟無法從他眼神中離開，只能傻傻捧著那盤培根，不自禁屏住呼吸，全身緊繃，一動也不敢動。

「我……」她想說些什麼，卻不知該說些什麼才好，嘴唇掀了掀，最終還是作罷。光是爲著別讓手裡那盤培根掉下去，就已經需要用盡全力。

傅然彎唇淺笑，解開她圍裙背後的蝴蝶結，主動拿過她手裡的盤子，從容地往旁一擱，繼續脫下她的圍裙背帶。

「樂樂，煎魚很好，不煎魚也很好，我喜歡妳在這裡。」他一瞬也不瞬地望著她，一字一字地強調。

左肩……右肩……

細微的、拉動衣服的聲音，肩帶從她手臂滑落……

迎視著他熾烈又膠著的眼神，她的每寸肌膚好像都在發燙，心跳快得不像話……

冷靜！把自己當作葉問的木人樁。

對！沒錯！她就是那葉問的木人樁！

不是啊，她把自己當作木人樁做什麼？

要脫圍裙她不會自己脫嗎？他幹麼跑來幫忙，然後還要脫得這麼色情？

她險些休克，終於回過神來，一把將圍裙脫下，亂七八糟地塞進他手裡，培根也塞給他。

「快把培根端出去，要涼了啦！」

她手忙腳亂地把傅然推出去，推出他成串愉悅、低沉的笑。

到底是還要不要吃早餐啦?!

✵

早餐時光，空氣中隱隱浮動著曖昧感。

明明應該很輕鬆寫意，卻有些如坐針氈，莫名緊張，又不討厭，內心感受說有多複雜就有多複雜。

林喜樂整頓飯目不斜視，根本不敢把眼神移到傅然臉上，偏偏盯著他飯桌上的手指，又會不自禁聯想到他脫她圍裙時的模樣。

「妳在家裡時常下廚嗎？」傅然盯著她變來變去的臉色，不由得感到好笑。再不說點話，她可能就要崩潰了。

謝天謝地，終於可以把心思移到別件事上了，她如釋重負，終於把臉從早餐中抬起來。

「怎麼可能？會被我媽念到臭頭的，我媽老是嫌我笨手笨腳，弄的東西難吃到爆。」她說得稀鬆平常，傅然卻聽得有些心疼。

「很好吃。」傅然點頭，回應得很認真，也很誠懇。

「啊？哦……是哦？謝謝。」她抿了抿唇，掩不住開心。

仔細想想，這還是她第一次煮東西給除了媽媽以外的人吃耶，就算傅然只是安慰她，她也很高興。

「對了，」歡天喜地吃了幾口，她總算想起正事了。「我想跟你談昨晚沒談的事……不是談戀愛哦，不要再胡說八道了。」

事到如今，她也該向傅然說實話了。

傅然……他不知道會怎麼想？會不會覺得她很奇怪？很恐怖？有病？又或是在說謊呢？會不會，知道了她有人格分裂的可能之後，想拉開距離的反而是他？

念及至此，她不由得忐忑起來。希望，他不要因此討厭她……

唉，不過才幾天，她的心情怎麼會就從巴不得趕快和他分手，老死不相往來，演變成如今這樣，有點捨不得，有點在乎呢？

「分手免談。」傅然警戒地望著她。

「不是分手啦，吼。」到底心靈陰影面積多大啊？

「是會影響消化的事嗎？」傅然依舊很緊繃。

「不會……應該不會啦。」她其實不太肯定。

「好，妳說。」傅然放下餐具，雙手交疊在桌面，認眞地看著她。

她深呼吸了一口氣。「其實……這三個月裡發生的事情，我不太記得了……」望著傅然的眼睛，她驀地心虛起來。「我不知道爲什麼會這樣，我有去看醫生，眞的，我沒有騙人……」

「樂樂，我沒有覺得妳在說謊，不要緊張。」

「嗯……」她垂下頭，話音越來越微弱。「雖然我這陣子看過很多醫生，但是，暫時還沒有定論……」

「身體有任何不舒服嗎？」

「沒有。」她搖頭。「只是、只是……」

「只是什麼？妳儘管說沒關係。」

「我……」她呑了呑口水，總覺得有點傷人，非常難以啓齒。「我不知道我們是怎麼開始交往的，覺得我和你不熟，所以，我沒辦法把自己當成你的女朋友……」

「因爲這樣，才老是提分手？」

「嗯。」

「我不分手，我說過很多次了吧，嗯？」

「可是，你喜歡的我……我是說，我都已經不記得了，我所認識的你，也只是一個很不熟的同事。」她的頭垂得更低了。

「那就重新開始吧。」

「什麼？」

「重新開始，重新認識我，重新和我談戀愛，這樣就可以了吧？這樣能讓妳感到比較踏實嗎？」傅然在桌面交疊著的雙手終於打開，十指輕抵成塔狀。

「可是，其實……我從學生時代開始，就花了很長的時間喜歡學長，我是指……陳新。」

「妳可以從現在開始忘了他。」傅然喝了口咖啡，說得很順理成章。

「這麼理所當然對嗎？」他反應也太快，現在是在談生意嗎？她皺起眉頭。

「對。」

「是不是有哪裡怪怪的？」

「沒有。」

「你這麼霸道是正常的嗎？」

「不然，妳以爲我爲什麼能在這麼短的時間內當上總監？」

「談戀愛跟當總監怎麼能混爲一談？」

「所以妳確實打算和我談戀愛了，對吧？」

「等等，為什麼我覺得你在話術我?!」好像兜來兜去，結果都是被兜進他的圈裡嘛。

「妳想太多了。」憋了許久的傅然終於放聲大笑。就憑她這點幼幼班程度，他哪裡還需要什麼話術？

「樂樂，妳聽我說──」

她正在考慮要拿鍋鏟打他還是鍋蓋。

「既然妳並不討厭我，就給我一個機會。」

「你難道不害怕嗎？突然有人告訴你，這三個月裡發生的事情，她都不記得……」

「妳比我更怕，不是嗎？」

他這麼一說，讓她突然有點想哭。

她是眞的很怕、好怕，一切都是這麼不順利。這段時間，多虧了有他在……

「樂樂，我陪妳，我們一起找出問題，一起解決，好嗎？」傅然握住她無措的手，牢牢包覆在掌心。

「別怕，我在。沒事的，一切都會好轉的。」

他說得如此堅定，就好像一切眞會如他所說，雨過天青。

她想了想，確實沒什麼拒絕的理由，也不是很想拒絕，只除了……

「可是，剛剛買菜已經把我所剩不多的存款用得差不多了，在車子賣掉之前，假如我們一起吃飯或是去哪裡──」

「買菜的錢我來出就好，畢竟我也有一份。但是，樂樂，那叫做『約會』，不只是一起吃飯或是去哪裡。」傅然認爲很有正名的必要。

大哥，爲什麼要講得這麼白？你知不知道什麼叫做朦朧的美感？不投直球會死嗎？她紅透雙頰，決定忽視他。

「總之，可能要暫時會花到你的錢，等我拿到賣掉汽車的車款之後，就可以跟你AA了。你別擔心，向你借的錢我都有好好記錄下來，像之前的早餐錢啊、藍白拖啊、奶茶啊——」

爲表誠意，她想也不想地點開手機記事本給他看，然而傅然的重點跟她完全不一樣。

傅然微微瞇起眼，修長的手指點在她的手機螢幕上。「爲什麼這頁記事會叫做『色狼傅然大變態』？」

踢公伯，這麼漂亮的手指怎麼會散發出殺氣呢？

「我改！我馬上改！」她冷汗涔涔，飛快動作。

半晌，寫著「恩公傅然大德」的記事本名稱被舉高到傅然面前，她臉上堆滿討好諂媚的笑，都快笑僵了。

「寶貝。」傅然微笑，手指再度點了點她的螢幕。

「幹麼？」她的手機差點被嚇掉。奇怪，爲什麼他每次喊寶貝都喊得這麼令人毛骨悚然？

「沒事。」傅然微笑喝咖啡，好像只是心血來潮喊著消遣一樣。

欸，他是不是根本在玩她呀？

「喂！你是不是很享受這種把我搞得跟受驚小白兔一樣的快感啊？」她氣急敗壞地抗議。

「受驚？我還沒開始這麼做。」傅然一臉正氣凜然。

「你哪沒……」受驚？受……她猛然意識到自己似乎說了句很不得了的話。

「傅然！你太汙了！」

「聽懂的妳才汙。」傅然放聲大笑。

「我不要跟你講話了啦！」

「那恐怕不行。寶貝，活動公司的比稿不是來了嗎？今天福委會要開會，妳怎樣都必須和我這個主委說話。」傅然笑得很壞。

「乾——」林喜樂大崩潰。

爲什麼不過吃個早餐而已，她好像就把自己賣給什麼混世大魔王了呀啊啊啊啊?!

5

坐著數十人的偌大會議室裡，有著明亮的燈光、寥寥交談聲，以及紙張翻動的聲音。

「根據預算及投票結果，今年尾牙就委託給展虹活動公關公司來負責，大家還有其他意見嗎？」傅然身爲福委會主委，自然在最前方主導著會議。

「沒有。」福委們翻著手上的各家活動公司比稿資料，紛紛點頭。

這間展虹活動公司的負責人叫做辜亮亮，她的提案非常用心，做了許多功課，甚至還有手寫注記，對陽碩各部門及營運狀況都十分了解，報價又準確掐在預算邊緣，能夠勝出完全在意料之中。

坐在角落，負責會議紀錄的林喜樂和大家同樣望著手裡的紙本資料，看著看著，卻悄悄皺起眉頭。身兼稱職的雜務小妹，活動公司的來稿當然是由她統一負責處理，收發的時候，她老覺得展虹這份提案上頭的字有點眼熟，一時間卻想不起來曾在哪裡見過。

「獎品細目及抽獎方式，也如同剛剛決議的，還有沒有什麼意見或想法？」傅然逐一確認今日會議重點。

「沒有。」福委們齊聲回應，林喜樂也暫且將這件事擱在腦後，繼續敲打她的會議紀錄。

「好，那麼，誰要負責採購？」

傅然的話如同咒語開關，方才還有著交談聲的會議室裡瞬間安靜，眼神飄移的飄移，低頭的低頭，識時務裝死是求學時代乃至於出社會，人人都具備的求生本能。

小透明林喜樂對職場求生這件事超級拿手，立刻低頭駝背面無表情，務求隱形，可目光卻忍不住悄悄溜到傅然身上去。

他的領帶是霧藍色的，交織著低調的銀線，既不死板，又有幾分貴氣，很適合他……這世界上怎麼會有人這麼適合穿西裝打領帶呢？

不過，也不是指他穿家居服不好看，早上吃早餐的時候，他也是很好看的，以前都沒好好注意過……啊，不要再想起早上的事情了！

她用力捏自己的大腿，專心隱形，驀然間，她的名字卻被揚聲提起，像把利矛戳破了她自以為築起的透明城牆。

「喜樂去採購就好了啊。」

誰？她驚愕地抬起視線，悲憤地望向音源。

產品部大哥，我和你無冤無仇，你為何要這樣陷害我？

「就是啊，喜樂是總機，和很多廠商都認識，也有很多零碎時間可以利用。」

「對啊，喜樂超積極的，當窗口最適合了。」

「既然之前詢價是由喜樂負責，順便採購也很方便。」

順什麼便啊？要是那麼順便，你不會自己順便嗎？

找到倒楣鬼當目標之後，大家你一言我一句，接連跟上，反正只要不是自己，誰都行。

每個人紛紛望向她，眼神熱切得彷彿要將她生吞活剝，她手心冒汗，啞口無言。

她才不想當採購，況且她都已經做這麼多事情了，怎麼還扔給她？

可是，她沒有理由推託，而且和其他部門的同事比起來，她確實最閒，但是，她的薪水也最少呀。

討厭……算了，常常都是這樣，悶著頭做完就是了，一下就過去了。

「哦……ㄏ……」她一個「好」字才發了半個音，傅然已經把話頭接過去了。

「今天沒來開會的人負責採購，」傅然低頭點了幾個人名。「辛延玲、陳紹珩、張姿……同部門的轉告一下。」沒來的人就負責做事，不然大家不來開會的藉口太多了，在情在理，其他福委們摸摸鼻子，人人自危，當然沒有異議。

主委英明！哀矜勿喜！她迅速低下頭來，不敢將情緒寫在臉上。

耳朵嗡嗡的，臉頰好像有點燙……傅然才不是在替她出頭，只是做主委該做的事情而已。奇怪，怎麼會這麼開心呢？

「今天的會議就到這裡，大家辛苦了。」傅然手撐桌面，結束會議，同仁們陸續準備離席。

她偷偷藏起一抹甜膩膩的笑。

叩叩——桌面卻突然被輕敲了兩下，傅然不知何時已走到她身旁來。

「寫上去。」傅然指著她螢幕上的會議紀錄畫面，指著空白的採購欄位。「會議紀錄每人一份，今天下班前發到大家的信箱裡，來得及嗎？」

「哦，來得及啊。」她回過神來，趕忙打字，努力忽視傅然身上好聞的木質調古龍水香味。

寫進會議紀錄，每人一份，就不怕賴帳了吧？主委果然很英明，也很香，呵呵……不對，不要傻笑！不要胡思亂想！

剛剛點名林喜樂的那位產品部大哥恰好經過他們身旁，眼神十分耐人尋味。「欸，傅總監你……你和喜樂……你們兩人該不會真的在交往吧？」

雖然公司裡有些耳語，但尚未被證實的八卦總是特別吸引人，產品部大哥眼神亮晶晶地問，周遭還沒離開會議室的同仁們也不約而同地拉長耳朵。

怎麼辦？她胸口一提，緊張得要命。

雖說不用特別避諱，但在這麼多人面前大剌剌承認也不太對吧？

「對我這麼有興趣？你想和我交往嗎？」傅然轉向面對產品部大哥，朝他挑了挑眉，輕輕鬆鬆把矛頭轉開，四兩撥千斤。

「喂！不要這樣調戲同事哦！」產品部大哥抖了一下。

「我不介意出櫃，只是對嫂子比較抱歉……」傅然作勢要勾產品部大哥下巴。

「去去去，少來。」產品部大哥立刻彈開。大家爆笑出聲，氣氛一下子輕鬆起來，每個人都嘻嘻哈哈的，早忘了原本在八卦什麼。

根本人精。眞不愧是業務人才，太會避重就輕了……也對，不然傅然怎麼和客戶談生意呢？所以說，她早上一定是被話術了嘛！

林喜樂內心有點悲憤，又有點甜蜜，趕忙加快速度把會議紀錄做完，闔上筆電，尾隨大家離開會議室。

「這給妳。」傅然突然遞給她一疊文件。

她低頭看了看，是公文。「好。」

「會議紀錄要發出去前記得先讓我看過，有關預算的公文我來送簽核就行。」

「好。」

「下班後我來接妳。」他驀然靠近她，面色未改，像在交代公事，近乎耳語般的低喃卻吹拂在她耳畔，挾帶著他好聞的氣息，親暱得像在調情。

「哦……好。」她心虛點頭，假裝沒看見他太過繾綣的目光，抱起筆電飛快離開會議室，連再見都不敢講，根本是落荒而逃。

應該沒人發現吧？好可怕！職場戀情真的是人談的嗎？稍一不慎就心臟病發了啊！

她走在長廊上，胡亂搧著發熱的兩頰。

正經！認真！等等就要回到櫃檯了，她今天的目標是再度向呂孟潔示好。但是，前方迎面而來的挑戰不是呂孟潔，卻是陳新。

「喜樂。」陳新朝她揮手，臉上洋溢著以往從沒展現過的熱情。

踢公伯，我的人生真的不需要這麼高潮迭起，可以不要這樣嗎？她內心暗暗叫苦。

「嗨，學長。」她勉力打起笑容。該來的還是要來，這道人生功課實在太硬了。

「關於演唱會的事情，妳考慮好了嗎？」陳新朝她走來，鏡片後的眼神藏不住光芒，偉岸的身軀掩不住緊張，看起來既忐忑又純情。

就算她是個笨蛋，也能知道陳新問的不是演唱會，而是指和他交往的事情。

若是這問句早來三個月，她勢必會很開心很開心超級開心，然而現在一切都不一樣了。

學長，我眞的曾經很喜歡你的……

她驀然有幾分惆悵，將曾經被她捏皺過的演唱會門票從資料夾裡抽出來。

縱使再感傷，也得打起精神來，好好面對這件事。否則，無論是對陳新、對傅然，都太不公平了。加油，林喜樂！

「學長，這還你。演唱會……我不能和你一起去，也沒辦法和你交往，對不起，謝謝你幫我買票。」她將演唱會門票遞交到陳新手裡。

陳新不可置信地接過門票，愣愣地問：「爲什麼？我以爲我們這陣子相處得很開心……」

很開心，但不是這陣子，是從前。你個智障爲什麼會連我性情大變都看不出來啊？

她很想把事實解釋清楚，但很難；想盡量說得委婉，卻又擔心保留空間太多，反而更加傷人。想起女服務生說的，她和陳新會一道去吃早餐，甚至還會牽手的事情，她就有種自己當了渣女的罪惡感。

「學長，謝謝你喜歡我，但我眞的只把你當成普通朋友。」她不留餘地的劃清界線。渣女就渣女吧，勇敢面對，講清楚、說明白，別再造孽了。

陳新非常不能接受，反手握住她。「是因爲收入？因爲我的生活太無趣？因爲我不幽默？還是其他的什麼？喜樂，妳說，我願意改。」

「都不是。」她緩緩掙開他，試圖說得更加明確。「學長，你不是說，你一直把我當妹妹看待，前陣子才開始對我有不一樣的感覺嗎？可是，其實我的性格一直是那個你當作妹妹的對象，前陣子那個我，只是暫時的而已。」

「什麼意思？什麼叫做暫時的而已？」陳新推了推眼鏡。

「就是……」天啊，這要她怎麼說啦？

她當初可是做了很多心裡建設，才終於能對傅然透露那麼一點，如今要怎麼對陳新全盤托出？又不像孟潔本來就是她的好閨密，開口相對容易。

「就是，其實，坦白說，我並不喜歡這個樂團，也並不想聽這場演唱會。假如你從前曾經留心過我，應該就會知道的。我真的很抱歉，但是，我不能再讓你繼續誤會下去，讓你心動的那個人，不是我。」雖然很傷人，但她還是得說清楚。

陳新一語不發地盯著她，時間彷彿流逝得比平時更爲緩慢，她呑了呑口水，深感造孽。到底那些渣男渣女們哪來的勇氣？梁靜茹給的？

「什麼叫做誤會？什麼叫做不是妳？妳怎麼可以用這麼爛的藉口來打發我？」過了好半晌，陳新一字一字地指控。

好吧，對不知情的學長而言，她的說詞的確很爛，她沒有辦法反駁。

她欲言又止，從來沒想過和學長有一天會變成這樣……

「是傅然？是傅然對不對？」陳新冷不防開口。

「不是啦，跟他沒有關係。」天啊！一人造孽一人扛，連傅然都拖下水怎麼得了？她急著澄清。

「妳喜歡他？」

「我……」即使是說謊，她也無法否認，臉上的表情早已說明一切。

「妳會彈鋼琴嗎？」長長的沉默過後，陳新看向她的手，驟然問。

「鋼琴？」她一頭霧水。「爲什麼這麼問？我當然不會啊。」

「妳……算了。」陳新掉頭就走，鏡片後的眼神充滿晦澀。

天啊，到底該怎麼辦？怎麼這麼有罪惡感？

她十分難受，可再多說什麼都是越描越黑，只能悶悶不樂地走回櫃檯。

鄰座的呂孟潔抬起頭，若有所思地望了她一眼，竟然主動開口和她說話：「喜樂，妳開完會了？」

「嗯。」她點點頭，一時間還沒反應過來。

「順利嗎？」

「還可以啊……咦？妳在跟我講話？」她終於回魂了，訝異地看向呂孟潔。

呂孟潔尷尬地摸了摸頭髮，顧左右而言他。「陳新剛剛有來找妳。」

「有，我有遇到他。」她抹了抹臉，聲音很悶。

「妳和他怎麼了？上次看妳好像在躲他？」

她嘆了口氣。「總之，我拒絕他了。」

「妳不是喜歡他很久了嗎？還老是來找我出主意，爲什麼要拒絕他？」呂孟潔的問話和眼神同樣都充滿試探。

她完全不知該從何說起，更何況，她之前已經向呂孟潔解釋過第二人格的事情了，呂孟潔根本不信。

「妳怎麼突然又願意跟我說話了？」自己胡亂瞎猜也不是辦法，她直接挑明了問。

「其實，我上次偷偷跟妳去醫院了。」跟蹤人畢竟不是什麼光彩的事，呂孟潔顯得有些不自在。「我看見妳從精神科診間出來，手裡拿著藥單，看起來心情很不好……我就想，或許……妳說的可能是真的。」

「我就說了嘛。」沉冤得雪啊！孟潔願意相信她了真是件好事，她的心情總算比剛剛好了一點點。

「那然後呢？醫生怎麼說？」

「就說需要長期觀察，開了一些備用藥物給我，還安排了下次回診。」

「哦……」呂孟潔抿了抿唇，眼神閃爍了下，有些遲疑地問。「妳不是說，妳完全沒有這三個月的記憶，這三個月以來的妳，其實是妳的第二人格嗎？」

「是啊。」

呂孟潔神神祕祕地將椅子滑到她身旁，壓低了音量。「妳有沒有想過，其實不是第二人格，而是奪舍？」

「奪舍？」她實在太訝異，沒想到呂孟潔竟然也有這種荒謬的念頭。「妳是說身體被別的靈魂霸占的那個奪舍對吧？妳覺得是這樣？」

「嗯。」呂孟潔十分認真地點頭。

「我雖然有想過，但這太扯了啦，比扯鈴還扯！」她實話實說。

「不然要怎麼解釋？除非妳眞的有病，奪舍最有可能了啊。」

呂孟潔滑開手機，點出好幾則報導給她看，其中最有名的就是「金門朱秀華事件」。

「妳看，不只有人大病一場後，突然會講自己原本不會的語言，還有被雷劈到，變成天才的，然後這個金門朱秀華事件……跟妳這三個月變了個人不是很像嗎？」

「但我沒生病也沒被雷劈，只是睡了一覺而已欸。」怎麼想都還是覺得很怪啊，她反駁。

「誰知道呢？」呂孟潔聳聳肩，悄悄捏緊了口袋中的東西，眼裡的複雜一閃即逝。「也許妳就是在睡夢中被奪舍的第一人啊！」

「好爛的第一人……」她受到打擊，完全沒捕捉到呂孟潔異樣的神情。「如果眞的是這樣，那會不會哪天又來了？而且爲什麼是我啊？我也太倒楣了吧！」

「這世界上很多事情本來就沒有爲什麼啊。」呂孟潔再次滑開手機網頁。「還是我帶妳去拜拜除靈？這幾間廟很有名，或是找靈媒？附近就有了，我下班後可以帶妳去——」

「等等、等等，妳先讓我消化一下。」她連忙制止呂孟潔塞來一大堆亂七八糟的資訊。

呂孟潔本來就對神祕學很感興趣，她也曾經陪呂孟潔去過很多廟宇和占卜屋，但她本人雖然老是把踢公伯掛在嘴邊，其實並沒有虔誠的宗教信仰，一時間眞的很難接受。

「好吧，那妳先想一想，想好的時候再跟我講，我來去預約。」呂孟潔將椅子滑回座位。

第二人格？奪舍？這到底都是些什麼亂七八糟的事啊？

仔細想想，如果是第二人格的話，還能透過診療或藥物來控制，好歹也是潛意識，總歸是自己的。

但假若是奪舍，根本是別人來占據自己的身體，怎麼想都覺得很不舒坦，甚至有點反感，背脊發涼。

是不是該聽孟潔的，認眞找間廟看一下？

啊，眞煩，還是先認眞上班好了。

林喜樂拍了拍臉頰，收整心神，做了個大大的深呼吸，將會議紀錄和待簽核的公文發給傅然，再發了封電子郵件通知展虹活動公司的窗口，請他們安排時間來開會。

她做事本就俐落，不多時，待辦事項一件件完成，輪到傅然交給她的那疊公文。

才拿出來，就發現有幾張紙的邊角特別不一樣，甚至別了迴紋針做記號。

咦？公司的制式履歷表，還附上了畢業證書和自傳？

誰的啊？是要轉交給江姊的嗎？傅然怎麼沒有交代？

定睛細看，求職者的姓名與彩色證件照映入眼簾。

唔，證件照很帥，畢業於一流高中、一流大學，上份工作是……

呵呵，居然是傅然的履歷，太好笑了，大概是誤夾的吧？

不過，傅然寫履歷表幹麼？他想跳槽？

不是吧！跳槽？她不希望傅然離開公司……

她胸口一滯，屏氣凝神地往下看。

塡表日期是今天，應徵職務欄上塡著林喜樂的配偶……

配偶？林喜樂？

對不起！她道歉！她以前都覺得女主角一天到晚臉紅心跳根本心臟有問題，她現在明白她錯了！

是怎樣？因爲早上說過要重新開始、重新認識他，所以投履歷給她嗎？居然還跟公文放在一起！他開會時看起來那麼認眞，沒想到在寫這種東西？

這到底是什麼花式撩妹的操作？爲什麼她一邊覺得他很智障，又一邊忍不住傻笑？

她臉紅耳熱，左顧右盼，確認沒人看見如此不正經的履歷表，手忙腳亂地將履歷表藏進包包，已經開始鄭重考慮下次回診時要順便看心律不整。

「收到履歷了嗎？」

傅然的訊息從手機螢幕上跳出來。

「禁止上班時間調戲良家婦女。」這時間也掐得太準了吧？她敲打著訊息回覆。

「下班時間就可以了？」

「都不行。」爲什麼腦海中立刻浮現傅然挑眉微笑的模樣？太喪心病狂了！她將腦中那張臉揮掉，嘴角的笑容卻藏也藏不住。

「什麼時候會知道應徵結果？」

「通過試用期？」誰知道啦？她跟著胡說八道。

「試用期是多久？」

「看新人表現。」

「好，下班後側門見，敬請期待新人的表現。」

不正經！上班時間胡搞瞎搞，還國際事業部總監呢！

她抿唇而笑，將手機推到一旁，辦公速度卻不自覺加快，開始期待起下班……眞是的，腦波怎麼這麼弱呢？談戀愛絕對會令人智商下降。

「我先走了哦。」下班時間一到，她立刻拎起裝著傅然履歷表的包包，難得地比呂孟潔先離開座位。

等等和傅然碰面的時候，要不要和他說陳新的事情，還有孟潔說的奪舍呢？應該可以坦白對他說吧？

他說過的，一起找出問題，一起解決。

一切都會好轉的，她踏著輕盈的腳步離開陽碩大樓。

✻

萬頭攢動的捷運列車打了個噴嚏，將車廂內的林喜樂和傅然推擠了出去。

走出捷運站的兩人充滿劫後餘生的狼狽感，到了人沒那麼多的地方後，林喜樂立刻拿出保溫瓶來喝水。

「樂樂。」傅然睞著低頭喝水的她。

「嗯？」她放下杯子，還以爲傅然也口渴，想起那令人心律不整的履歷表，居然有些支吾。「你要喝水嗎？但我都直接就口喝，可能不太衛生……」

而且，他們才剛決定要重新認識，重新戀愛，馬上就間接接吻也太那啥了吧？她不由自主盯著他的嘴唇，回應得有些侷促。

傅然好笑地望著她的不安，伸手過來整理她的頭髮。「妳頭髮亂了。」

搞毛，她這麼緊張，原來他是在注意她的頭髮？

她霎時放鬆警戒，大大鬆了口氣的模樣看在傅然眼中分外有趣。

傅然唇角帶笑，眼底全是興味，手指徐緩穿過她的髮間，溫柔向下梳理，將她頰畔的頭髮細細勾到耳後。

放鬆警戒果然太早了。

怎麼忘了這人連脫圍裙都能脫得很色情，整理頭髮還能好到哪裡去？這充滿曖昧感的氛圍是怎麼回事？

「謝謝，我自己來就好。」她連忙壓住自己的頭髮，稍稍往後退了一步。

哼哼，她可是個矜持的良家婦女，才不要被他牽著鼻子走呢！

「我的也亂了嗎？」傅然突然手指自己。

「一點點。」還是很帥，可惡。

「幫我。」傅然傾身向前，剛剛被她拉開的距離瞬間又被縮短，甚至靠得更近。

撒什麼嬌?!這人也太會了吧？

不要幫他！不要順他的意！……可惡！他的頭髮怎麼這麼軟?!

手為什麼會不由自主伸出去？她是被下蠱了嗎？

她將他的頭髮撥好，莫名賭氣。

「爲什麼我們要搭捷運啊？我們來這幹麼？」她趕忙將話題轉開。

和傅然碰面後，她原以爲他們要先去停車場，沒想到傅然卻領著她，一路走到捷運站，沿途人都很多，她根本找不到空檔問要去哪。

「吃飯、在一起、約會、試用期，新人力求表現。」他回答得如此順理成章，讓林喜樂好想笑。

「力求表現不是應該去吃什麼無菜單料理，或是上山看夜景之類的嗎？」追求女孩子的時候不是應該拚命裝闊嗎？她調侃。

「窮人堅持記帳ＡＡ，去吃無菜單料理是要逼死妳嗎？」傅然很自然地牽起她的手。

「煩欸，你很過分！」她忍不住打了下他手臂。開口閉口就損她窮，但怎麼這麼好笑？

「不開車是因爲，打算吃完飯後送妳回家，再把妳的車開去中古車行，妳很想趕緊脫手不是嗎？」

「好務實。」其實她更想說的是「眞貼心」，但還是不要太稱讚他好了，以免他太囂張。

「加分了嗎？」傅然挑眉看她。

「再問就扣分了。」看吧，果然就囂張了。

兩人同時笑出聲。

出了捷運站之後，他們不知不覺已走過迪化街，經過霞海城隍廟，前方就是大稻埕碼頭。

路人騎著Ubkie從他倆身旁經過，前方送來秋天河岸微涼舒爽的空氣，道路兩旁瀰漫著乾貨、漬物與中藥藥材的特殊氣息。

「我們要去哪？」她左右張望。

「碼頭的貨櫃市集。」

「所以還是要走一個看夜景的老派約會套路嘛。」

「老派約會之必要。」傅然脫口而出。

「李維菁？」她好喜歡這本書哦，林喜樂眼睛都亮了。

他點點頭，臉上的笑容就是答案，牽著她的手不由得緊了些，腳步也加快了些，和她的默契太好，很想趕緊和她共賞同一片風景。

「早就想帶妳來這裡，可假日人潮太多，怕妳不自在，下班來雖然會錯過夕陽，但晚上的貨櫃市集挺有風情，我想妳可能會喜歡。」

她和他一起走入碼頭河岸，很新鮮地打量四周。她平時都宅在家，對這些實在太陌生了。五顏六色的貨櫃屋餐車亮起了繽紛的裝飾燈，休憩桌上張著朵朵陽傘，河面上停靠著幾艘遊艇。

行人、單車、秋意，還有她身旁一雙帶笑的眼睛，勾勒出一幅從容又愜意的景致。

「所以……妳喜歡嗎？」傅然忐忑地問。

「喜歡啊。」她深深吸了口氣，感覺肺部充滿了河岸邊獨有的潮濕香氣，伸了個大大的懶腰。「超舒服的。」

「太好了。」傅然提著的心終於放了下來，指著貨櫃屋上掛著的菜單。「這裡的食物份量不多，很適合妳。」

「那你呢？份量不多的話，你不會飽吧？」她疑惑地看向他。

「怎？妳決定回家煎魚報答我了？」傅然眼眉一挑。

「暴打你啦！」她笑著搥了他一拳。「我跟你說眞的，你這麼不正經。」

傅然捣著被她揍的地方，裝作一副很痛的模樣。「沒有不正經，我也是說眞的，我下午陪客戶吃了點東西，現在不餓，但假如妳願意回家煎魚，我就餓了。」

他一邊說，一邊拉鬆了領帶，調整成比較舒服的下班模式。

「神經病，還說沒有不正經。」她趕緊將目光從他身上移開。

好可怕，爲什麼看他拉領帶，她會覺得餓呢？難道是心理上的餓影響到物理上的餓嗎？天啊，她有這麼飢渴嗎？不不不，良家婦女才不會這樣，一定是他太那啥才帶壞她的。

「我要吃那個，我去買。」她喉頭一噎，指著前方某個貨櫃餐車，跑了。

「妳身上有錢嗎？」傅然急匆匆對著她的背影高聲喊。窮鬼跑這麼快，莫非還以爲貨櫃餐車能賒帳？

「有啦，奇怪欸，你到底以爲我有多窮啊？餐車還能買到破產嗎？」她轉頭對他做鬼臉，惹出傅然一長串低沉的笑音。

窮到買不起鞋的不知道是誰？

他找了個能眺望河岸夜色的座位坐下。不多時，她便買了滿手東西回來，在他面前放了一盒炒麵。

「這麼多？妳吃得完嗎？」雞蛋仔、炒麵、披薩，還有她手上一杯不知道是調酒還是香檳的飲料。

「有你在啊。」她放好東西坐下，自顧自分成兩半，推到他眼前，眼睛笑得彎彎的。「一起吃。」

「好。」他應聲，望著她的眼裡反映著河岸燈火，全是笑意。

「傅然，我問你喔。」她兩頰鼓鼓的，邊吃邊發問。這陣子發生的事情太多，念頭老是一閃即過，如今她總算又想起這件事了。

「嗯？」

「我一直覺得很奇怪。你好像很了解我，知道我喜歡喝那家巷弄小店的熱奶茶，知道我喜歡哪家咖啡廳，知道我吃不多，可是爲什麼啊？我們以前沒有一起吃過飯吧？是這三個月來知道的嗎？我這三個月裡也喜歡這些嗎？」應該不可能，第二人格和她是如此大相逕庭。

「妳看過履歷表了嗎？」傅然回答得牛頭不對馬嘴。

「咳咳！」她差點嗆到，搥了搥胸口把嘴裡那口吞下去，整張臉都被嗆紅。「爲什麼吃飯時間要講這個？還讓不讓人好好吃飯啊？」

「看過了嗎？」無視她的指控，傅然又問了一遍。

「我就是看過才問你的啊，」她瞪他，才不要說她幾張紙正面反面翻來翻去，看到連標點符號都快會背了。「我們從來沒同校過，就連生活圈也有一段距離，我想來想去，都找不到有什麼你會對我很熟悉的理由，回想以前在公司的互動，更是少之又少……」

「我來公司面試時，是妳接待的。」

「咦？是嗎？」她完全沒印象。

不過，話說回來，陽碩這麼大，求職者那麼多，她怎麼可能每一個都記住？

「是。」傅然點頭。

「然後呢？那跟這有什麼關係啊？你不要跟我說什麼一見鍾情之類的，我才不會相信。」

爲了避免又被他噎住，林喜樂先打預防針，繼續吃東西，還順便在他手裡塞了只剩一半的雞蛋仔。

「爲什麼不相信？」傅然接過她塞來的食物，邊吃邊問。

「因爲我很有自知之明啊！」嚼嚼嚼，河岸的風很涼，和他相處很自然也很自在，她心情很愉快。「我就不是那種一眼難忘的大美女，沒什麼記憶點。硬要形容的話，大概就是那種作者整本書寫了一半，都不會想要去描述長相的平凡人，怎麼可能一見鍾情啊？」

「眞不知道該說妳是自我評價低落，還是一針見血？」傅然失笑。

「不管是哪個，你都不要轉移話題。」哼哼，她學乖了，這次絕對不要再被他話術了。

「妳就這麼想知道我喜歡妳的理由？」難怪女友一百問裡永遠會有這一題。

「當然啊。」

「可以說沒有理由嗎？」

「不行。」她斬釘截鐵。

傅然遲疑了會兒，摸了摸鼻子，笑了。

雖然有點彆扭，不過，這才是他當初試想過的，當他向林喜樂告白時，她會有的問題與反應，感到緊張的同時，竟也因此鬆了口氣。

「妳上面提到的那些地方，其實我也常去，不管是巷弄奶茶，或是咖啡廳，我都是常客。《老派約會之必要》也是某次在咖啡廳裡遇見妳時，看見妳在讀的。」

「怎麼可能？」她真的毫無印象啊。不過，非工作時段，她確實活在自己一個人的世界裡，很少留心擦身而過的是誰。

「真的，只是妳都沒有注意到我而已，就算注意到了，也頂多是點個頭，幾乎不會主動來與我搭話。」傅然臉上有抹神祕的微笑。「此外，不只是時常在公司附近遇見妳而已，我還知道，天氣好的時候，妳會跑去公園吃午餐。從我的辦公室望出去，恰好可以看見妳常坐的那張長椅。」

「不是吧？」她有點想死，這太驚悚了。「你沒看見什麼奇怪的事吧？」

「穿著窄裙拉筋，做國民健康操之類的算嗎？」

她就知道！太崩潰了啊啊啊！

林喜樂用頭撞桌面。「你先讓我考慮一下要自盡還是滅口。」

「我們不能同時好好活著嗎？」

「不行！」她悲憤地抬起頭來，拿桌上紙巾扔他。

傅然放聲大笑，輕輕鬆鬆接住她扔來的武器。

最開始，只是覺得她和上班時在櫃檯的微笑守禮模樣相差太多，十分有趣，因此多留了點心，沒想到觀察著觀察著，竟眞的將她看進心裡。

「樂樂，我在公司裡晉升得很快。」然而，那只是一個契機而已，只是他喜歡她的千萬個理由之一。

「知道，你菁英嘛，幹麼強調啊？夠了哦，這麼囂張。」林喜樂白眼。

「我因爲爬得快，工作上又得時常看人臉色，體會到的人情冷暖自然不少，但妳卻是公司裡少數的，對待我的態度始終如一的人。」雖然眼底仍有笑意，他卻說得認眞、正經且嚴肅。

「什麼意思？」她不禁坐正了身體。

「不管我是來公司面試的新人，或是爬到了哪個位置，妳看待我的眼光始終都一樣，從沒有因爲我是新人而失禮，更沒有因爲我是總監而逢迎。樂樂，我很喜歡這樣子的妳。」

「你這是過度美化了吧？我只是懶得社交，所以一視同仁而已。」她被他看得十分不自在，實話實說。

「這是一個很好的特質，妳不要老是把妳的優點講得不值一提。」傅然望進她眼底，那裡有著她深深的自卑。

他的眸光太銳利，她的眼神不禁飄向河岸，咀嚼著他的話語。「……所以，你一直在偷偷觀察我？」

「嗯。」

「你暗戀我？」

「是。」

「因爲我對你的頭銜不爲所動？」

「是。」

「搞了半天，這就是一個『女人，妳成功吸引了我的注意』的老哏到不行的故事？」

「……」一下說約會老派，一下說暗戀老哏，傅然眞不知該作何反應。

「看來你的才華完全沒有發揮在戀愛這件事上啊。」她的結論很過分。

「妳想談一場很有創意的戀愛？」傅然瞇起眼。

「完全不想，哈哈哈哈哈！」她大笑，舉起香檳豪飲了口。

傅然認眞考慮暴打她。「那妳還——」

「哎喲，我只是很訝異而已，畢竟我完全沒想過你會是這樣的啊！你在公司裡顯眼又高調，誰知道你這麼樸實啊？住老公寓、會下廚，甚至因爲擔心我亂花錢，留著我的舊東西，然後談起戀愛來也很平凡，沒出什麼怪招……」

她這嘻皮笑臉的口吻，眞聽不出來是褒是貶。「妳究竟是在稱讚我還是在損我？」

「稱讚你啊。」她煞有其事地拍了拍他的肩膀，笑得很可愛。「這樣很好，我跟你說，我眞的很怕那種灰姑娘變公主的故事。」

「爲什麼？」

「因爲我就不想嫁進皇宮當公主啊，也不想被總裁帶去挑選昂貴的名牌衣服，我只想過簡單的生活，談平凡的戀愛。你說我對你的態度都一樣，那是因爲我從來沒有把你當成選項，事實上，我也是因此才喜歡學長的。因爲他很宅、很平凡，看起來很能安穩過一輩子……誰知道你的喜好這麼特殊？」

對了，提起這個，傳然開口問：「關於陳新——」

「哦，我把演唱會門票還他了，也和他把話說清楚了。」她立刻明白他要問什麼。

傳然點點頭，接續剛才的話題。

「樂樂，我的喜好並不特殊，我和妳一樣，憧憬簡單安穩的生活，嚮往平凡樸實的戀愛，我想要一個不會因爲我得意就囂張，也不會因爲我落魄就拋下我的對象。她不會嫌棄藍白拖，不會嫌棄老公寓，有話直說，不如意時可以很安心地遷怒我，願意和我分享生活中的大小事，願意依賴我……」

「所以才暗戀公司裡不起眼的小透明？」

「妳可以因爲和妳交往的男人很優秀，稍稍提高一下對自己的評價嗎？」

「臭美欸你！」

和他相處很愉快，也眞的很輕鬆，她很喜歡這樣的互動，就好像……眞的能和他安穩過一輩子。

她舉高手裡的香檳，很高興地啜了口，眼眉笑得彎彎的。「這很好喝欸，可惜你等等要回公司開車，不然就可以一起喝了。」

他很喜歡她如此愜意從容的模樣，在偷偷觀察她的日子裡，他早已熟悉到不能再熟悉，不止一次想像過，當他待在她身邊時，她是否也會流露出這樣的神情。

「樂樂。」他輕聲喚。

「嗯？」

「面試通過了嗎？試用期能不能一併結束？」

「想得美啊，雖然我喜歡老派約會，但哪有面試完，立刻結束試用的？」她講著講著，自己也感到好笑。到底試用期是什麼鬼？他倆居然還討論得這麼認眞？

傅然思索了片刻。

「妳說得對，應該嚴肅看待試用期對吧？」

「是啊，沒錯。」太有道理了！她點頭如搗蒜。

「那麼……應該要更全面對吧？」傅然俯身湊近她。

「什麼更全面？」她心跳驟然變快，警戒地拉開距離。「你是不是又想話術我？」

「我沒有話術妳，妳也認同，不是嗎？」傅然撥開她頰畔的頭髮，盯著她唇上泛潤著的香檳水澤，盛滿的笑意像朵盛開的花。「而且，我想，喝一點還是可以的。」

「哪行啊？」她將香檳牢牢拽在懷裡，側過身體不讓他拿。「酒後不開車，不可以抱著僥倖的……唔……」

他轉身跟過來，她以爲他要來搶飲料，未料他卻低頭吻住了她。

他的嘴唇覆蓋上來，呑沒她的話音，帶著碼頭岸邊的氣息，與他身上無比好聞的氣味。手裡的香檳搖搖晃晃，怎麼都拿不穩，不知何時被他放去桌面，他伸舌舔去她唇邊的酒液，徐緩吮舐著她的嘴唇。

太無賴了……她直到此時才明白他所謂的「一點」，指的是她唇邊的這一點。

一點一點，淺淺地啜吻，輕柔沉溺。

不躁進，不深入，緩緩吞食她的呼吸，令她心跳怦然，方寸間全充盈他的存在感。

明明，稍早時她還想著間接接吻太那啥，沒想到這人竟直接跳過，可是，卻不討厭……

她學著他的動作，回應起他細碎溫柔的淺吻，將他的氣味嚥進嘴裡，呼嗅著的好像全是他的吐息，心跳澈底被對方駕馭。

慢慢的，習慣彼此的氣味，淺淺的、漸漸的、深深的、牢牢的……再靠近一點點，再慢一點點，再深刻一點點……

好半晌，他終於捨得離開她的唇，將她整個人圈抱在懷裡，額頭輕抵著她的，靜深地望著她，眸底餘光輝映著滿天星火。

她腦子裡嗡嗡嗡不停亂響，耳邊僅餘兩人交纏的呼息與心跳。

「我們……這三個月以來做過這件事嗎？」她在他懷中仰起臉來看他，眼底全是迷離的水光，問得忐忑。

「沒有。」傅然搖頭，微笑著刮了刮她的鼻子。

「爲什麼？」

「因爲，那不像我一直偷偷喜歡著的林喜樂。」

她燦燦笑開，須臾間，似乎明白了他所說的「不會因爲他得意或落魄就改變態度」那種安全感是什麼。

就像他能認出她一樣。

不是她的母親，不是她的親戚，不是她的好朋友，不是她的主管同事，更不是她暗戀許久的對象，竟然是他……

幸好是他。

她藏不住開心的模樣爲她換得一個吻，傅然俯下臉龐，再度湊近她。

嗡咿——手機不識時務地震動起來，她雙頰紅透，慌慌張張地翻找起包包內的電話。

「等等，我接一下電話，可能是我媽，我昨天沒回家，今天又說會比較晚回去，她可能來催了。」

「好。」傅然應聲，伸手理了理她被他弄亂的髮。

她好不容易撈到手機，拿出一看，卻忍不住笑了。

什麼嘛，原來是簡訊，她一定是因爲剛才被吻了，才會緊張得連簡訊和電話都分不清楚。

慢吞吞滑開簡訊，一串沒頭沒腦的文字映入眼簾。

「妳改密碼了？」

什麼鬼？她看了下來電顯示，總覺得這號碼似乎見過，又有點陌生……惡作劇？

正想置之不理，將手機放回包包，第二則訊息又猝然跳出來。

「林喜樂、celia92280455」

怎麼回事？這串是她的舊密碼，在她因第二人格改密碼前，全部都是使用這組密碼，這人怎麼會知道？

「你是誰？」爲著一股莫名的衝動，她發送了回覆。

「我是這三個月的妳。」

她拿著行動電話的手顫了下，臉色驚白。

「很快就能見面了。」

「眞期待。」

一則則訊息接連亮起，她臉上反映著螢幕藍光，碼頭的風好像變涼了。

「妳有沒有想過，其實不是第二人格，而是奪舍？」

「樂樂，妳臉色很差，妳還好嗎？」她的模樣實在太奇怪，一連發送了幾則訊息。傅然不由得彎身端詳她，牽起她的手，皺起眉。「手怎麼這麼冰？」

他脫下外套，正要披到她身上，她卻驚慌失措地抓住他手。

「怎麼了？」傅然回握她，顯然被她嚇了一跳。

「打我一拳，快。」她驚魂甫定。傅然一愣，眼神飄向前方淡水河。「妳不如教我推妳下水好了。」

「吼，我沒有在開玩笑啦。」她抹了把臉，對於自己把驚悚劇演成喜劇的諧星本能眞是感到無能爲力。「我跟你說，醫生開的抗焦慮藥和安眠藥，我都沒有吃，醫生明明說我可以自己決定要不要吃的。」

「嗯？」

「我是不是應該要吃藥？假如我有好好吃藥的話，是不是就不會搞成這樣了？」
傅然聽得一頭霧水，她深呼吸，豁出去，決定老老實實的，一字不漏地對傅然開誠布公。
「我好怕我眞的有病，但是我現在更怕我沒病……孟潔問我會不會是奪舍，你知道奪舍嗎？就是像借屍還魂、附身那樣，A的靈魂跑到B的身體裡，你應該知道吧？小說或電視劇裡有，鄉野奇談裡有，臺灣也有，像那個很有名的金門朱秀華事件也是。」
傅然皺起眉頭，試著消化她的話語。
「如果眞的是奪舍該怎麼辦？我的身體居然不是我的身體，還有別人能跑進來，萬一哪天又被搶了怎麼辦？我是不是眞的瘋了？不然我怎麼會相信這些？」她吞了吞口水，好擔心現在不說，就再也沒有機會說了。
要是下一分鐘下一秒，她就被別人取而代之了，怎麼辦？
還有誰會知道她曾經想說過的話？除了傅然之外，又有誰會記得她？
「那天我睡醒，發現時間過了三個月，我卻什麼都不記得，就把我的ＦＢ、Google，和一些有的沒的密碼全改了。剛剛收到這個簡訊之後，確認了下，Google上眞的有錯誤登入的訊息，有人在嘗試登入我的帳號。你看，我收到這個簡訊，剛剛收到的。」
她將簡訊點開給傅然看。
後來，不論她再怎麼傳訊，對方都沒有回覆，她甚至嘗試回撥電話，也是直接轉入語音信箱，毫無回應。
傅然一邊讀訊息，一邊爲她披好外套，直到此時才發現她在發抖，細細碎碎的，很令人心疼。他摟緊她，握著她的手又緊了幾分，輕輕撫著她的頭髮，眉心深鎖。

「他知道我換了密碼，還說他當了三個月的我，怎麼會這樣？他到底是誰啊？怎麼會有這麼可怕的事情？我不要這樣，好恐怖，沒有人記得我，而且除了你以外，大家都好像更喜歡那個我……」

雖然很想力持鎮定，但鋪天蓋地的恐懼感逐漸蔓延，胃翻騰得厲害，還沒消化完的晚餐、胃酸，和種種難以接受的事實全部都摻攪在一起，無法抗拒的噁心感一擁而上，令她臉色發青，竟有點想吐。

「樂樂，妳別慌。」察覺到她的不安，傅然安撫地拍著她的背，拿起她包包內的保溫瓶，旋開蓋子遞給她。「先喝點水，不要急，沒事的。」

「好。」她接過水瓶，調整呼吸。

「妳要不要回想一下，妳最後一段記憶是什麼？妳去了哪，見了哪些人，記得嗎？想不起來也沒關係，不用勉強。」

她小小口地啜飲了好幾口水，暖熱的水滑過喉嚨，潤澤了乾澀緊縮的情緒，終於令她感覺好了些。

「我每天幾乎都是上班、下班，兩點一線，完全沒有認識什麼新朋友啊。我想想，那時候是端午節……」她認眞回想。「剛拿了端午節獎金，我去刷存摺，很開心有獎金入帳，還想著要買哪幾本漫畫，列了一張清單，然後，連假的時候，孟潔問我要不要去看電影……」

奇怪，是因爲她太心急嗎？爲什麼她講著講著，突然覺得頭有點痛？腦海中的畫面越來越清晰，又好像越來越模糊……

「電影，對，我和孟潔去看電影，回來的時候，她說……」等等，她好像就快想起很重要的什麼了。

爲什麼頭越來越痛？

「她說要去一間很靈的占卜屋，就在電影院附近，我在外面等她，她出來的時候，手裡拿著什麼東西，好像很開心，想給我看……車禍……」她揉著太陽穴，拚命回憶，可越揉越難受，疼痛感逐漸蔓延至四肢百骸，彷彿正在蠶食嚙咬她意識。

「妳們出車禍？」

「不是，不是我們，是……孟潔問我，她找我去……」

排山倒海的暈眩感毫無預警襲來，強烈地像要貫穿她腦門。

「車子……紅色的……」

一整片，紅色的，像在她眼前綻放的花。

花色赤紅豔濃，張揚盛放，她認得這花，漫畫裡時常出現——曼珠沙華、又稱彼岸花……

「什麼？樂樂，妳說什麼？我聽不清楚，妳還好嗎？」

美得妖異的花朵侵蝕她整個視野，她很想看清楚，也很想聽清楚傅然的聲音，但傅然的聲音卻越來越遠。

像有什麼巨大的力量想將她的意識從體內狠狠拔除。她竭力抗拒，可卻徒勞無功，身子踉蹌了幾下，站都站不穩。

「我……花……」她頹然倒下。

「樂樂？林喜樂！」

傅然抱住她傀儡斷線般的身體，卻接不住她紛飛的意識。

逐漸闔起的視界裡，僅餘一抹稠紅。

✻

咚、咚咚——

遠方，呂孟潔口袋裡的東西滾了出來，撞擊到地面，鮮豔了幾道血紅色的痕跡。

呂孟潔彎下身體，將那顆玻璃彈珠似的水晶拾起，舉高到月光下，細細察看著表面髮絲般的赭紅色紋路。

這些裂紋，究竟是拿到的時候就有，還是剛剛才撞出來的？

好像花……

「我想當她。」

光線穿透水晶，在她臉上折射出晦澀複雜的薄影。

這便是那天，她拿著林喜樂的照片，在占卜屋這麼訴說時，對方交給她的東西。

第二部　消失的女主角

6

昏昏沉沉，感覺似乎睡了很久。

好熱……

踹了幾腳才終於踢開被子，她睡得迷迷糊糊的，下意識想開冷氣。

好不容易在枕頭旁撈到冷氣遙控器，嗶——

扇葉靜止，空調送風的聲音嘎然而止，房裡一下就變得比剛才更熱。

吼，搞什麼啊？原來冷氣已經開了啊。

她撥開黏在頰邊的頭髮，氣呼呼地從床上坐起來，再次按下遙控器上的開關，一口氣將溫度調降了好幾度。

爲什麼明明有開冷氣還會這麼熱啊？

再度倒回床鋪，床頭櫃上的夜燈亮得刺眼，她一舉將燈掃到床下，蒙住頭，翻了個身……

霍然坐起！

夜燈哪來的？她睡覺從來不開燈。

僅存的睡意終於完全消失，她開始懷疑這裡不是自己家了。

跳下床，點亮大燈，環顧四周……嚇！眞不是她家！這是哪裡啊？

床不是她的床，書櫃不是她的書櫃，電腦也不是她的電腦。衣櫥、懶骨頭……所有的東西全不是她的。

還有，她腳上這雙樸素得要命的十元拖鞋是怎麼回事？她的蕾絲拖鞋呢？她的粉紅色公主風床單呢？她的紗幔呢？就連她原本粉紅色的鍵盤、滑鼠，全都變成清一色無趣的黑色。

唰一聲滑開衣櫥，她慣穿的那些粉色、柔黃、艾綠的紗裙、蓬蓬袖浪漫款式全被白、灰、黑這些既單調又無聊的無色彩衣物取代。

既然衣櫃裡都已經這樣，那她現在身上穿的是……？

她顫抖的視線從十元拖鞋緩緩上移，經過長至腳踝的褲管，一路上移至密不透風的長袖。

這什麼鬼?!大熱天穿長袖長褲睡覺，難怪她這麼熱！

可是……等等，這驚人的胸部尺寸是怎麼回事？

她不可置信地揉捏著自己的胸部，一臉迷茫。

打從她有記憶以來就是個天生貧乳，早過了能夠再度發育的年紀，現在這手感是怎樣？

她衝到全身鏡前一看，鏡子裡的女人雖然穿著兩件式，土到不行的睡衣，卻完全無法遮掩她豐滿渾圓、凹凸有致的好身材。

人生也太不公平了！

但是……爲什麼？她是睡夢中被抓去隆乳了嗎？怎麼可能?!

腦海裡竄出許多超乎常理的念頭，她莫名其妙，視線逐漸往上移動……

「啊啊啊啊啊！」她放聲尖叫，站都站不穩，往後退了好幾步，狼狽地跌坐在地上。

「這誰？我怎麼變這樣？」她往前趴伏到鏡子前，手貼著鏡面，不敢相信眼睛看見的。

一頭及肩的、半長不短且翹得亂七八糟的頭髮毫無流行感；膚質還不錯，但沒有好好保養防曬，顴骨旁不只有雀斑，還有曬斑。

雖然眼睛圓圓的，鼻子小巧高挺，菱形唇線分明，臉型也是標準的鵝蛋臉，看起來萌萌的挺可愛，但……

拉高褲管……她就知道！果然有稀稀疏疏沒有刮乾淨的腿毛！

不只如此，指甲上也毫無顏色與裝飾。

到底有沒有一點身爲女人的自覺啊？賜予這種人大胸部根本是暴殄天物。

到底發生了什麼事？

她捏捏自己的臉頰，掐掐手臂，再揉揉大腿，很用力地搧了自己一巴掌。

「痛痛痛痛痛！」早知道輕一點……她摀著臉頰跳來跳去，眼角泛淚。

平行時空？她穿越了？重生？奪舍？附身？借屍還魂？

等等，她死了嗎！不可能吧?!

她明明記得……

叩叩叩——成串敲門聲敲得既響且急，門把被猛然旋開，一個穿著睡衣的中年婦女衝進來，滿臉著急。

「樂樂？林喜樂！妳沒事吧？怎麼了？」中年婦人眼神驚慌地掃視四周。

樂樂？林喜樂？這是「她」的名字嗎？衝進來的這位太太又是誰？

「林喜樂！妳發什麼神經？三更半夜叫成這樣，我還以爲有小偷咧！」窗戶是關的，冷氣是開的，女兒是好的，房裡沒有別人。確認女兒平安之後，婦人拍了她手臂一下，想起還在和她冷戰，扭頭就走。

她驚疑未定地打量著眼前燙著小捲頭、身材圓潤的婦人，腦海裡轉過許多念頭，決定先釐清這人與「她」的關係。

「……媽？」她試著喊，喊對就賭對了，喊錯至少也能被糾正。

「衝啥？」婦人沒好氣地回過身。

她看看婦人，婦人看看她，她再看看婦人，婦人又看看她……

婦人失去耐性，張口就是一串碎念。「衝啥啦？是在叫魂哦？快睡啦！明天還要上班，別再鬼吼鬼叫了，免得鄰居以爲我女兒起肖，纏著我問東問……夭壽哦！」

她眼眶一熱，猛地摟住婦人，緊緊的。

女兒？她猜對了，她沒喊錯。

久違的稱呼與熟悉的情景令她產生移情作用，情緒一下衝湧而上，難以克制。

很久很久，沒聽過這麼標準的嘮叨媽媽碎念了。

好懷念，眞的，好懷念。

她的媽媽過世好多年了，從前，她的媽媽也是這麼有活力，每天念東念西，把她從頭念到腳，沒一個地方是媽媽看得順眼的。

但是，後來，自從媽媽生病之後，氧氣罩、鼻胃管、氣切……每樣維生器材都阻礙了媽媽說話。媽媽身上接著的管子與儀器越來越多，身體越來越虛弱，最後連嫌她任何一丁點的力氣都沒了，整個人也沒了……

這個身體的主人不只有令人羨慕的胸部，母親也還健在……

「林喜樂，妳到底在假鬼假怪啥？」婦人被她抱得莫名其妙，十分困窘，聲音卻明顯變弱，似乎有點難爲情，不知該拿女兒如何是好。

「媽。」她有點高興地喊，眞沒想過這輩子還有能夠喊媽的一天。

「衝啥？」

「媽。」

「衝啥？」

「媽……」

「妳再喊信不信我揍妳！」婦人拉開女兒，惡狠狠地瞪她。

「哎喲，我是妳寶貝女兒欸，妳才捨不得呢，而且妳現在又打不過我。」她嘻皮笑臉，非常自然地挽起婦人的手，對於哄老人家這件事十分在行。母親纏綿病榻的那幾年，她早已熟悉得不能再熟悉。

「我陪妳回房，幫妳按摩好不好？」她笑得愉快，眞捏了婦人肩頸幾下。

「神經病，大半夜按摩什麼按摩，妳腦子燒壞掉是不是？」婦人伸手要摸她額頭，看起來卻有點開心。

「我沒有發燒啦，」她隨手拿起一件掛在椅背上的外套，幫婦人披上，拉著婦人往門外走。「眞的已經很晚了，媽，妳趕快再回去睡，我陪妳回房間。妳半夜起來也不加件外套，要是感冒怎麼辦？」

「啊還不都是妳因爲鬼吼鬼叫，妳剛剛到底在叫啥？」婦人眞被她牽著往外走，情勢一下子逆轉，由她主導。

「沒有啦，就……有蟑螂。」她胡謅，原本的林喜樂應該也怕蟑螂吧？

「吼，都這麼大的人了，蟑螂妳也在怕……」

婦人絮絮叨叨，久違地和女兒話家常，難掩心情愉快。

和女兒維持了一年多的冷戰，終於在端午節過後結束了。

＊

林喜樂。

二十五歲、獨生女、父親早逝，和母親相依爲命，目前與母親住在一起。

學歷……

經歷……

送完林喜樂的母親回房之後，她回到房裡，仔仔細細將房間翻了個遍，包包、抽屜、文件、手帳……全沒放過，甚至打開桌上的電腦，將常用網頁、電子信箱、ＦＢ……能瀏覽的全都瀏覽過了。

她並不想窺探別人隱私，但卻不得不先弄清楚目前的處境。而認清處境的第一步，首先，必須得明白這個身體的持有者是個怎樣的人。

林喜樂、celia9280455

所有的密碼全都是同一組，很快就被她猜出來了，爲什麼？

一、鍵盤上的這幾個數字有明顯磨損的痕跡。

二、林喜樂LINE ID、郵件信箱前面全都是使用英文名字celia。

三、林喜樂識別證上的員工編號就是9280455。

她猜測林喜樂不會使用生日這麼簡單的數字組合，而從這個房間的擺設看來，林喜樂並不是個太有創意，喜歡突發奇想的人，所以她的密碼一定有跡可循。

除了員工編號之外，她甚至還嘗試過學號、帳號、戶號……

累死，再繼續這樣下去，她都可以移民柯南的米花市了。

喘了口氣，她靠在椅背上，環顧這房間，眞佩服林喜樂是個如此有條理的人。

她所有的物品排放得整整齊齊，分門別類，一目了然。

工作上的、學生時期的、家庭的，全都用不同顏色的收納櫃擺放好。

家庭人口單純，學、經歷簡單，就連喜好都很明顯……她的目光默默飄向書櫃裡那好幾排

ＢＬ收藏品、作者簽名板，忍不住打了個哆嗦。

眞是宅到令人無法直視。

回到電腦前，繼續研究原本的林喜樂。

ＦＢ好友低於百人、電子信箱裡除了購物、廣告、會員訊息外沒有別的郵件，寄件備份裡還保留著她好幾年前投遞的履歷表，就連人際關係看起來也很簡單。

平凡無奇，毫無亮點，萬幸林喜樂不是月光族，還有一筆不多不少的存款，短時間內，她的日子應該不會太難過……

到底這個狀態會持續多久？爲什麼會變成這樣呢？

她有些疲勞地翻著林喜樂的手帳，努力拼湊，尋找線索。

今天是六月十四日，端午節連續假期最後一天，到這裡爲止，她的記憶都十分清晰。

她利用假期去採購生活用品，開車回家的時候，沿途測速照相很多，剛下過雨，路面很滑，所以她車速放得很慢，格外留意。

有什麼不尋常的地方嗎？

沒有啊，一切都跟平常一樣……

啊……會不會是那個？

眞要說的話，似乎拐過某個彎時，視線裡突然有個東西閃了一下。她原先還以爲是測速照相，立刻低頭查看儀表板，心驚膽跳。

沒有，她沒有超速。

定睛再看，那道光又閃了一下。
到底是誰被拍照了？她附近有來車嗎？
她查看後視鏡，鏡子裡有光源，就在她左後方，被清晰地反射出來。
不對，好像不是測速照相的光？
快點，再用力想一下，努力想……
那光有如閃電似的，有紋路……
然後呢？
然後她好像睡了一覺，醒來時就在這裡了。
太詭異了。
現在是要去廟裡找師父收妖嗎？
不對，跑到別人身體裡的是她欸，萬一她被收了怎麼辦？不行不行，得想想別的辦法。
她無意識地咬著指甲，繼續沉思。
既然她在林喜樂的身體裡，那原本的林喜樂呢？
死了？跑到她身體裡，和她交換了？
該不會眞的交換了吧？
如果是這樣，林喜樂妳千萬要是個靠得住的傢伙，別把我的工作和生活搞砸了！
她越想越焦慮，立刻抄起林喜樂的手機，打電話給自己。
語音信箱。無回應。

無回應。語音信箱。

怎麼撥打都是同樣的結果。

她是不是該打給她的朋友、同事、主管？

不對……凌晨打電話已經夠不妥了，要是她再胡言亂語，說什麼跑進別人身體裡的話，誰會相信她？大家都會以爲她發神經吧？

她撐著頭胡思亂想，越想越心驚，也不知道過了多久，回神過來時，窗外已經有微薄日光透進房裡，天就要亮了。

她看著桌上的陽碩聯合科技識別證，很快就打定主意，今天暫時先當林喜樂的代理人，之後再利用空檔去尋找自己，和原本的林喜樂。

好！就這麼辦！

她拉開梳妝檯的抽屜，仔細研究起裡頭的美妝用品。

＊

豔陽穿透天幕，晴空萬里，頭頂上的蟬鳴聲震耳欲聾，癡癡站在路邊等公車的她簡直快融化了。

好煩，爲什麼才一大早就已經這麼熱了，就算是夏天，老天爺也不用做得這麼絕吧？

再有，爲什麼林喜樂這麼廢，汽、機車駕照都沒有，害她只能搭乘大眾運輸工具？

等公車這件事真不是人幹的，她的妝都要花了……公車到底要不要來？APP不是顯示八分鐘嗎？

她心浮氣躁地站在路邊，拿出面紙仔細按壓著臉上浮出的薄汗，內心抱怨連連，不住踮腳張望。

算了，她放棄。

她決定搭計程車，倏地，有輛寶藍色轎車放慢了車速，停在她身旁。

「喜樂？」車窗緩緩下降，一張好看的男人臉龐從駕駛座探出來。

誰啊？既然叫得出名字，絕對是林喜樂原本認識的人吧。

「嗨。」總之先打招呼就對了，她毫不遲疑地拉開笑容。這男人長得真好看，帥哥值得一抹微笑。

「妳在等車？」傅然望向林喜樂身後的公車站牌，神情中隱約有絲驚喜。

他每天上班都是固定時間經過這個路段，卻從來沒有遇見過她。

「是啊，公車都不來，正想搭小黃。」擦了擦額角的汗，她開口抱怨。由於生性外放與職業使然的緣故，她和再不熟悉的人都能熟悉得渾然天成。

「妳要去公司？要不要搭便車？我送妳。」話說出口之後，傅然立刻就後悔了。

一定是突來的巧遇令他既驚又喜，得意忘形，否則他怎麼會這麼莽撞，貿然邀約？

林喜樂的性格慢熱，在公司裡不論對誰，都有著過於禮貌的疏離感，他一下就把距離拉近，或許會嚇到她吧？她怎麼可能會答應？

「好啊。」她燦燦笑開，立刻走上前。

什麼？傅然明顯嚇了一跳。林喜樂要是這麼好攻略，他這幾年的偷偷觀察和暗戀是爲了什麼？他可是爲了避免告白失敗，一直維持著一個有點遠又不算太遠的距離。

他究竟浪費了多少時間？

傅然有些懊惱，慢了半拍才爲她打開副駕駛座的車門。

「謝謝。」她微微傾身，笑容甜美。她觀察過，側臉四十五度角是林喜樂最漂亮的角度。很自然，幾乎看不出破綻。傅然一愣，旋即皺起眉頭。

若他不是在商場上打滾多年，見過的人形形色色，可能不太會察覺到這類小動作。是他多心了吧？總覺得今日的林喜樂和平常不太一樣，她從來不會有這樣的舉止。仔細一看，她今天的妝也比平時更美豔，雖然色系、穿著，都與平日相差無幾，但整個人散發出的氛圍與舉止大不相同。

究竟是因爲他對她太不熟悉，才會有這樣的錯覺？還是正因爲他對她太熟悉，才會有這樣的感受？

「怎麼了？」見傅然遲遲沒轉動方向盤，她發問。

「沒什麼。」傅然將視線從她臉上拉回來。

「你好像很意外我會上車？」她咀嚼了下傅然的神情。

「我每天這個時間都會經過這裡，從來沒有遇見過妳。」傅然沒有正面回答她的提問。

她笑了笑，輕描淡寫地說：「我今天比較早出門。」

一來是想早點到陽碩去，早點摸清工作流程。

二來是和公車太不熟，無法掌握等車時間和車程，爲了保險起見，才這麼早。

她猜想，已經在陽碩服務了好幾年的林喜樂熟門熟路，自然不會這麼早出門。

早起的鳥兒有便車搭！

一定是老天爺獎勵她這麼勤勞，才派了這麼賞心悅目的男人來拯救她。

她瞄了一眼他放在車內的識別證——傅然。就連名字都很好聽，給八十分。

「你的車好開嗎？」她指著排檔桿，看起來興致盎然。「我一直很想試試看手排車，可惜都沒機會。」

「妳會開車？」傅然很訝異。

「當然，只是沒去考駕照而已。」幸好她還記得自己在演林喜樂，差點脫口說出她開車很多年了。

「原來如此。」傅然點頭，將手搭在排檔桿上，準備換檔。

「傅然。」她驀然喊住他。

「嗯？」傅然準備打檔的手倏地收緊，心跳彷彿暫時停止了會兒。

這是她第一次喊他名字。之前總是「總監」、「傅總監」的喊，擺脫不掉的職銜就如同他們之間怎樣都拉不近的距離。

縱然他覺得今天的林喜樂有點奇怪，但被心儀多年的女孩直呼全名的喜悅感還是取代了那份怪異的感受，令他嘴角上揚，心情極好。

「現在到公司的話應該還早，來得及吃過早餐再去嗎？」她問。

「來得及。」

「那我們一起去吃早餐？我好餓，那間咖啡廳如何？」她指向窗外一間綠意盎然的複合式咖啡廳，外觀有股清新的時髦感，似乎是二十四小時營業，簡直能當網美店，她很喜歡。

「好。」出乎意料的邀約帶來了出乎意料的怦然心跳，傅然一口答應，心情越漸愉快，可瞥了一眼她手指的方向後，眉頭微微蹙起。

「那間嗎？妳確定？價位可能不是很便宜。」她向來儉省，這些細節他早已熟記於心。

「我有錢。」開什麼玩笑，林喜樂可是有存款的，她喜孜孜地想，停頓了會兒，開玩笑地補充：「而且，再不濟的話，不是還有你？」

傅然看起來這麼體面，總不至於讓她留在店裡洗盤子吧？

「好，我去找車位。」傅然轉動方向盤，前額劉海飛揚，如同他此時雀躍的心情。

這是他們第一次一起吃飯，值得紀念。

他難掩愉悅，覺得自己像個情竇初開的少年。

＊

「A餐、沙拉要千島醬，附餐飲料要水果茶。」選定了靠窗座位後，她在搖曳的風鈴聲中迅速點好了餐。

「好的，請問水果茶要冰的還是熱的呢？」青春洋溢的女服務生精神抖擻。

「冰的。」

「好。」女服務生轉頭問傅然。「請問這位先生的附餐飲料呢？」

「特調咖啡三分糖微冰。」

「好的。」

傅然闔上菜單，等到女服務生踩著輕盈的腳步離開之後，他卻不禁疑惑地望向坐在面前的林喜樂。

「怎麼了？」察覺到他的視線，她仰起臉，笑容明媚。

傅然搖頭。「只是很意外妳喝冰的，以爲妳會點熱飲。」

「熱飲？今天已經很熱了。」不可思議的同時，她也注意到了傅然蹙起的眉心。「我平時都喝熱的？你好像跟我很熟？」

她臉上的笑容從來沒有消失過，態度自然，游刃有餘，那句「你好像跟我很熟」聽起來非但沒有攻擊性，還隱約有點淘氣。

傅然一時語塞，說熟也不對，不熟也不對。

這時候可以說他默默注意她很久了嗎？說他已經觀察她好一段時間了，還說他其實……有點喜歡她？

現在究竟是不是對的時機呢？假若錯過了這次，還有沒有下次？

怎麼與她相處會比談訂單還困難呢？

還是先從一些簡單的話題開始好了。

「喜樂。」傅然開口喊她，雖然面色如常，心思卻已經轉了好幾轉。

「你可以叫我樂樂。」她將頭髮勾到耳後，大方地回應。她喜歡樂樂這個小名，很親切。距離被猝不及防拉近，傅然一愣，雖然隱約覺得有點奇怪，卻又忍不住有點高興。

「……好。」他點頭，拿起桌上水瓶爲兩人添水，舉止自然。

可她卻注意到他微紅的耳廓。

好奇心一起，接過他遞來的水杯時，故作不經意地碰觸他手指，他的耳朵又更加紅了。有點靦腆，眞可愛，再幫他加五分。

她若無其事地喝水，心想，林喜樂的生活眞有趣，不只有嘮叨可愛的媽媽，還有一戳就有反應的含羞草男同事。

「樂樂。」餐點上桌時，整理好心跳節奏的傅然再次喊她。

「嗯？」她將千島醬拌入沙拉，大口吃了起來。

「妳剛說今天比平時早，怎麼了？有什麼事需要提早進公司嗎？」

糟了，是陷阱題。

「沒有，一份急件趕著早上交。」總機應該也有需要做的文件吧？她抹了抹嘴，隨口胡謅。

傅然點頭。

「倒是你，你平時也這麼早？」她趕緊把話題轉開保平安。因爲餓極了，狼吞虎嚥。

「差不多都是這個時間，下個月要遴選福委，這屆我是主委，有些上屆留下的東西要先移交給我。」

「哦，福委會，很有意思的單位。」在嚼食空檔間，她兩頰鼓鼓地開口。

「真訝異妳會這麼說。」傅然放下餐叉，探究地望著她，那股覺得她不對勁的感受又來了。

「爲什麼？」她眨了眨眼睛，進食動作未停，將火腿捲成團，大口吞下，看起來胃口很好。

「以爲妳對這種團體的事情沒興趣。」傅然注視她的吃相，眉頭擰得更深了。這與她平時總是小小口細嚼慢嚥的模樣，著實相差太多。

「吃慢點，時間很充裕，不用趕。」他爲她添了杯水果茶。

她接過杯子，又是一口豪飲，那模樣像是酒國英雄，看得他心驚膽跳。

「喝慢點。」叮嚀的同時，他不忘遞紙巾過去。

擦了擦嘴，她好不容易從食物中仰起臉，劈頭卻問：「傅然，你是不是喜歡我？」

「咳咳咳！」正在呑東西的傅然被嗆到了。

「爲什麼這麼問？」愣了幾秒，他才回神。

「你很積極，先是提議搭便車，又主動找話題聊，好像對我的習慣瞭如指掌。我本來以爲你可能性格比較外向，但你一下擔心這個，一下擔心那個，小心翼翼，對我的每個回應和動作都戰戰兢兢，感覺並不是個自來熟的大神經。再說了，我既不是你的客戶，更不是你的主管，你卻這麼在意我，除了暗戀之外，我眞不知道還有什麼可能。」

她一氣呵成、態度沉穩，明明是在講暗戀，卻平鋪直敘、明快果決地像在辦案，頓時令傅然感到非常困窘。

「妳有雙胞胎姊妹？」他的腦海中破天荒地出現了許多荒謬的念頭。

「沒有，我是獨生女。」謝天謝地，幸好她有做功課，她搖頭，微笑地將話題抓回來。「你不要轉移話題。」

傅然瞇起眼，不知該如何形容內心的感受。

這不像在談論他多年來的暗戀，反而像在談一樁不拖泥帶水的生意；更不像他與心儀女孩之間的對談，反而像他與客戶間的話術與攻防。

他曾經無數次想像過和她告白時的情景，想像過無數種她可能會有的反應。

如今，卻有股排山倒海的失望……

「是，我喜歡妳。」說話的同時，他卻覺得他失戀了。

「我知道了。」她輕快地回，繼續用餐。對她而言，她只是單純想弄清楚林喜樂的處境罷了，對於傅然的心情並不在意。

「妳不問我為什麼？」

「當然是因為我年輕貌美可愛又有胸啊。」她俏皮地答，絲毫不見忸怩，完全沒有甫被告白的尷尬。

平心而論，她這樣的反應才是好的吧？

明明戳破了什麼，態度卻未受到影響，還能自然地應答說笑。

如此一來，他們才能繼續共事……

但是，他很惆悵，理智與情感難以達到平衡，像被搧了一巴掌似的，迎來了重重的失落與難堪。

「等等吃完早餐，我送妳到公司吧。」

最後，他只能捏緊手裡的車鑰匙，對著面前的餐點與林喜樂，若無其事地這麼說著。

✷

混用不同石材搭配的門面、隱藏式光源、簡約的裝潢線條，搭配入口處廣闊的門庭與綠意，陽碩比她想像中的更氣派。

眞不愧是臺北廠區員工就超過千人的大企業，連櫃檯都比她原本的辦公桌還大！

搭乘傅然的便車到了陽碩之後，她很快地找到林喜樂的座位，整理了下儀容，打開電腦，準備代班。

代辦事項、資料夾及檔案都清清楚楚，登入公司系統的帳號密碼就在電腦旁，簡直是一個臨時請假，代理人也能立刻上手的程度。

以林喜樂這樣的工作態度與做事模式早該升遷了吧？怎麼會在這麼大的企業裡當了三年的總機？眞是百思不得其解。

算了，管它的，她並不想介入別人的人生，只要先完成眼前的工作，不要太掉鍊子就好。

希望林喜樂面對她的生活時，也能抱持著同樣的態度，以免她們兩人交換回來的時候，彼此都太痛苦。

念及至此，她不禁再次撥打了自己的手機，依然還是沒有回應。想打公司電話，又想起陽碩的上班時間比她的公司早，撥過去也是聽機械音而已，無濟於事。

她失望地掛回話筒，身旁空位傳來動靜，她抬頭，迎上一張欲言又止的臉。

「早安，喜樂。」呂孟潔小心翼翼地望著她，盡量讓自己看起來和平常一樣。

「孟潔早。」她微笑。

呂孟潔她是認得的，林喜樂爲數不多的ＦＢ貼文與行事曆排程幾乎都與呂孟潔有關，動態牆上也時常出現呂孟潔的貼文與照片。

哦，對，她還知道，林喜樂昨天和呂孟潔一起看了場電影。

「妳昨晚有睡好嗎？」呂孟潔坐下，放好包包，若無其事地問她。

「有啊。」她本能低頭看了下螢幕上反射出的自己。「怎麼？有黑眼圈嗎？」她明明有遮瑕，難道是林喜樂慣用的品牌不太優？

「不是啦。」呂孟潔噗哧笑出來，默默鬆了口氣。「只是昨天看妳回家時臉色不太好。」

「有嗎？」她聳聳肩，摸了摸自己的臉。

她當然不知道林喜樂昨天臉色好不好，僅是反射動作罷了。

「有啊，妳昨晚臉色很差，我還以爲妳身體不舒服。妳今天有覺得哪裡怪怪的嗎？」

「沒有，我很好。」她容光煥發，撥了撥頰邊的頭髮，髮絲和神采同樣飄揚。

「那就好。」呂孟潔回以笑容，下意識摸了摸口袋裡的東西，掩飾心虛。

她說謊了。

林喜樂看起來並沒有哪裡不對勁，昨晚沒有，今天也沒有。

她只是……

大概、應該、或許……她想，占卜屋果然是騙人的吧？

那位明明大熱天還穿著斗篷，遮頭遮臉的占卜師神神祕祕地交給她這顆水晶，說只要她好好睡一覺，就能夠實現她的心願。

可是，如今看來，有誰的心願被實現了嗎？

沒有。

她還是那個呂孟潔，林喜樂也還是那個林喜樂，毫無異常。

平凡得一如既往的上班日，麻煩的瑣事也一如既往。

呂孟潔打開電腦，點開行事曆，嘆了口氣，自言自語地抱怨：「眞煩，馮協理今天又要來了，公關部爲何這個案子做這麼久，要讓他跑這麼多趟？」

「馮協理？松傳媒那位？怎麼？妳很討厭他？」她笑著發問，部門行事曆是共用的，她有把今日內容記住。

「誰不討厭他啊？」呂孟潔倒向椅背，做出了個極度噁心的表情。「他老是色迷迷的，還會毛手毛腳，妳不是也很討厭他嗎？」

原來業界很有名的馮協理在陽碩也是一場災難，眞是毫不意外。

她的工作也與松傳媒有往來，想當年她還是職場小萌新的時候，也曾經被馮協理吃豆腐吃到哭出來過，這男人好色的習性眞是始終如一。

「妳別擔心，我來接待就好。」她拍拍呂孟潔的肩。既然林喜樂和呂孟潔是好朋友，幫點忙很正常吧？

「眞的嗎？可是今天是輪到我。」呂孟潔喜出望外，心裡卻有點不是滋味。

「眞的。」她微笑。

「妳不怕他今天又亂摸亂聞？」

「放心，他標準的有色無膽，而且他很怕太太，我很知道要怎麼對付他這種人。」當然，吃過一百零一次虧之後，她早就不再是職場小萌新了。

「妳怎麼知道他很怕太太？」

「八卦雜誌上都有寫。」她回應得十分稀鬆平常。

「喜樂，謝謝妳。」

「不謝，好朋友不用客氣。」和呂孟潔談妥後，她回到座位前辦公，著手進行林喜樂的今日工作。

呂孟潔望著她的側臉，雖然因爲不用親自接待馮協理的緣故鬆了口氣，但內心感受卻有些複雜。

總是這樣。

喜樂總是樣樣事情都做得比她好。

工作能力比她強，考績比她好，升遷比她有望，男人緣也比她好。

喜樂總是看著陳新，可是她卻知道，傅然總是望著喜樂。

什麼好事都是喜樂的。

不甘心的感受從沒有被友誼驅散，反而隨著時間增長越演越烈。

她悄悄捏緊了口袋裡的物事，總覺得胸口有股無法發洩的惡氣，壓得她喘不過氣。

✡

日光傾斜，悄悄變換了角度，推移走半日的忙碌。

「馮協理，您慢走。」

她和公關部男同事一同送馮協理離開，馮協理樂呵呵的，公關部男同事也笑得十分開懷，連連向她道謝。

「喜樂，真有妳的，以前都不知道妳嘴這麼甜，能把馮協理哄得這麼開心。」

「現在才知道我是個人才？」她打趣，頗有幾分得意。

公關部男同事笑得更樂了。「而且妳今天很漂亮欸，跟平常不一樣。」

仔細看她，和總是綁著馬尾的模樣不同，她今天放下頭髮，垂落在肩頭的髮尾蓬鬆，有著柔美的捲度。襯衫開了幾顆釦子，領口白皙的肌膚和漂亮的鎖骨清晰可見，雖然該遮的都有遮住，卻能隱隱看見胸前飽滿的溝影。

以前的林喜樂有這麼漂亮嗎？而且，身材這麼好？

「有優勢就要利用，真是便宜你了，就當作福利大放送好了。」她伸手在男同事面前揮了揮，打趣地要他別再亂看。「趕快把馮協理搞定，你們也比較好辦事。」

「妳眞是太上道了啦！當總機太埋沒妳了，眞該來我們公關部才對，有妳當門面多好說話啊！我一定要找機會向江姊要人。」

「少來了，快回去工作。」她微笑著趕人，對男同事打量她的目光和言談間的貶抑絲毫不以爲意。

認眞就輸了。

她不在乎別人怎麼想，更懶得花時間去做性別教育。某些職場男性根本冥頑不靈，並不會因爲旁人的三言兩語改變，不需要多費唇舌，白白跟自己過不去。

「好，BYE。」男同事眉開眼笑地走了。

趁著四下無人，她趕緊捏了捏脖子，搥了搥肩膀，總覺得負擔很重。

原來以前聽那些胸前雄偉的女同事抱怨腰痠背痛是眞的，不是故意炫耀。她默默在心裡懺悔了幾秒。

好累，來去茶水間喝水，順便補充備品好了。

林喜樂的行事曆上寫著今日要盤點及補充茶水及點心，不足的還得向廠商叫貨。

當一天和尚敲一天鐘，既然目前是寄人籬下——姑且稱之爲寄人籬下吧——就得把林喜樂的工作做好，這點道德感與責任心她還是有的。

她拿著杯子走向茶水間，另一手拿著手機，數不清已經是第幾次撥打電話給自己，第幾次被轉進語音信箱。

怎麼會過了這麼久都還是沒人接呢？

她皺眉盯著手機螢幕，撥通另一組公司號碼，正想按下自己的分機，前方卻有細碎的交談聲從茶水間傳出來。

「就林喜樂啊。」

「眞假？」

聽見林喜樂的名字，她悄悄走向音源，偷偷瞥向茶水間——

是呂孟潔，還有兩個背對她的女生，看不清長相。

「對啊，我跟江姊申請過好幾次了，每次都說我想調單位，但每次都被江姊打回來，說要調也先調喜樂。」

「爲什麼啊？雖然喜樂每天都笑笑的，但沒人知道她在想什麼，她也從來不參加聚餐跟員工旅遊，不管在哪個部門都待不住吧？除非ＩＴ或ＲＤ，但她又不是學那個的。」

「誰知道啊？」

哦，忌妒心。

職場裡最不缺的東西。她聳聳肩，司空見慣。

只是……林喜樂，妳的閨密有毒。

妳信錯人了，和妳拍照打卡到處玩樂的那個人到處說妳小話，興風作浪，根本不值得。

早知道剛剛就不要幫呂孟潔接待馮協理了。

現在到底要不要若無其事地走進去，把裡面那幾個嚇得魂飛魄散呢？她有點壞心地想。

算了，還是不要好了，她只是暫時代理林喜樂而已，還是別惹是生非。

她躲在一旁，正準備開溜，肩膀卻冷不防被拍了一下。

誰？

她轉頭，眼前的男人張大嘴想喊她，被她猛地一把摀住。

「噓。」她用力摀住男人的嘴，食指比在唇前，做了個噤聲的手勢。

「唔？」陳新鏡片後的眼神轉了轉，滿臉驚駭。

她眼神瞥向茶水間又瞥回來，比手畫腳，陳新驚嚇的神色漸漸寧定下來，隨著茶水間裡飄出的閒言閒語，逐漸明白了是怎麼一回事。

「喜樂就是很會裝模作樣，表面上好像什麼都不在意，其實背地裡小動作很多……」

「啊，難怪，產品部大姊早上才在講，好像看到喜樂從傅總監車上下來……靠，怎麼有這種好事啊？傅總監欸！我也想坐他的車。」

「原來哦，這麼會勾三搭四，難怪考績都比較好。」

「那妳還跟她那麼好？」

「坐隔壁，我有什麼辦法？我也不想啊，江姊又不把我從櫃檯調走。煩欸！到底還要我當總機當多久啊？總不能到四十歲還在當總機吧？」

「妳就趁著當總機人面廣的時候，趕緊找個好對象嫁了，這不就是總機的最高奧義嗎？」

「什麼啊？哈哈哈！」

茶水間裡的笑談持續著，沒有再聽的必要，她拉著陳新走遠，直到確定沒被發現才鬆了一口氣。

「妳不生氣？」來到了無人的轉角處，陳新小心翼翼地瞅著她。

「哪有那麼多氣好生？」她笑開，眞不在意。當然了，她又不是當事人。就算她是當事人，她也不生氣，以她有仇報仇的個性，只會想著要如何正面對決。

「學妹長大了？」陳新微笑，習慣性伸手要摸她髮心。

她本能地向後閃躲，反而先伸手戳他額頭。「早就不是小朋友了。」最討厭被摸頭了，又不是小孩子。

陳新嚇了一跳，滿臉訝異地盯著她瞧，她猛然一愣，驚覺自己做了件不太恰當的事。

她誰的額頭不好戳，偏偏戳陳新的？

林喜樂的生活很單純，假如說呂孟潔是林喜樂生活痕跡裡最常出現的女性，陳新就是最常出現的男性。

學長生日。

和學長巧遇。

約學長去看展覽。

好煩，今天又被學長拒絕了。

記事裡滿滿都是諸如此類的少女心事。

千萬不能打壞林喜樂與心上人之間的關係，以免哪天身體交換回來時，林喜樂太過悲憤。無論如何，先刷一波好感再說。

「你在聽什麼？」她反應極快，伸手指向陳新的AirPods。觀察對方，製造共同的話題絕對是刷好感的第一步。

「這個？」陳新拿下單邊耳機，略帶促狹地遞給她。「要聽嗎？」

她想也不想地接過來，卻一反陳新預期會有的反應，笑逐顏開，跟著哼唱。

「這首我也很喜歡。」眞巧，是她喜歡的搖滾樂團。她的手指輕快地打著拍子。

「眞的？」太不可思議了，他甚至還故意挑了最吵的一首。

「是啊。」

「嚇了我一跳。」

「爲什麼？」

「以爲妳不喜歡節奏這麼強烈的東西，他們的歌詞既憤世又批判，我一直以爲妳只喜歡動漫歌曲及輕音樂。」

「你太小看我了，我也是很搖滾的。」她本來還想接一些「你想不到的可多了，我不只喜歡這個，我還喜歡你」之類的胡說八道，乘勢表白，可想想後又覺不妥。

表白這種大事還是交給林喜樂親自來吧！

「我回去上班了，偷懶太久，等等被罵。」多說多錯，她決定先溜爲妙。

「喜樂，等等。」陳新一把攫住她手臂。

「怎麼？」她不明所以地回過身，直勾勾盯著陳新，莫名望得他心慌。

陳新趕緊放開手，推了推鼻梁上的眼鏡，一時間也說不清拉她做什麼，有點不自在。

「沒什麼，妳……今天頭髮放下來很漂亮。」其實，他沒說的是，不只髮型，他也很喜歡今天的她。

她今天的表情很生動、很靈活，態度很大方、很自信，和以往總是小心翼翼、有所顧忌的忐忑模樣不同，距離彷彿瞬間被拉近了。

「現在才發現？」她瀟灑地揮揮手，揚長而去。

是啊，怎麼會直到現在才發現她有點可愛呢？

陳新愣愣看著掌心中她戴過的耳機，總覺得還有她的溫度殘留在上面，耳邊全是她方才哼唱的聲音。

✵

終於結束了，她應該沒搞砸吧？

林喜樂，我真的盡力了。

她如釋重負地走回座位，手機卻驀然響起。

誰啊？找林喜樂的？該如何和對方應答呢？說林喜樂出差了行不行？

她滿腦子念頭飛快運轉，拿起手機查看來電顯示，眼睛卻不覺瞪大——是她的號碼！她怎麼撥都沒有人接聽的電話！

「喂？」她急匆匆按下通話。

「您好，冒昧打擾了。請問，您認識這個門號的持有人嗎？我看見有好幾通來自於您的未接來電。」

「認識認識，我認識！」她趕忙應答，唯恐錯過些什麼。

「我們這裡是清川醫院……」

「醫院？」

「對，是這樣的……」

她竭力穩住話筒，越聽臉色越凝重。

「好，等我！我下班後……不，我立刻就過去！」

按掉通話，她以最快的速度跑完早退流程，拎起背包，風風火火地衝出陽碩。

7

白晃晃的燈光、一塵不染的廊道，撲面而來的藥水味冰冷刺鼻。

是自撞車禍，目擊者幫忙叫了救護車，警方也有到場。

除了骨折與外傷之外，腦部也遭受到撞擊，有腦震盪和閉合性腦損傷的狀況。

我們做了緊急手術及處置，雖然已經脫離險境，但直到現在都還沒有恢復意識。

搞什麼鬼？她完全沒有車禍的印象，難道是那道刺眼的光害她視線不良？

她風馳電掣地奔入清川醫院，滿頭大汗，腦子裡嗡嗡嗡的全是方才護理師講的話，頰邊的頭髮全因汗濕而黏在脖子上。

「請問，病房7A-01……」搭乘電梯來到七樓，她滿心焦急地走入護理站。

「妳是7A-01的家屬嗎？」

「我是本……」本什麼本？說本人是要嚇死誰？「她沒有家屬，我是她最好的朋友。」她連忙改口。

護理師點頭，從櫃檯抽屜裡拿出些表格。「麻煩妳先幫她辦理住院手續，還需要填寫一些文件。」

「好。」她接過紙筆，邊填邊問：「請問她現在的情況如何？」

「需要觀察，還沒清醒。」

「車禍？」

「對，有目擊者報案，搭救護車來的。」

和電話裡聽見的一樣，她就是覺得不可置信，所以想再次確認罷了。

希望她沒有撞到人或是安全島、路燈、路樹什麼的，這次住院的醫藥費大概不會太便宜，要是還得賠償公有設施就太慘了，她在心裡默默地想。

「我可以進去看她嗎？」她三兩下將文件填寫完，遞交給護理師。

「可以啊。」護理師點頭。「未來若病人有什麼狀況，都是和妳連絡就可以了嗎？還是病人有更親近的人？」

「找我就行。」

「好。」護理師低頭看了看表格，確認她的姓名。「林喜樂小姐？」

「對。」幸好她早將林喜樂的電話、地址這些個人資料背得滾瓜爛熟。

「等等主治醫師會來，妳若有什麼問題，都可以詢問醫師。」

「好，謝謝。」

「對了，負責處理車禍的員警聯繫方式在這裡。請問病人的隨身物品可以一併交給妳嗎？」護理師彎下身來，從櫃子裡拿出一包東西。

她一眼就認出那是她的背包和手機。「當然可以。謝謝。」

接過東西，向護理師道過謝後，她轉身走向病房，雖然很急，腳步仍頓了頓，舉步維艱。

眞是討厭醫院。

由於母親曾在醫院待了很長一段時間的緣故，她對於所有的醫療設備都有著難以言說的恐懼感。

更驚悚的是，她現在要探視的人居然是她自己。這經驗十分獵奇，離譜得令人不可置信。

她做了好大的心理建設才順利走到病床旁，盯住那張戴著氧氣罩、閉著眼睛的，熟悉到不能更熟悉的臉，瞬間倒抽了好大一口涼氣。

好怪，這人怎麼會出現在除了鏡子裡以外的地方呢？好像鏡中人實體化一樣。

她小心翼翼地戳了戳病人的臉頰，碰了碰她的手。

床上的人因手術需要剃了髮，頭部包纏著紗布，手腳都有外傷，慘白的臉色毫無生氣，和她平時朝氣蓬勃、光鮮亮麗的模樣大相逕庭。

喂！別再睡了，醒一醒！這樣一點都不漂亮，妳振作一點，快恢復精神！

她握住病人的手，一下牽著，一下放開；一下握左手，一下握右手，一下握雙手；一下碰她額頭，一下碰自己的……很希望能藉此找到回去的方法。

要怎樣才能回到原本的身體裡？這樣可以嗎？那樣呢？

毫無作用！

床上的人一動也不動，她簡直像個神經病！

她挫敗地癱坐在陪病椅上，心跳得很快，手裡捏著的全是冷汗，小心翼翼地打開她的包包，陷入思考。

冷靜！再想想看還能做什麼？有什麼事能先用林喜樂的身分做？

或許，她可以先連絡她的保險業務員，接著再處理她的車子？

倘若一時半刻無法出院呢？她是不是得找看護？或是親自來陪病？

但是，假如身體交換回來之後，林喜樂發現被消耗掉那麼多假期，只爲了照顧一個不認識的人，會有多冤枉？

林喜樂究竟去哪兒了？被困在這具身體裡？該不會根本消失了？

她不知道該如何把身體交換回來，但是，若是現在換回來，是不是就會變成她孤零零地困在醫院裡？

不要……她不想這樣。

她還有好多事想做，她想活，但她也不想用林喜樂的身體活。

怎麼辦？

還是先連絡保險業務員，再聯繫負責處理車禍的員警，然後等主治醫師來，目前也只能這樣做了。

「喂？您好——」

她走出病房，忙不迭地撥打電話，走出門口時，正好和兩個從隔壁病房走出來的男人擦身而過。

「傅總監，您眞是太客氣了，百忙之中還抽空來看我們。」一名面容有些憔悴的男子握著傅然的手，頻頻道謝。

「哪裡，應該的，祝福伯父早日康復。」傅然對著往來多年的客戶微笑，眼角餘光卻不禁溜到剛擦肩的女子身上。

樂樂？

上班時間她怎麼會在這裡？生病了？探望親人？住院？

告別客戶，傅然皺起眉頭，狐疑地走入她方才走出的那間病房，瞥向床頭卡——

辜亮亮。

✵

醫院廊道盡頭的落地窗前，她俯瞰著滿城街景，一通接一通地撥打著電話。

「喂？我是亮亮……聲音不一樣？哦，我感冒了，喉嚨怪怪的……沒事，過兩天就好了……我跟妳說，妳幫我把那個……」

「喂？您好，我是辜亮亮的朋友，因爲她車禍住院……對，不用擔心，我會照顧她。我是要請您幫忙，亮亮的保險……」

「喂？請問是陳警官嗎？您好，我姓林。關於昨天車禍的辜亮亮，案件編號是……」

她好忙。

她一下用林喜樂的手機，一下用自己的手機，適時切換身分，聯繫個沒完沒了，講得口乾舌燥。

可以不需要解釋太多的，她就當回辜亮亮，稍微需要說得比較清楚的，她就以林喜樂的身分暫代。

眞的很倒楣，怎麼會遇到這種光怪陸離的事？

到底要怎麼把身體換回來？找宮廟或教會行不行？

她繼續撥打著電話，腦子裡胡亂轉著些看似病急亂投醫的念頭，全沒察覺有個人站在她身後不遠處，已經站了好半晌。

她到底都在說些什麼？跟些什麼人談話？

爲什麼她兩支手機換來換去，一下自稱辜亮亮，一下自稱是辜亮亮的朋友？辜亮亮不是正躺在病床上的那位嗎？

傅然望著林喜樂的身影，聆聽著她的談話內容，越聽越疑惑，眉頭深鎖。

「那就這樣，麻煩您了，謝謝……嚇！傅然？你怎麼會在這裡？」她結束通話，轉頭過來看見傅然時，差點沒被嚇死，搗著心口搥了好幾下。

「我來探望客戶。」傅然審愼地盯著她。「這是我要問的，妳怎麼會在這裡？請假？」

「我早退。」她聳聳肩，伸手指向７Ａ病房。「我朋友車禍住院。」

「辜亮亮？」

「對。」被發現了，但她一點也不在意。「她還沒醒來，我先幫她處理一些事情。對了，晚點我想去看一下她的車況，你接下來還有行程嗎？有開車來嗎？能不能載我一程？」有沒有便車搭才是重點，她務實地打算。

這哪招？早上或許還能說她是等車等得煩了，才輕易答應搭他便車，如今她竟要求得這麼主動，莫非是搭上癮了？傅然眉心皺得死緊，總覺得她很奇怪，無論是自稱辜亮亮，或是如此自來熟的要求都很怪，很不像平常的她。

不對，正確的說，從與她共進早餐時開始，這種怪異的感受就不曾消失過，害他現在既沒辦法將她當成暗戀許久的那個女孩，也沒辦法將她視爲一般同事，心情十分複雜。

「妳在電話裡自稱是妳朋友？」傅然詢問。

「是啊，怎麼方便怎麼說嘍。」她回應得理所當然且理直氣壯，完全不覺得哪裡有問題，而且，心虛就輸了，她才不會這麼傻。

傅然望著她的眼光充滿審視，她天不怕地不怕地回望。

兩人四目相對了會，傅然終究忍不住開口：「妳很奇怪，爲什——」

「不要問，很可怕。」她先聲奪人，出聲打斷。

「……」傅然感到無奈且荒謬，眼前這人怎麼會是平時總是拿捏著分際，與同事保持著疏離的林喜樂？她向來都戰戰兢兢的，不顧一切地維持著她的低調。

「多可怕？」他問。

「講了你也不會信。」她盤起雙臂。

「試試？」傅然好勝心一起，莫名來了鬥志，跟著盤起雙臂。「講就講，誰怕啊？「我是辜亮亮，病床上那個昏迷不醒的才是林喜樂。」

傅然一言不發，眼底全是疑惑與探究。

「看吧，就說你不會信了。」她兩手一攤，眞是搞不懂傅然何必沒事找事做。

「既然已經都在醫院裡了，妳要不要考慮順便看個醫生？」她輕描淡寫的口吻與漫不經心的態度不知爲何令傅然有點生氣。

是氣她不像他暗戀的她？氣他自己看錯她的性格？他已經搞不清楚了。

「不信拉倒。」她沒好氣，掉頭就走。

「慢著。」傅然拉住她。

「幹麼？」她毫不留情地將傅然的手拍開。

傅然冷不防被她嚇了一跳，這麼不留餘地的行爲，眞的很不像林喜樂。

假若是從前的林喜樂，應該會顧忌著彼此之間是同事，面帶微笑地避開，而不會選擇正面拒絕。

「爲什麼不試著說服我？告訴我來龍去脈，或許我會相信妳？」他瞇起眼，若有所思地盯著她，試圖想從她臉上看出什麼蛛絲馬跡。

「說服你幹麼？是你暗戀我，又不是我暗戀你。」她皮笑肉不笑，哪裡痛掐哪裡。自己愛問，又不信，好好一個大男人，囉哩叭唆的，她才懶得跟他廢話。

「……」奇怪，每次跟她說話都像在談訂單，而他居然落了下風？傅然一時間竟被她堵得無話可說。

她看著傅然吃驚的模樣，既荒謬又好笑。

「欸，眞的不是我要講，你這樣實在不行，你好歹去做一下功課，看看別人怎麼撩妹的。你不是暗戀林喜樂嗎？怎會暗戀得這麼掉漆？你難道是靠賄賂才當上總監的嗎？」

她到底在說什麼？光是這口吻與人稱就足以令人精神錯亂，傅然頭很痛。一下聽起來像她是林喜樂本人，一下又像旁觀者，究竟怎麼回事？

「妳到底有什麼問題？受到什麼重大打擊了？」他不禁嚴肅起來。

「我已經說了，我沒有問題。」她認眞道。「你可以多花一點時間來研究我，所以，慎重考慮送我一程如何？或者，乾脆以後接送我上下班？」

「妳在話術我？」簡直得寸進尺，根本業務攻防，傅然眞是熟悉不能到再熟悉了。

「不然呢？」她笑容燦燦。開什麼玩笑，她可是公司裡業績第一的活動女王，精打細算是必須的。

「太亂七八糟了。」傅然瞪著她，明明是一樣的臉龐，但是氣質全然不同，一點令他心動的感覺都沒有。

「你才亂七八糟，你就這樣去追林喜樂的話，希望一定很渺茫。」

「爲什麼？」

「還用說嗎？你這麼智障。」傅然又不是陳新，既然林喜樂沒有暗戀傅然，她當然能夠有話直說。

傅然盤起雙臂，好整以暇地注視她。擺脫掉原本喜愛她的心思，很容易就能不被她左右情緒。「把妳的話術和激將法省起來，這並不會影響我的判斷或決定。」

「所以你現在的判斷和決定是什麼？」

「林喜樂小姐？」護理師走過來喊她，「7A-01的主治醫師來了哦。」

「我馬上過去。」她舉步，立刻想丟下傅然。

「我跟妳一起。」傅然開口。

他現在的判斷，就是跟上去，想辦法弄清楚這一切是怎麼回事。

他喜歡的林喜樂，怎麼會變成這個樣子？

✵

「手術很成功，血壓、血氧、心跳都很穩定，傷勢也不算嚴重，但直到現在都還沒恢復意識確實比較奇怪。當然，以前也不是沒有過這種病例……」

「有過這種病例是怎樣？她該不會從此醒不來了吧？可以說清楚一點嗎？」她皺起眉頭，音調瞬間揚高了好幾度。

「林小姐，請您務必冷靜，我只是告知您有這樣的可能性，並不是說一定會變成如此。接下來我們會持續觀察，給予最好的醫療照護……」

之後主治醫師說了什麼，她都覺得難以消化，根本沒有聽進去。

「妳還好嗎？」主治醫師離開之後，傅然望著她的側臉，忍不住問。她看來深受打擊，臉色實在很糟。

「不好。」母親過世後，她的心情很久沒這麼惡劣過了。

她看著病床上的自己，深感倒楣透頂、心情複雜。

萬一、如果、假設……眞的從此醒不來了呢？

傅然跟著她一起望向病床，確認自己眞沒見過病床上的辜亮亮，再將目光拉回至她臉上，緩緩思考她說過的話。

她說她是辜亮亮，病床上的才是林喜樂……有可能嗎？

姑且不論這件事有多荒謬，若眞是如此，樂樂去哪了？

而她……自稱是冒牌貨的她，此時的心情該有多糟？

「還去處理車子和保險嗎？」盯著她神思不屬的模樣，傅然油然生出幾分同情。

「去，當然去。」她拍了拍臉頰，鼓勵自己打起精神。「你要送我？」

「嗯。」傅然點頭。

「謝謝。」

「那妳弄好就出來吧，我在外面等妳。」傅然往病房外走。

「好。」她趕忙整理好東西，和護理師講了下話，做好簡單的安排後，小跑步到傅然身旁。

「你是接下來眞的沒有行程，還是想藉機觀察我？」她好奇地問。

「妳說呢？」傅然舉步前行，沒有回答她的問題。

「要我說的話，當然兩者皆是，因為你還沒相信我說的話，對吧？」

「確實，我持保留態度。」傅然實話實說。「或許妳只是因為好朋友昏迷不醒，一時之間受到太大的打擊。」

「這也是挺有可能的。」她很認真思考了會兒，不無道理。「不過，你已經越來越懷疑我不是林喜樂了，對吧？我猜，要不了多久，你就會相信我了。」

「怎麼說？」傅然停下腳步。

「你的態度不一樣。」她聳聳肩。「第一次見到你時，你還像株含羞草一樣，現在面對我時倒是很自在，一點緊張感都沒有了。」

傅然一頓，含羞草是怎麼回事？好好一個大男人，被這樣比喻真不舒服。

不過，她說得對。

他確實對她一點心動感都沒有，連緊張都無法，以致根本不想糾正含羞草這稱呼。

還是別理她好了。他無視她，自顧自往前走。

她帶著笑容跟上來，突然沒頭沒腦拋出一句：「真羨慕林喜樂。」臉上雖猶有笑容，她的音量卻驀地小了下來。「不知道角色互換的話，會不會有人懷疑我不是我？」

傅然轉頭瞥向她，她微笑。

「你知道嗎？車禍前，我一個人去賣場買東西，心裡還想著三天假期過得真快，一下就沒了。每天都一樣這麼無聊，就算回到家，也只有自己一個人，真想趕快回去上班。」她自顧自地講，也不管傅然有沒有在聽。「我看著路上來來往往的行人，忍不住想，這些人都在想些什麼？他們當中會不會有人像我一樣，覺得日子這麼孤單又這麼無趣，還是其實大家日子都過得很好，每天都很快樂？如果可以的話，眞想過過看別人的人生，至少，下輩子也要投胎當個大胸部……」

「咳、咳咳！」傅然冷不防嗆到。

「幹麼？怎樣？不能羨慕別人身材好？」嗆到也太浮誇了！她扔給傅然一記超級大白眼。

「沒事。」不予置評，傅然目不斜視。

「早知道就不要胡思亂想了，現在好了，眞跑來過別人的人生，不知道以後會變成怎樣……」她眼神飄向遠方，對於未來感到十分茫然。

望著她悵然所失的神情，傅然方才生出的同情不覺又多了幾分。

「會有的。」他突然說。

「什麼？」

「就算換了外表，依然認得出妳來的人。」

「哈哈！」她大笑。「不用安慰我了，我身邊可沒有像你和林喜樂這種暗戀流的傢伙，就算有，也不會是暗戀我……對了！」

她驀然想起什麼，拿出手機，朝傅然勾了勾手。

「怎？」傅然不明所以的望著她。

「電話。」她將手機塞入傅然手裡。「給我你的手機號碼。」

傅然皺起眉頭，顯然在考慮。

「快點。」她催促。

「是要找長期司機？」總覺得這個可能性很高，傅然警戒。

「囉嗦，快點。」

也罷，她還能變出什麼花樣？更何況，他可以拒載。

0、9、0……傅然將一串數字輸入至她的手機裡。

「謝謝。」她將手機拿回來，看著上頭「傅然」兩個字皺眉，眞是恨鐵不成鋼。

「把聯絡人名稱設定成男朋友。」她再度將手機遞給他，理所當然地說。

傅然睜大眼，不可思議地望著她，眞不知道她哪來的靈感。

她笑吟吟地解釋。「先把男朋友的位置卡好，假如有一天交換回來，你就能立刻成爲林喜樂的男朋友了，至於能不能長期交往，就看你的造化了。」

這樣也行？傅然想拒絕，也認爲應該拒絕，但內心不禁滋長出小小的、期盼的火苗。可是，不拒絕的話，似乎有點罪惡感……

「別磨磨蹭蹭的了，給自己一個機會，試試看。」見傅然遲遲沒有動作，她繼續遊說。「我告訴你，你別以爲我叫你去研究撩妹技巧是在開玩笑，想攻略林喜樂這類很慢熟的女生，賴皮就對了，纏到她注意你，煩到她露出本性，撩到她害羞，你就離成功不遠了。」

「我跟妳有什麼深仇大恨？」

「什麼深仇大恨？你以後會感謝姊姊我的。不然，我去找別人輸入『男朋友』，像那個林喜樂的學長陳新——」

她作勢要將手機收回來，傅然手一橫，立刻將手機抽回去。

算了，「男朋友」就「男朋友」吧。

他飛快打字，迅速地將自己的聯絡人名稱更換成「男朋友」三個字，與其讓她這樣瘋瘋癲癲的，到處去邀請別人卡位，不如還是讓他來吧！

「還說激將法沒用？哈哈！」得了便宜還賣乖說的就是她。她將手機拿回來，喜孜孜地看著上頭的「男朋友」，臉上的笑容燦爛得讓傅然很想揍她兩拳。

「我是爲了避免妳胡搞瞎搞。」傅然微瞇著眼，說得目不斜視又正氣凜然。

「得了吧，司馬昭之心。」她拍拍傅然的肩，滿臉悲憫。他是怎麼想的，他們兩人都心知肚明。「總之卡位卡好，有機會就好好表現嘍！否則再繼續下去是要暗戀到什麼時候？到時候被人捷足先登了，看你找誰哭？對了，記得別讓林喜樂和陳新走太近，不然你會後悔的。」

這樣應該不算洩漏林喜樂的祕密吧？

她將手機收妥，繼續往前走，沿途都在不停說話。「不過，話又說回來，你和陳新的話，我絕對選你。你比較帥，職位比較高，前景也比較看好，年收入應該很不錯，跟你在一起比較保險……」

「是嗎？」傅然眼色一暗，表情瞬間深沉下來。

「當然。」她輕快地回話。自力更生了這麼多年，感受最深刻的就是沒錢萬萬不能，麵包和愛情絕對要選麵包，找對象一定得門當戶對、實力匹配。

雖然林喜樂身爲總機比較不稱頭，不過既然傅然有心，沒理由選陳新。

＊

「假使妳說的是真的……那麼有一天，身體交換回來的話，妳會去哪呢？」走到轎車旁，坐進駕駛座前，傅然意味深長地望了她一眼。

這眞是個好問題，精準問在她的痛處上。

如果她有朝一日和林喜樂交換回來，但病情不樂觀的話……

「不知道，能夠回到原本的生活最好，但或許……就躺在那裡，變成植物人，躺一輩子嘍，誰知道呢？」她坐進副駕駛座，聳聳肩，實在很不想面對這個問題。

明明告訴自己多想無益，且戰且走，可越想雲淡風輕，卻越感受到自己的無能無力。

傅然不知道該說些什麼，沉默地發動了引擎，開車上路。

她茫然地看著車窗外街景一格格往後退，腦子裡的念頭越轉越消極，負面得難以承受。

「停車停車！快切車道。」她驀然大吼，嚇了傅然好大一跳。

「怎？」傅然好不容易在路旁停下車，不解地望向她。

「等我一下。」她將手伸去駕駛座，解開中控鎖，門一開就跑了。

這傢伙到底怎麼回事？眞是有夠亂來的。傅然頭痛地望著她一溜煙就不見的背影，怎麼也無法將她和原本的林喜樂聯想在一起。可要就這麼相信她，又覺得過於離譜，很沒說服力。

會不會是精神疾病呢？往第二人格的方向推測似乎比較有可能。而且，這類病人往往缺乏病識感……傅然逕自想著，沒多久，她手裡提著個提袋，踏著輕快的腳步回到副駕駛座，臉上已經換了一副表情，不再沉鬱。

「好了，我好多了。」她愉快地說，就連聲音也飛揚起來。

傅然像打量外星人般地將她從頭看到腳……看了好半晌，總算看出不對勁。

「妳去買鞋？」他盯著她腳上那雙至少有八公分高的正紅色高跟鞋，再看向她手裡抱著的鞋盒提袋，猜想裡頭裝的是她原本穿的卡其色低跟鞋。

「我就不會穿低跟鞋，而且那款式又醜又土，穿著心情都不好了，超憂鬱的，幸好經過我的愛店……」

「不醜也不土，原本的很素雅，很好。」

「好好好，是我不對，不該挑戰你女神的審美觀。」她的悶哼聲充分表達出她的不以爲然。「你跟林喜樂眞是天生一對。」

「妳爲什麼不買雙便宜的拖鞋就好了？超商就有藍白拖了，妳腳上這雙不便宜吧？」傅然同樣不以爲然地瞪著她腳上的高跟鞋。

「誰要穿藍白拖？我心情已經夠不好了，你不要再提供些亂七八糟的意見了，快開車！」她瞪過去。

身爲一個搭便車的傢伙，她居然好意思催他？

傅然努力按捺住想巴她後腦杓的衝動，重新轉動方向盤，認眞開車。

她怎麼可能會是樂樂呢？

如果她是林喜樂的第二人格，那林喜樂平時該是有多壓抑，才會壓抑出這隻妖孽來？

車體變形、零件損毀……修車比買車更貴，她曾經的愛車如今已是一堆廢鐵。

她哭笑不得地望著眼前的廢鐵，著手開始處理相關事宜。

唯一慶幸是這場車禍沒有造成任何人員傷亡，僅要處理車損及財務損毀的民事部分，不會成爲刑事案件。

傅然陪她一路處理汽車、保險、筆錄，載著她東奔西跑，好不容易忙到一個段落，將她送回她家，已經是晚上八點。

「妳沒吃晚餐，要繞去買吃的嗎？」打開車門讓她下車後，傅然忍不住問。至於他，早已在等待她辦理那一大堆瑣事時，在附近的餐館吃過了。

「我沒胃口，而且林喜樂她媽媽每天都會煮飯，我回家再吃就好。」她疲憊地說。

「那我走了。」傅然二話不說地轉身就走。

「等等。」她立刻繞到他面前，將他打開的駕駛座車門拍回去。「你明天——」

「想都別想不可能沒辦法做不到。」傅然回應得比她的動作更快。

「你也太無情了！」她不可思議地瞪著傅然，巴不得將他瞪出幾個窟窿來。「你又知道我要問什麼了？」

「不就說服我以後接送妳上下班嗎？」

還眞被他猜中了！

「用高跟鞋踢你車門你會殺我嗎？」她不服氣地說。

「會。」

「為什麼不能對心上人網開一面呢？」

「等妳變成心上人時再說吧！」

「嘖。」她砰一聲關起車門，已經走開幾步的高跟鞋又喀喀喀踏回來。「喂！如果林喜樂哪天眞的回來了，你有把握能立刻認出她嗎？」

傅然只是望著她，沒有回話。

「你和林喜樂根本不熟，怎麼知道其實她的個性不是我？說不定她就跟我一模一樣，只是因爲你並不眞的那麼了解她，所以——」

「妳不要因爲自己心情不好就想拖別人下水，我不會因爲妳這麼說就動搖。」他已經足夠明白她們兩人之間的不同了。

該笨時太聰明，該聰明時又太笨，想整整他都不行。

對，她就是想拖人下水。她太無助，不拉個倒楣鬼作伴太不甘心了！

「哼！」越想越不甘心，她眞踹了傅然車門一腳，拔腿就跑。

「喂！妳！」傅然立刻彎下腰來查看車門，眞想撿地上的石頭扔她。

神經病！有夠荒謬的！

傅然臉色鐵青、心情複雜地坐回駕駛座，發動引擎，踩下油門前，卻鬼使神差地滑開手機，將林喜樂的聯絡人名稱改爲「女朋友」。

深呼吸了口，搭在方向盤上的手又遲疑了下，飄向遠方的眼神不知在想些什麼，轉回來撈手機，開啓網頁，鍵入關鍵字：撩妹。

刷刷刷——幾千多萬筆資料即時跑出來，只花了零點三秒，他的頭和眼睛一樣痛。

他到底在做什麼啊？

雖然嘴上不願承認，但其實那可惡的妖孽早就拖了他下水。

他們現在已經是共犯了。

目標是在未來的某一天，成爲貨眞價實的樂樂男朋友。

該爬的資料太多，夜色中閃爍的霓虹居然無法掩蓋他臉上可疑的暗紅與過快的心跳。

他有種做壞事的心虛感，也有著終於能靠近喜歡女孩的期待感……

✯

「林喜樂！我打妳電話一直打不通！妳到底在忙什麼忙到現在才回家連通電話也不打下次再這樣妳以後就別回來了聽見了沒有?!」拖著蹣跚的步履回到家，等在大門後的是林母氣急敗壞的破口大罵。

她抬頭看著林母氣沖沖的圓圓臉，或許是因爲太過疲憊，一時間有點恍惚，反應不過來。

哦，對，她現在是個有媽媽的人呢。

「媽，我好累又好餓，妳有幫我留晚餐嗎？今天吃什麼？」

她上前環住林母的脖子，軟綿綿地靠在林母身上，完全沒把林母剛才罵的當一回事。

林母被她抱得措手不及，繼續罵也不是，不罵也不是，只好碎碎念。「衝啥啦?!妳是怎樣？最近怎麼變得這麼愛撒嬌？」

「沒有啦，我工作很累。」林喜樂的媽媽好溫暖，眞好……她將林母圈抱得更緊。

「累蝦密累？我打電話去妳公司，他們說妳今天早退，還工作咧？賣講白賊啦！」

「不是，我去醫院。」

「醫院？妳人不爽快哦？生病了嗎？」

「就一點小感冒，頭有點痛，醫生有開藥給我，睡一覺就好了……」她故意清了下喉嚨，揉了揉太陽穴，做出一副很虛弱的樣子。無論如何，都是沒辦法向林母說實話的吧。

「安捏哦？好啦！我去幫妳熱菜，妳趕快去吃飯，今天有煎白鯧，妳不是最喜歡吃白鯧嗎？吃完趕快去睡覺。」

白鯧？是魚吧？她一愣。所以，林母剛剛那麼凶，其實是因爲煮了女兒愛吃的菜，卻等不到門？

「就知道媽最好了！那我先去洗澡。」她親親愛愛地又摟了林母一下。

「緊去啦。」林母轉入廚房，她一溜煙往房間跑，直奔浴室。

好累。

眞的很累。

雖然她蠻喜歡林母的，對林喜樂的外貌、工作、生活也沒有任何不滿，但那又如何？那畢竟是別人的人生。

難道從今以後，她都只能用林喜樂的身分過日子嗎？

不行不行，她不能這樣坐以待斃！一定得想想辦法才行。

✵

洗過澡、吃完飯，她總算覺得心情平復許多，開始動腦想辦法。拿出自己的手機，打開通訊錄，從第一筆聯絡人開始滑，又從最後一筆滑回來……

平時總覺得朋友很多，吃喝玩樂都找得到人陪，怎麼眞發生大事時，卻不知道能找誰商量。有誰會相信她？

算了，還是靠自己比較實際。她坐到電腦前，點開各種奇奇怪怪的網頁：

通靈、除穢、驅魔、消災。

宮廟、教會、精舍、禪堂。

佛教、道教、基督教天主教禪宗氣功……

五花八門、琳瑯滿目，越開網頁越慢……奇怪？電腦當機了？

不太像，滑鼠游標還能動，只是很遲鈍，有時還會連點，莫非是中毒了？

林喜樂的電腦一定有防毒軟體，先掃毒試試，她著手尋找程式，手機卻突然響了。

「喂？」她立即按下通話，專注盯著電腦螢幕，連來電顯示也沒看。

「喜樂，是我。」

誰啊？這聲音有點熟又不是太熟。

她將手機拿遠，瞥了眼聯絡人名稱——學長。

陳新？來得正好。

「陳新，你是IT對不對？我電腦好像怪怪的。」她劈頭就問。

「電腦？怎麼個怪法？妳說說看。」電話這頭的陳新一頓，推了推眼鏡。

「就是——」她大致敘述了一下，說完後，才有幾分抱歉地想起。「你找我什麼事？被我打斷了，不好意思，你先說。」

「沒什麼，只是剛好看見那個我們喜歡的樂團的演唱會消息，過幾天門票開始預購，想問問妳有沒有興趣。」

「有，我有。」她眼睛一亮，二話不說地答應，就連話音也飛揚起來。

沒辦法，再不能做件自己喜歡的事，她就要憋瘋了。

一直活在林喜樂的身體裡，擔心著哪件事能做，哪件事不能做，會不會爲林喜樂帶來困擾眞是太綁手綁腳了。更何況，林喜樂應該也不會排斥和陳新去聽演唱會才對。

「好，那我到時候去搶票。」

「上吧，皮卡丘！」

「哈哈哈！」陳新笑出來，聽起來十分愉快。「眞好，我原本還以爲妳會拒絕。」

「爲什麼？」

「因爲妳老是很客氣啊，雖然很有禮貌，但就是有種距離感，每次和妳講話都需要小心翼翼。像剛剛打電話給妳之前，我也很猶豫，很怕妳覺得這樣不好，說要開電腦一起搶，或是先給我錢之類的。」

「欸，想幫忙或是想給你錢很正常。」她爲林喜樂抱不平。

「沒有不好，只是推來推去很累，更何況在還沒搶到票前，我也不知道究竟會買到多少錢的票，妳老是急著要算清楚，很怕麻煩我，反而讓我覺得很有負擔，我不是很喜歡這樣。」

原來陳新是這種性格？既然如此，和陳新相處就不需要太顧忌了，謝天謝地。

「要不客氣的話，也行。那你沒買到票的話就別來見我了。」她開玩笑，卻意外將陳新逗得很樂。

陳新在電話那頭笑了起來。「我們先來解決電腦問題吧！電腦現在狀況如何？還是和剛剛一樣嗎？」

「等等，我看看。」她再度動了動滑鼠，關了幾個網頁又開了幾個，說也奇怪，電腦竟然恢復正常了。「奇怪，好像好了……是怎樣？電腦比較怕你？」

「哈哈哈！很多人都這樣講。」陳新大笑。「電腦還是得好好處理才行，不然等等電話掛了，妳又搞不定了。妳那裡是windows環境嗎？」

「我是用win10沒錯，你是問這個嗎？」

有時候她覺得，ＩＴ講的話都特別曲折又特別高大上，令她覺得自己很智障。win10就win10，幹麼說什麼windows環境？

「妳介意我遠端直接看嗎？」

「我不介意，但是要怎麼遠端直接看？」她一頭霧水。

「來，妳聽我說，妳先去下載這個程式。這樣好了，妳先打開電腦版的LINE，然後我再給妳連結——」

「好。」她照著陳新的話操作。

沒多久，神奇的事就發生了。陳新三兩下就接管了她的電腦，滑鼠游標在她眼前彷彿有自主意識般地動起來。

開啓網頁、打開檔案總管、點選資料夾、檢查磁碟……被陳新控制的游標在電腦螢幕上流暢地跑來跑去，完全不需她操作。

她心裡的感受很奇異，不禁想著，她現在就像這個游標，在林喜樂的人生上東奔西走。

明明是同樣的電腦、同樣的硬碟、同樣的記憶體，可是一旦操作的人不一樣，一切就全都不一樣了。

倘若林喜樂在這裡，看著自己的人生被陌生人主宰，一定會非常不是滋味吧？

可是……她又能怎麼辦？

難道因爲她被困在林喜樂的身體裡，她就不能有自己的意識和想法，必須稱職的「扮演」林喜樂？

不行，這太難也太不公平了，到底該怎麼做才好？

就在她的胡思亂想間，陳新迅速將她的電腦搞定了。

「中毒了，後臺有木馬。」陳新打破沉默，提醒了她話筒另一端還有人在。

「那怎麼辦？」她大驚失色。

「我已經處理好了，妳原本的防毒軟體不太可靠，幫妳下載另一個？」

「好。」她才應完聲，滑鼠游標便飛快動了起來，刷刷刷點開好幾個網頁，就連一絲絲停頓或猶豫也沒有。

眞帥氣！她望著游標又走神了。

「妳習慣把下載來的程式放哪？」

「隨便，都行。」

「那我放在預設資料夾？」

「好。」

游標飛起來，看來是準備註冊、下載、安裝同時搞定。

反正閒著也是閒著，她陷入椅背，端起水杯，準備繼續走神。

「嚇──」螢幕上猝不及防跳出的畫面差點把她的水杯嚇掉。

預設資料夾裡滿滿陳新的照片──

大學時期的、社團的、迎新活動的、畢業的、就業後的、尾牙時的……

看鏡頭的、不看鏡頭的……

林喜樂！妳是哪來的癡女？蒐集這麼多照片有事嗎？到底想整誰？

想當然耳，在電腦那頭遠端遙控的陳新也看見了，一直行雲流水的游標終於停了下來。

下載防毒軟體的這幾秒鐘彷彿有一輩子那麼長。

告白？不告白？

當林喜樂？不當林喜樂？

向陳新說實話？抑或是裝傻？

她腦中迅速閃過好幾種念頭，卻始終拿不定主意。

假如是林喜樂，她會怎麼做？

至於她，辜亮亮，又該怎麼做？

她還沒來得及說點什麼，滑鼠游標再度動起來，點開網頁。

「這是防毒軟體的使用說明，我幫妳存進最愛，妳有空可以看看，不懂再問我。」陳新的聲音平靜如常。

粉飾太平？這反應也太平淡了。「謝謝。」她皺起眉頭，總覺得有股說不出的不對勁。

「那就這樣，我先退出了，電腦還給妳，再有什麼狀況都可以告訴我。」

「好。」她看著靜止的游標，總覺得自己好像應該鬆口氣，但眉心卻皺得更深，毫無意識地咬起指甲。

就這麼互道晚安，然後再見？

留下一顆未爆彈，成天心驚膽跳，唯恐陳新哪天提起？

不不不，她不要這樣，這實在不是她的作風。她才不願意被任何人掐在手裡。而且……她終於想通那股不對勁是什麼了。

「等等。」她喊住即將要收線的陳新。

「嗯？」陳新的聲嗓依然平靜。

「那些照片……對，就是你想的那樣子，其實，你早就知道的吧？」仔細想想，林喜樂都已經暗戀陳新這麼多年了，陳新不至於傻到都沒感覺吧？

如果他毫無所感，看見這些照片時就應該會很訝異，但他卻連一句都沒有多問，那就代表很有可能是：其實，他早就知道林喜樂暗戀他，只是始終在裝傻，對吧？

電話那頭沉默了很久、非常久，比剛剛下載軟體的時間還要多了好幾倍，就在她以爲陳新打算沉默到天荒地老時，終於傳來一聲清清楚楚的「嗯」。

好啊，她就知道。她終於不用再提心吊膽了。她鬆了一口氣，躺入椅背裡，如釋重負。

「我沒有要你回答什麼，所以你千萬不要回答什麼，保持現狀，什麼都不要破壞，什麼都不要說，就這樣。」

辜亮亮，妳眞是太聰明了！緩兵之計，能拖就拖，就這樣拖到林喜樂回來。不然萬一林喜樂的暗戀在她手上腰斬了多造孽？先堵死陳新，讓他動彈不得才是上策。

陳新很明顯地愣住了。「爲什麼？」而且，她聽起來居然有股輕鬆感？是他聽錯了嗎？

「我只是覺得，既然這麼多年都沒有進展了，就代表其實並不是眞的那麼需要進展，對吧？我們可以慢慢弄清楚彼此的感覺，等到那時候再說。」

「嗯……」如她所言，這麼多年來，他確實明白她的心意，也確實沒有與她進一步交往的打算，但是，直到如今，他才驚覺，他竟是這麼不了解她……

「那就這樣嘍！謝謝你幫我弄電腦。時間晚了，我要睡覺了，你也早點休息，Bye。」爲了避免節外生枝，她決定趕快掛電話。

「晚安。」陳新略為遲疑地收線。

終於！

有夠煎熬。今天實在發生了太多事情，她感覺自己打了場硬仗，連重新搜尋網頁的力氣都沒了，只剩下躺進床鋪的力氣。

晚安，林喜樂。

希望明天睡醒，我們都已經回到自己的身體裡了。

她闔上雙眼，祈禱這場荒謬的夢境能趕快結束。

8

美好的想像果然是不存在的。

一覺睡醒，鏡子裡映出來的依然是林喜樂的容顏，她依然還在不屬於自己的身體裡。

沒關係，這點事是打不倒她的。

她精神抖擻地跳下床盥洗，從衣櫃裡選了套最亮眼的衣服，化上最精緻的妝，穿上美麗的紅色高跟鞋，精神奕奕地走出家門。

有什麼好怕的？不過換個地方上幾天班而已，一定有辦法把身體交換回來，兵來將擋，水來土……

「嚇！」正對自己精神喊話，轉身差點撞上一堵厚實的胸膛，嚇了她好大一跳。

「喜樂。」一道清朗的男音在她耳邊響起。

「陳新？」關上公寓大門，她不可置信地盯著眼前男人。「你在我家樓下幹麼？」

「我每天早上都會經過妳家。」

「少來，經過跟等在這裡不一樣。」他說得好像很理所當然，她才沒這麼容易被唬住。

「哈哈！」陳新笑了，沐浴在晨光裡的容顏神清氣爽，看起來很愉快。「妳說得對，確實不一樣，我是特地來等妳的。」

「等我幹麼？」

「一起吃早餐，一起去上班。」

爲什麼有股不祥的預感？她挑眉，盤起雙臂，總覺得事情沒有這麼單純。

「要怎麼去上班？你開車？」算了算了，當作現成的司機也行，反正她討厭等公車。她本能往陳新背後找轎車。

「我騎 Ubike 來的。」捕捉到她視線的陳新回應得很快。

「Ubike？」她低頭看向自己的高跟鞋，冷汗差點滴下來。誰要騎 Ubike？慘了，他該不會要接著說她需要運動吧？

「妳需要運動。」

……殺了她吧！

「可是我穿高跟鞋。」她再次看向自己的腳，難道要叫她回家換鞋嗎？

「妳可以回家換鞋。」

……不對，還是殺掉他吧！。

「我決定搭公車。」這輩子從來沒這麼想搭過公車，她頭也不回地往站牌走。

「不騎 Ubike 也沒關係。我們先去吃早餐，附近有什麼好吃的？」陳新一把拉住她，似乎對她如此坦白的反應感到新奇且可愛，居然毫不掩飾地笑出聲來。

附近？她唯一知道的就是那間和傅然一起去過的餐廳，但她要是再和陳新一起去，豈不很像腳踏兩條船？

她正要拒絕，眼角餘光卻瞥見一輛熟悉的寶藍色轎車往這裡駛來。她突地心虛，立即抓起陳新的手臂，掉頭就走。

「來，這邊，我知道有間不錯的餐廳。」

怎麼回事？現在是什麼狀況？

那是傅然的車吧？那一定是傅然的車，她沒看錯。傅然應該沒看見她和陳新吧？

為什麼明明拒絕接送她上下班的傅然會在這裡？

為什麼她有種被捉姦在床的感覺？

她趕緊將手機關機，以防傅然打電話給她，否則在陳新身旁亮起「男朋友」的來電顯示恐怕不太妙。

「喜樂，妳為什麼走這麼快？原來那些女藝人說穿高跟鞋能夠健步如飛的都市傳說都是眞的。」陳新被她拽著走，新奇感更甚，笑得越來越愉快了。

原來他有酒窩……不對，現在都什麼時候了？管他有什麼窩！

「快走，我好餓。」

她死命拖著陳新往前走，渾然不知她與陳新的背影清晰無比地照映在寶藍色轎車的後視鏡裡，傅然臉色鐵青。

傅然瞇起深邃的眼，將螢幕上明明寫著「女朋友」、卻無論如何也打不通的手機往副駕駛座一扔，轉動方向盤，揚長而去。

✲

同樣的咖啡廳，同樣的手寫字掛牌，同樣的座位，同樣的女服務生，同樣的餐點，同樣的她，與……不同的男人。

「歡迎光臨！」進門時，女服務生活潑洋溢的招呼聲在看見她身旁的陳新時，出現過短暫的遲疑，旋即揚起曖昧的笑容。

「不是妳想的那樣。」與女服務生對上視線時，她頭有點痛。

「呵呵，這邊請。」女服務生露出「我懂我懂我會保守祕密」的表情。

「……A餐、千島醬、水果茶，冰的。」算了，她放棄。她落座，迅速點好餐，灌了一大口冰水，唯恐被傳然撞見的心悸感猶在，總覺得心撲通跳個不停。

「妳好像和服務生很熟？」陳新問。

「你到底來找我幹麼？」她望著對座的陳新，避開話題，切入重點。

「弄清楚對妳的感覺。」陳新說得坦白，又理所當然。

「……」她扶額，她想死，她不可置信地盯著陳新。這人的重點完全放錯，她也說了「保持現狀」，他爲何不照劇本來？

「對，我昨晚是這麼說的沒錯，但我們已經認識很久了，你還不夠清楚？」

「我想，在弄清楚虛無飄渺的感覺之前，我必須先弄清楚妳是怎樣的人。昨晚，我突然驚覺，我並沒有好好認識妳。」

她不禁皺起眉頭。「陳新，你不太厚道。」

「怎麼說？」

「假使你一直都明白我的心意，又沒那個意思，爲什麼不早點拒絕？」

「妳從來沒有直接告訴我，我該怎麼主動拒絕？」陳新推了推眼鏡。

這麼說是也沒錯啦，總不能要陳新沒頭沒腦地跑去告訴林喜樂「我就是對妳沒意思」吧？

但是……

「你爲什麼一直不交女朋友？」只要他有女朋友，林喜樂也不至於白白浪費這麼多年青春。

「沒遇到適合的對象。」陳新依舊很坦白。

「哦。」服務生一口氣將餐點和飲料全上了，她埋頭用餐，完全不想問他什麼叫作「適合」的對象，總之，不是林喜樂，不關她的事。

「妳最近和伯母處得還好嗎？」用餐時，陳新主動開啓話題。

「我媽？」她從餐點中抬起頭，愣了會兒，才反應過來陳新指的是林喜樂的媽媽。「還行，怎麼？」

「冷戰結束了？」

什麼冷戰？她根本不知道什麼冷戰，不過，既然陳新說有，那就有吧。「對，已經沒事了，吵架難免。」

陳新挑眉，鏡片後的眼神似乎閃爍了下。

她大口吞下火腿，納悶地問：「幹麼？很正常吧？她只要不生病，活蹦亂跳、健健康康的，就已經幫了我很大的忙，哪敢跟她冷戰太久？哄她都來不及。」

陳新竟然笑了出來。「妳眞的長大了，懂事了。」

「什麼啊？你當我小女孩？」她也笑了出來，卻是爲了陳新這欣慰的口吻。學長當得跟爸爸似的。

「是啊。」陳新點頭，發現他很喜歡聽她笑，她的笑聲總帶有一種愉快的尾音，非常輕快。

「你近視度數很深？我可是個成熟的女性。」她刻意撩了下頭髮。

「是不淺，不過，喜樂，妳知道我在說什麼。」她的舉止擴散了他的笑容，令他的酒窩顯得更深。

她將視線從他的酒窩上移開。「我才不知道你在說什麼。」

這麼一回想，之前陳新也是不由分說就伸手來摸她頭。

該不會就是因爲陳新一直把林喜樂當成小朋友，所以兩人才遲遲沒有進展吧？

「我只是覺得妳好像很抗拒社會化，不想和別人有太多接觸，以前在學校時這樣，在公司裡也是，就連對待自己的家人也不例外，只想活在自己的世界裡。」

她瞇起眼睛，陳新該不會是打算要說教吧？

這要是交往還得了？根本爸爸系男友。

「你這是對動漫宅的歧視。」她想起林喜樂的那些收藏，心想一定得幫林喜樂在暗戀的男人面前說說話。「社會化有什麼好？不就是見人說人話，見鬼說鬼話？我這叫保持初心，出淤泥而不染，多不容易。」

「出淤泥而不染？」陳新大笑。「喜樂，我從來不知道妳這麼有趣。」

「我在跟你講正經事，你在跟我有趣？」有趣什麼有趣？她佯怒瞪他，自己卻也覺得有幾分好笑。

「我也是正經的，適當的社會化是必須的，尤其妳和伯母——」

「相依爲命？必須爲老年生活著想？做好理財規劃？」她點點頭，完全能夠猜到陳新爸爸的思考模式。「我知道你要說什麼，我當然有，理財、投資、保險都有。」

開什麼玩笑？她很早就必須自食其力了，論獨立、論眼光，她自認不會輸人。

不過，這倒是提醒了她，林喜樂似乎只會傻傻的存錢，並沒有做長遠的理財規劃與投資，保險情形也不知道如何。

眼下既然不知道還得在林喜樂身體裡待多久，她便應該妥善運用林喜樂的存款，看要如何轉存或投資。否則總機的薪水實在太少，未來應付通貨膨脹都是問題。

「做了什麼投資？」陳新似乎對這話題很有興趣。

「我有定期存股。」捕捉到陳新眼中的光芒，她也來了興趣。「你有經驗能分享？」

陳新興致昂然地坐到她身旁來。「我來看看妳的投資組合。」

「好。」她二話不說滑開自己原本的手機，點開集保人APP。

她居然眞的有在理財？而且似乎對未來很有計畫與目標。陳新盯住她的APP，驀然停下動作，著實感到驚喜。「喜樂。」

「嗯？」

「我很喜歡妳現在的樣子。」

她一愣，燦燦笑開。「拜託以前的樣子也順便喜歡一下。」

「現在開始喜歡了。」他笑。

「很好，保持下去。」她跟著他笑。他的酒窩很神奇，好像能令人發自內心愉快起來。

她和陳新聊投資、聊股票、聊利率、聊未來，時而穿插他們喜愛的搖滾樂團，一頓早餐的時間很快就過去了，和陳新相處非常輕鬆。

他們觀念相近，能夠彼此理解，而且陳新不像傅然，充滿審視與探究，似乎總在期待她成爲原本的林喜樂。

原本的林喜樂？

一個可怕的念頭無預警襲來，直到此刻，她才驟然發現，無論是與林喜樂的媽媽、上司、同事、客戶，甚至是與暗戀林喜樂的傅然相處，都沒有比與陳新相處難。

她不該感到輕鬆的，陳新才是她目前最大的挑戰。

陳新不像傅然，他並不喜歡原本的林喜樂，甚至還裝傻了許多年。

她不願搞砸林喜樂的暗戀，但倘若她與陳新聊得太投機，和陳新走得太近，情況也許會演變得更加複雜。

既不能讓陳新討厭她，也不能太喜歡她……

怎麼辦？

當她回過神來的時候，才從陳新注視著她的目光中，驚覺自己正在咬指甲。

「抱歉，這是壞習慣。」她匆忙將手放下，由於太過困窘，竟脫口而出。「我老是改不過來，之前都會跑去美甲，但是——」

但是，因爲林喜樂沒有做指甲，所以她下意識又咬起指甲了。

她猛然將後半句話吞回去，旋即又想，既然陳新對林喜樂沒興趣，應該沒注意過林喜樂從前有沒有做指甲的習慣，她並不需要慌張。

「但是——」正要把話撿回來講完，掌心驀然傳來的溫度竟再度令她失去聲音。

陳新握住她的手，嘴角綻出笑。「避免妳咬指甲。」

什麼情況？

她驚愕地盯住陳新，只覺得他笑出的酒窩令她有點目眩。

被陳新牽著的手動彈不得，就如同她被困在林喜樂的身體裡一樣，騎虎難下。

✡

「我要加入福委會！」結束了與陳新的早餐後，來到公司的她，立刻衝到江姊座位旁，朝氣蓬勃地宣告。

「妳說什麼？」江姊嚇到連眼鏡都掉了。

「我要加入福委會，我。」她抬手指向自己。

一旁的呂孟潔悄悄朝這投來目光。

江姊扶好鏡架，瞇著眼問：「林喜樂，妳吃錯藥了？」

「沒有，我就是想做點別的事。」

開玩笑，不想辦法找個光明正大的理由提早出門或加班，萬一陳新天天來找她矯正壞習慣怎麼辦？

牽手是哪招？這人根本太會了！他和傅然兩人簡直天秤兩端。

既然不能直接拒絕陳新，當然只能想些旁門左道。

而且，林喜樂都已經擠進陽碩這種一流企業裡來了，工作能力也不差，怎會屈就自己待在一個幾乎沒有升遷機會的行政職？

呂孟潔之前說得沒錯，到了三、四十歲，誰還要一個長相不年輕、聲音不甜美的總機？她乾脆就利用這段時間，拿福委會當跳板，盡快跳去別的、更有願景的單位，就算日後身體交換回來，對林喜樂而言也是個明智的決定。

「妳確定？」江姊不放心地又問了一遍。

「確定。」她點頭再點頭。「我會做得很好的。」

「好，我知道了，妳回去工作吧。」江姊雖然面色嚴肅，但聽起來倒是有點欣慰。

她一直都將林喜樂的工作能力看在眼裡，有意提拔，但林喜樂卻絲毫不積極，明明能做一百二十分，卻老是只做九十，見好就收，絕不做多。

說好聽一點是不爭不搶、性格恬淡，說難聽一點是不思進取、毫無企圖心。

她恨鐵不成鋼很久了，如今林喜樂一反常態，她喜聞樂見。

「好，謝謝江姊。」她離開人資辦公室，正準備回到櫃檯，呂孟潔在她身後小跑著跟上來。

「喜樂。」

「嗯？」她腳步略慢，和呂孟潔並肩。

「妳要加入福委會哦？為什麼？」呂孟潔笑臉盈盈。

她偏頭望著呂孟潔，暗中思忖，呂孟潔莫非是想試探她？擔心她躍上枝頭，自己升遷無望，所以才來探口風的。

她才不會上當。

「孟潔，妳知不知道有什麼宮廟，或是教會、靈媒之類的，對驅魔、祈福……這些怪力亂神的事比較擅長？」與其和呂孟潔聊工作，不如從她身上榨出價值，省去上網亂爬文的時間。

「妳問這做什麼？怎麼會從福委會扯到這裡來？」呂孟潔胸口一跳，口乾舌燥，緊張得不像話。

喜樂向來對這些事情興致缺缺，每次去拜拜都是被她拉著去的，如今主動問起，莫非是知道了什麼嗎？

難道……喜樂知道了她上次在占卜屋裡問的問題？

知道了她許下的願望？甚至……知道了那個水晶的事？

呂孟潔的臉色忽明忽暗，支支吾吾，始終無法吐出一句完整的話語。

望著呂孟潔這副忐忑不安的模樣，她突然覺得很好笑。

林喜樂，妳怎麼會被一個演技這麼差的人耍得團團轉，還被背後捅刀呢？

算了，她實在很討厭應付呂孟潔這種人，眼下不知道還要多久才能把身體交換回來，不如先斬草除根，不必再和呂孟潔虛與委蛇。

「好了，呂孟潔，妳不要再裝了，我已經都知道了。」她雙手盤胸，像看著個跳梁小丑般看著呂孟潔。

「喜樂，妳好奇怪，我聽不懂妳在說什麼。」呂孟潔捏緊口袋中的水晶，冷汗涔涔，心跳得越來越快。

「妳忌妒我，不是嗎？」她走近呂孟潔，說得坦蕩、銳利且直白。

「妳怕我比妳快升遷，怕妳人老珠黃、當萬年總機，所以把我當成對手，老是搞些小動作，在背後中傷我……妳忌妒我，妳想當我，我沒說錯吧？」

「喜樂，妳是不是誤會了什麼？」

「我親耳聽見的，怎會是誤會？」她笑了。

親耳聽見？呂孟潔的臉色更加難看了。

難道喜樂那天不是傻傻地等在占卜屋外嗎？否則她怎麼會知道她想當她？

她躲在哪裡？簾幕後嗎？

對了，那間占卜屋裡布置了許多簾幕，遮蔽一、兩人不是問題。

她當時只顧著和占卜師說話，眞的沒注意……

「喜樂，妳聽我解釋，我——」

「省省吧，呂孟潔，我才沒心情陪妳玩閨密遊戲。妳要是沒什麼宮廟靈媒的名單能給我，那我們之間也沒什麼好說的。妳聽好了，以後除了公事，都別來煩我。別再搞些見不得人的小動作，否則我會讓妳知道什麼叫作吃不完兜著走。」

「妳——」她整句話都是笑著說的，可呂孟潔被她說得面色漲紅，又窘又氣，難堪到無以復加，腳跟一提，人就跑了。

就這點程度？也太輕鬆了？

她啼笑皆非地望著呂孟潔的背影，忽爾想起了什麼，重重跺了下高跟鞋。

呂孟潔一跑，她豈不是又要重新搜尋那些奇怪的網頁了嗎？

早知道先哄一下呂孟潔的……

✷

飛簷蟠龍、浮繪雕石、滿插著獻香的天爐，矗立在氣宇磅礴的傳統老廟前。

正殿內，兩名男子立在她身前，一手捻著香，一手持著黃符，團團亂轉。

「天公三師三太子，速召天兵天將，破鬼除妖，急急如律令，噗——」

「哇啊！你幹麼？」她跳起來，差點被眼前穿著道服的男人吐出來的口水噴到。

「小姐，師父在幫妳除妖啦！」一旁的弟子煞有其事的說。

「除你個頭！用口水？」

「這不是口水，這是神明加持過的符水，可以消厄擋災、魂歸其位——」

「好好好，神明加持過的是吧？我知道了。」她拿起包包裡的礦泉水，豪飲了一口，「噗——」通通噴到面前的師徒臉上。

「夭壽哦！妳這個肖查某！看我今天不打死妳！」剛才自稱三太子上身的師父瞬間換了張臉，和徒弟追著她打出宮廟。

第一天，第一間宮廟，她被拿著掃把趕出去，失敗。

第二天。

裝飾著彩繪玻璃的圓頂建築典雅肅穆，大理石牆面光可鑑人。

她雙手合十，虔誠地交握在胸前

「親愛的上帝啊，請拯救您的僕人，將她從靈魂的煉獄中釋放出來——」

好的，又有水灑到她身上來了。

幸好這次不是口水，不過，這次還多了在她面前揮舞的十字架，與耳邊喃喃念誦的經文。

「對不起，請問還要多久？什麼時候會好？」她祈禱到一半，忍不住舉手。

眼前十字架晃來晃去的，不知道是神父還是牧師的那位語調好助眠。

「我……哈啊……」不行了，打了超大哈欠，她趴在前方椅背上秒睡。

第二回，她來到不知是什麼堂還什麼會的地方，再度失敗。

「天靈靈、地靈靈——」

第不知道幾回，她翹腳吃瓜子，百無聊賴。

「我知道，太上老君顯神靈嘛。」

她有一搭沒一搭地接話，腦袋一片空白地欣賞著面前的表演，剝下的瓜子殼在桌上堆成一座小山。

想當然耳，第一百零一次，失敗。

這回，從這間不知道是什麼宮還什麼府的地方走出來時，她筋疲力竭、提不起勁，總覺得特別累。挑著指甲縫中的瓜子殼，看見邊緣被咬得有點粗糙的指甲，她心情惡劣得要命，忍不住踹了路邊的小石子。

小石子滾呀滾，滾到閃爍著霓虹的「美甲美睫」招牌底下，她腳步一停，揚起明媚笑容，頓時覺得她整個人都好了。

久違的美甲！

叮──她推開美甲之門，喜孜孜地走進去。

繼紅色高跟鞋後，總算有一件好事。

✵

「喜樂，妳做指甲？」隔天，午休在陽碩洗手間補妝時，女同事A、B從她身後走進來，看見鏡子裡的影像，驚奇不已，詫異地停在她身旁，表情簡直是電視劇裡才會出現的浮誇。

「嗨，佳蓉，嗨，明美。好看嗎？」她開心地揚起十指，立刻從腦海中叫出同事A、B的名字。

「好看。」佳蓉點頭，湊近看，眼神發亮。「質感很好耶！妳在哪家做的？貴嗎？」

「還行，在公司附近。」她滑開手機，點開那間店的FB和IG。「就是這家，他們有粉絲頁，也有IG。」

「好，我來追蹤他們。」佳蓉點開自己的IG，追蹤好帳號，突然又訝異地抬起頭。「咦？喜樂，妳終於肯用IG了？」

「哈哈！我還沒註冊，就是看看。」她趕忙把手機收起來，以免佳蓉發現她用的是亮亮的手機，雖然可能性很小，還是小心爲妙。

她們說話的同時，明美也站到鏡子前，拿出化妝包裡的蜜粉，準備補妝。看明美那用力拍打蜜粉的動作，她就預期到緊接而來的災難。

果然，蓋子一打開，空氣裡全是飛揚的粉末，明美一邊拿刷具沾取蜜粉，一邊抱怨：「這牌子的蜜粉實在很難用，每次都這樣飛得亂七八糟，不服貼也不自然，這麼大罐，又貴，想扔都捨不得，這下要用到什麼時候？」

「借我一下。」她忍不住伸出手，指著明美手上的刷具。

「啊？」明美和佳蓉同時一愣，明美大概是太震驚，二話不說地將刷具遞過去。

「謝謝。」她將刷具接過來，在蜜粉蓋上轉動，三兩下就把刷具上的粉末沾勻。「幫妳刷？」刷子在明美眼前晃了晃。

「啊？哦，可以啊。」明美還在震驚當中。

「好。」她輕輕幾下，變魔法似的，明美很自然地將眼睛閉起來。

「好透哦！很自然欸！遮瑕力也不錯，看起來皮膚好好。」明美在佳蓉的驚呼中睜開眼，不可思議地盯瞧著鏡中的自己。「原來蓋子可以這樣用哦？」

「對，倒在蓋子上比較不容易飛粉，壓勻還能提升遮瑕效果，訣竅是轉動刷子，像這樣轉。」她示範完，撩了撩頭髮，笑了笑，頗有幾分得意的同時，不忘稱讚明美。「而且妳長得漂亮，無論蜜粉怎麼刷，效果都很好。」

「哪有，我自己就刷不好。」明美不好意思地低下頭，看起來卻很開心。

「再謙虛就過頭嘍！而且口紅顏色也很適合妳，妳很會挑。」她說得非常由衷，明美看起來更高興了。

「講到口紅，喜樂，我新買了一個口紅盤，可是很不上手，妳幫我看看？」佳蓉拿出自己的補妝包。

「好。」三人討論得歡快，走出洗手間時，明美突然要她在原地等一下，跑回座位，拿了杯手搖飲給她。

「剛剛和大家一起訂的，我有多買一杯，喜樂，給妳。」

「謝謝。」她正要伸手接過，佳蓉卻出聲阻止。

「明美，妳忘記喜樂喝冰的會生理痛嗎？」

生理痛？她一愣，對這個名詞十分陌生，從沒有過生理痛的經驗。

「啊，對齁！都忘記了。對不起，喜樂，下次再請妳吃飯。」

「好，BYE。」她擺手，向明美和佳蓉道別，突然想起不知道林喜樂生理期是什麼時候……不是吧？

雙腿之間陡然傳來一陣熟悉的溫熱感……說曹操曹操到，這麼準？

她走回洗手間，慶幸補妝包裡有放衛生棉。

熬到下班後，她抱著肚子躲在櫃檯裡，連站都站不起來，覺得自己就快死了。

原來，生理痛是這種感覺……

呂孟潔早早就走了，櫃檯前人來人往的，全是趕著下班回家的同事。她沒有力氣一一打招呼，索性躲到櫃檯下，無力地等待痛感過去。

沒多久，廊道的燈暗了幾盞，大廳裡漸漸只剩小貓兩、三隻，但她的疼痛非但沒有減緩，反而越演越烈。

林喜樂，妳的身體很爛……她緊緊壓著下腹，連一絲咒罵的力氣都沒有了，臉色慘白地從櫃檯下爬出來，差點把正要離開公司的陳新嚇壞。

「喜樂？」陳新扶著鏡架，還以爲看到鬼。

她隨便抬了下手，就當作是招呼。

「妳不舒服？」

她虛弱地點點頭。

「生理痛？」陳新望著她慘白的臉色，視線停留在她抱著肚子的雙手上。

她再點點頭。

「我送妳回家？」

她搖頭。林喜樂她媽看見女兒這個樣子，不知道會有多擔心？

陳新二話不說滑開手機，找出Uber。「那我帶妳去看醫生。」

五分鐘後，她被陳新打橫抱起，驅車前往離林喜樂家最近的婦產科。

✵

「林小姐？妳不是很久沒痛過了嗎？怎麼會突然間這麼嚴重？」

陳新陪著她一同進入診間，醫生熟悉地看著她的病歷，就連一旁跟診的護理師看起來似乎都和她很熟。

「看超音波應該是沒什麼大礙，不過爲了保險起見，我們還是先輸液，打個葡萄糖，觀察一下。我開些備用的止痛藥讓妳帶回去。妳要記得盡量避免生冷的食物，冷飲、冰品都要忌口，別忘了。」

陳新默默看了她一眼，那眼神非常清楚，就是在指責她上次早餐還點了冰水果茶。

這實在不是她的鍋，她怎麼知道林喜樂不能喝冰的？她很想瞪陳新，可惜人在虛弱時，連瞪人都沒魄力。

她被帶到病床上躺下，手被插入軟針，點滴懸吊在她上方。

下腹那彷彿被人痛毆過的痛感終於漸漸減緩，她闔上眼睛，好像睡了會兒，又好像沒有，感覺氣力正隨著軟管內的液體，一點一滴流回她的身體裡。

再次睜開眼睛時，她肚子上出現了暖暖包，而陳新坐在病床旁，安靜地滑著手機。

「醒了？好點了嗎？」感受到視線，陳新放下手機，立刻靠過來。

「好多了。」她點點頭，揚起一抹仍有點虛弱的笑，拿起肚子上的暖暖包。「你買的？」

「對，我還買了其他的。」他拿出一個大提袋，裡頭除了有暖暖包，還有各種尺寸的衛生棉、紙褲，甚至還有晚安褲如此新潮的產品。

「你對女性用品眞是了解。」她非常意外。

「我有三個姊姊。」

「所以你不喜歡女人。」她用的是肯定句。

「我喜歡女人，只是沒有遇到適合的對象。」陳新正色。

她大笑，雖然虛弱，但仍帶著那種令他愉快的飛揚尾音。

「爲什麼剛才不讓我送妳回家？」

「我媽會擔心。」

「妳也知道？」陳新敲了她額頭一記。「成熟的女性會好好照顧自己。」

「我發誓這是意外。」眞是跳到黃河也洗不清，竟然還挖苦她？她立刻回嘴。「成熟的男性不會敲人額頭。」

「我並沒有臉皮厚到說自己是成熟男性，更何況，上次有位成熟的女性也戳我額頭。」

「嘖。」眞會記恨！陳新被她嘖出一串笑聲，她發現自己的視線又黏在他的酒窩上。

不只酒窩好看，他的鼻子也很挺，很適合戴眼鏡……

「妳跑去做了指甲？」陳新看著她的手指。

「好看嗎？」她正想晃動雙手，陳新卻一把制止她。

「很適合妳，但別亂動，不怕點滴回流？」

「哈！我忘了。」她哈哈大笑，陳新跟著她笑。

「妳再睡會兒，點滴打完後就可以走了，到時候我再送妳回去。」

「好。」她聽話地閉上眼睛。

陳新坐在她身旁，等待她恢復活力的同時，突然驚覺，他很久沒喊她「學妹」了……

明明不知不覺間省去了這個稱呼，可是，他卻首度有了想照顧她的念頭。

9

「林喜樂，妳已經躺在這裡很多天了，妳到底要不要醒來？」生理期結束後，她又開始活蹦亂跳了。到醫院來探望辜亮亮，已經成爲她每天的例行公事。

「仔細想想，妳也太輕鬆了吧？妳只要躺在這裡就好，看護我請，媽媽我陪，工作我做，交際應酬我來，男人我搞定，生理痛我痛，就連把身體交換回來的方法也要我找。妳知道嗎？那些說能召魂除穢的傢伙都是神經病，沒一個正經的，個個都只想賺錢。」

「是說，妳也太不夠意思了，生理痛這種事爲什麼不寫在記事本上，好歹讓我知道不能喝冰的……算了，就算妳寫了，我可能也不會照做，都怪妳身體太差。」

她邊說，邊站起身來，爲躺在病床上的辜亮亮按摩手腳。

「我跟妳說，沒開車眞的很不方便，我想去考駕照，妳沒意見吧？」

病人當然沒有回答。

「妳不說話，我就當妳答應了。」她繼續爲病人按摩，認眞得不得了。

「至於陳新……你們以前是怎麼相處的？妳喜歡他哪一點？妳喜歡他是因爲他和妳截然不同，還是因爲妳以爲他和妳是同一種人？」

按按按、努力按。她也是如此叮嚀看護的，否則要是哪天她醒來，還得花一大堆時間復健就太煩了。

「還有，我打算找個時間去醫美，不然每天照鏡子，看到臉上的斑，我就渾身不對勁……我有做過功課，妳家附近就有間評價不錯的診所……話又說回來，妳爲什麼平時都沒在保養？省錢？還是不在意？」

她喝了口水，再幫病人翻了個身。

「提到省錢，妳戶頭裡的錢，我也打算轉存一部分到別的戶頭，一部分拿去投資。妳原來那間銀行利率很低，以後老了怎麼養得起自己和媽媽？」

她絮絮叨叨講到一半，驚覺自己正在碎念，猛然住口。

難道是因爲沒有親近的人能聊心事，她才會淪落到來跟自己談心？這行爲簡直邊緣到令人想流淚了。

不行，不能再念了。

她拿出乳液，正準備幫辜亮亮擦因長時間吹冷氣而顯得乾燥的皮膚，一回頭，卻猛然看見傅然倚在門框旁，不知在那站了多久。

「嚇！你怎麼來了也不出聲？你是想說反正這裡是醫院，我休克了可以直接電擊嗎？」她摀著胸口抱怨。

「要是可以電擊妳的話就好了。」傅然面色不善地走進來。

「怎麼？我哪裡惹到你了？」她不甘示弱，瞪回去。

「我看到福委會名單了，江姊說妳主動向她爭取進福委會，這是怎麼回事？」傅然雙手盤胸，神情陰鬱地走到她面前，極其不悅。

「我不能加入福委會？」她莫名其妙。

「樂樂不會希望妳這麼做，妳會打亂她的生活。」這些日子以來，他沒有少注意過她的言行舉止。

「哦？我不能打亂她的生活，但是可以幫你卡男朋友的位就是了？你說這話時怎麼臉不紅氣不喘？雙標仔？」她盤起雙臂。

「別鬧，我是認眞的。」

「誰在鬧了？」

「妳。」傅然的臉色更加難看。「其他的事情也是，不只福委會，妳突然和人資部門的人交好起來，其他還有公關部、產品部、業務部……每個單位都被妳哄得服服貼貼，就連我在國際事業部裡都能聽見妳的消息。妳太高調，這和樂樂原本的性格相差太多，萬一樂樂回來了，她會很無所適從。」

她撇頭不看傅然，旋開手中的乳液瓶蓋，爲床上昏迷的辜亮亮擦拭手腳。

「還有，妳的衣著打扮，甚至妳的妝，都不是原本的林喜樂。」傅然皺眉望向她的套裝及高跟鞋，顯然並不欣賞她浪漫張揚的審美觀。「然後，妳好像和陳新走得很近？我有好幾次都看見你們——」

「夠了沒啊？」砰！她一個轉身，迅雷不及掩耳地把整瓶乳液往傅然身上砸。

「簡直不可理喻！」傅然接下那個凌空飛來的瓶子，惡狠狠怒視她，像在看個神經病。

「你才不可理喻！不要惡人先告狀好不好？開口閉口都是林喜樂，那你叫她醒來啊！」她被念得怒火中燒，氣勢洶洶地朝他破口大罵。

「你以為我喜歡現在這樣？我都已經困在她的身體裡了，萬不得已才必須過著她的生活，你要我戰戰兢兢地維持她的形象，不能破壞她的生活，處處為她著想，那誰來為我著想？更何況現在根本就不知道林喜樂究竟去哪了，也不知道病床上這個人究竟醒不醒得來，萬一她永遠醒不來呢？你要我當她一輩子嗎？你有沒有想過我扮演別人會不會很痛苦？

「我跟陳新之所以走得很近，還不是因為林喜樂暗戀陳新，我怕萬一得罪了陳新，林喜樂回來之後會崩潰，所以才不得不迎合，不然你以為我喜歡每天在那想哪句話該說、哪句話不該說嗎？

「我穿自己喜歡的衣服和鞋子怎麼了？我連這點自由都沒有？我連讓自己心情稍微好一點的權利都沒有嗎？」

「妳花的是樂樂的錢吧？」

「我現在就是在用她的身體，還不能花她的錢了？好，要這樣算是不是？那我用她的錢吃吃喝喝，是她的身體在吸收營養，這要怎麼算？那我給她媽生活費，帶她媽去買衣服，換家裡的燈泡，能不能花她的錢？還是我乾脆不要吃不要喝不要睡不要用，反正餓死病死累死也是她，因為不能花她的錢！

「現在是辜亮亮躺在那裡，我還有原本的存款，看護費、醫藥費，全是我的，那萬一我沒有存款呢？我是不是就不能用林喜樂的錢去救躺在病床上的我，讓她死了乾淨最好，根本不用千方百計尋找能讓身體交換回來的方法！我都已經過得這麼憋屈了，你還要我怎樣？你厲害你來啊！」

她一股腦把壓抑的不滿與火氣通通吼出來，越吼越氣，氣到極點，理智斷線，什麼都不想管了，扭頭就走。

「妳去哪？」傅然不明所以地對著她的背影喊。

「要你管！」

她怒氣騰騰地殺出病房，傅然腳步一提，緊追上去。

✲

首刷紀念版、簽名板、小說、漫畫……

鍵盤、滑鼠、耳機，還有衣櫃裡那些無聊透頂的衣服，鞋櫃裡滿滿的低跟鞋、帆布鞋、休閒鞋……

她乒乒乓乓地全拿出來，一鼓作氣扔進紙箱，推到屋外，示威似地踢到傅然腳邊。

站在她家門口的傅然臉色鐵青，真不知道這個瘋女人究竟在搞什麼。

他一路跟著她回家，親眼看著她進門，接著又驚天動地的打開大門，扔了一個又一個的紙箱出來。

「妳到底在做什麼？」

「看不出來嗎？我在扔東西。」砰！她將最後一個紙箱重重放下。

「扔東西？這些全不要了？」傅然荒謬地看向滿地物品。

「對。」

「爲什麼？」傅然滿臉不認同。

「還問我爲什麼？因爲我覺得我講得眞是他媽的太有道理了！我幹麼一直在這邊強迫自己當林喜樂，還要當到被你嫌東嫌西，我不當了總可以吧？我根本就不用顧忌這麼多，反正不論我怎麼做，都做不到百分百讓人滿意，與其這樣，我不如求自己舒心暢快就好。既然當不回辜亮亮，也無法山寨林喜樂，那就當林喜樂2.0。」

「這是樂樂的東西，妳不能說扔就扔。」這傢伙實在太任性妄爲了，傅然口吻惡劣。

「那你帶走！反正我不要了！」她盤胸瞪傅然，明明身高矮傅然許多，氣勢卻十分逼人。

「我眞是不知道該用什麼話來罵妳。」

「三字經啊！還要我教？」

傅然往她身後瞥了一眼。

她家沒有大人在？不能出來管管這個口不擇言的瘋女人嗎？

「不用看了，林喜樂她媽去進香了，三天兩夜，後天才會回來。對，我用『林喜樂的錢』，讓她和親戚去的，她很高興，不停稱讚女兒長大了、變貼心了。請問傅大人，這算林喜樂的還我的？你不高興叫王朝、馬漢把我拖下去斬了！慢走不送！」

她砰一聲關上大門，將傅然的叫喚和林喜樂的東西全都關在屋外。

去它的交換身體！

爲什麼她曾經想過過看別人的人生？

這一切都不好玩。

爛透了。

✯

幾天後，她報名了駕訓班。

同時，她還註冊了IG帳號，發布了第一則貼文：「開始新人生！」

每當她因林喜樂遲遲未醒而感到灰心時，她就去做一件讓自己開心的事情——一件辜亮亮會喜歡的事情。

比如在醫美診所預約了全年課程，做了皮秒雷射。

比如大規模治裝，將房間布置成自己喜歡的樣子。

又比如和明美、佳蓉出去聚餐、唱歌、逛街，或是在駕訓班裡飆車，讓教練誇她技術好，將身旁每個人逗得心花怒放。

她人緣很好，大家都很喜歡她，就像她從前當辜亮亮時一樣；然而無論她再怎麼努力，病床上的辜亮亮始終沒有醒來。

「樂樂，妳回來了哦？最近怎麼都這麼晚下班？」她一回家，在電視前打瞌睡的林母便立刻迎上前。

「拚一陣子，看能不能趕快調單位、升官。」她揉了揉肩膀，放下包包，坐到林母旁邊。

除了福委會開始忙起來之外，她還要跑醫院、跑宮廟，回到家至少都已經八、九點了。

「安捏哦，也好啦。」林母面露欣慰，旋即從沙發上跳起來。「我來去熱菜。啊妳最近這麼累，我看我明天去市場多買幾條白鯧，讓妳補補腦——」

又是白鯧？看來林喜樂眞的很愛魚。

「媽。」她拉住林母。

「衝啥？」

「妳喜歡吃白鯧嗎？」

「啊？」林母一愣。「哪有蝦密喜不喜歡，吃啥都一樣。」

「不要光顧著買我愛吃的，也要買妳自己愛吃的。」

「好啦！」林母眉開眼笑。

「也別忙著弄東弄西，妳剛都打瞌睡了，菜我自己熱就好。」

「沒有啦！我不累，是這齣越演越無聊啦！」林母指著電視裡的鄉土劇。

「無聊？妳上次不是還氣到打電話給二姑媽罵不停嗎？現在演到哪了？」

「啊就那個壞女人——」

她挨在林母身畔，一邊吃著林母熱好的飯菜，一邊和林母聊著鄉土劇，努力維繫著林喜樂的日常。

＊

睡前，窗戶上傳來輕微的聲響。

磕、磕磕——

第一聲響起時，她還以爲自己聽錯了，第二聲又響起時，她走到窗邊，恰好看見陳新騎在Ubike上，在窗戶下仰望著她，朝她揮了揮手。

「陳新？」她推開窗戶，一頭霧水地朝外喊。「你怎麼會在這裡？」

「噓。」陳新食指比在唇前，指了指手上的手機。

也對，都已經深夜十一、二點了，她在這瞎喊，等等鄰居就抗議了。

她心領神會，回頭拿手機，果然看見有陳新的未接來電，立刻回撥。大概就是因爲她沒接電話，陳新才想敲窗試試的吧。

「嗨，你半夜睡不著覺，要上屋頂唱歌？」她趴在窗臺，看著窗外的陳新，對著手機裡的他說話。

「這首歌很老。」陳新居然調侃她的選歌品味。

「我聽我媽唱過。」

陳新大笑。

她心想三樓眞是太遠了，即使陳新站在路燈下，她仍看不清他的酒窩。

「你來幹麼？」她又問了一次，卻忍不住想微笑。

「我晚上騎車都會經過妳家。」

「陳新，這理由很爛，你竟然還用了兩遍。」她哈哈大笑。「想我就直說。」

陳新點點頭，她不知道陳新是在點「我想妳」，還是虛應一下。她撩了撩頭髮，撐著頭與樓下的陳新對望，覺得這個夜晚挺好。

「妳身體好多了嗎？」

「當然，都過那麼多天了，我要是還沒好，早就失血過多身亡了。」

陳新笑了笑，指指Ubike。「要騎車嗎？」

「我不會騎車。」她搖頭，實話實說。「我怕熱，也怕痛。騎車兩件都有可能發生，妝會糊，還醜。」

「晚上很涼，不熱，妳也不需要化妝。或是散散步？」他電話裡的聲音聽起來有點失望。

「出門會吵到我媽，她睡了。」她比比屋內。

「好吧，吵到伯母的話就不好了。」陳新立刻打了退堂鼓。

這麼乾脆？她想，陳新或許很傳統、很孝順，也許因爲這樣，對林喜樂的母女關係才會特別關心吧？

「不騎車，不散步，你還不掛電話？」她支著額。

陳新笑，卻仍沒有結束通話的意思，只是安安靜靜地抬頭望著她。

也不知是尷尬還是怎樣，她竟被瞧得有點心慌，覺得這氛圍實在有點不對……明明不想和陳新走太近，卻有點高興。

「陳新，你多高？」她望著他被街燈拉長的身影。

「一七九。」

「哈哈！」她突然笑了起來。「原來你沒有很高。」

陳新皺起眉頭。「妳起碼矮我半個頭，還是一個？」

「才不是。」她神祕地搖頭，笑容明媚，朝他揮揮手。「快回家，明天公司見！Bye。」

「好，明天見。」陳新笑了笑，並沒有馬上離開，反而在原地又看了她好一會兒，直到她再度開口趕他，他龍頭一擺，偉岸的身形才逐漸消失在道路盡頭。

她盯著他寬闊的肩、勁瘦的腰、結實的小腿……看著他一路前進、拐彎……

這是林喜樂的日常？林喜樂2.0的日常？還是辜亮亮的日常？她已經有點搞不清楚了。

剛剛有那麼一瞬間，她差點脫口問陳新：「我會是適合的對象嗎？」

如果，她還是辜亮亮的話，她的身高幾乎能夠與他平視。

如果，她還是辜亮亮的話，她就不用擔心深夜出門會吵醒母親。

如果，她還是辜亮亮的話，也許，她會考慮和他一起騎Ubike……

然而，她當然不會是適合的對象，辜亮亮甚至還躺在病床上……

她將半張臉埋進手臂裡，注視著陳新離去的方向。

她眞的能就這樣，繼續當林喜樂2.0嗎？

或許，她應該實驗一下？

✻

中跟鞋、白襯衫、灰藍色套裝、低馬尾……

這天，當傅然出現在林喜樂家樓下，看清眼前的來人時，腳步遲疑，神色陷入迷惘。

「傅總監？」她圓圓的眼睛眨了眨，表情困惑。

怎麼回事？她竟又開始喊他「傅總監」了？傅然將她從頭打量到腳。

她今天的穿著打扮和這些日子以來不一樣，介於林喜樂和辜亮亮之間。

「樂樂？」傅然抱著幾分期待走向她，試探地問：「妳回來了？」

他是不是可以合理的猜想，因爲林喜樂的衣服全被扔了，所以只好從衣櫃裡找出比較低調的款式來搭配，才會成爲如今這種中庸的模樣。

「什麼回來了？」她後退了一步，疑惑且戒備地盯著傅然。「傅總監，不好意思，我聽不懂你在說什麼。」

她不解的模樣令傅然油然生出雀躍，眼神裡全是光。「走吧，我載妳去公司，餓不餓？想先吃點東西嗎？」

「載我？」她偏頭望著傅然。「你爲什麼會出現在這裡？而且，爲什麼要載我？傅總監……對不起，我不太記得……我好像睡了一覺醒來，然後……什麼都有點奇怪……」

「妳都想不起來了？」這反應絕對是眞正的樂樂吧？他終於等到她回來了，傅然難掩愉快。

「嗯。」她十分困惑地揉著太陽穴。

「我們在交往，這陣子我時常接送妳上下班，有印象嗎？」傅然不易察覺地清了下喉嚨，鼓起非常大的勇氣，才順利說出這句。

「交往？我和你？」她不可置信，眼睛睜得圓圓的。「眞的嗎？怎麼會？我、我們……根本就不太熟……」

「沒關係，想不起來的話不要勉強，不要有壓力。」傅然有點緊張，更多的是心虛，想觸碰她的手舉在半空中，小心翼翼。

方才還顯得非常怯懦的她臉色一變，沒好氣地盤起雙臂，音量也瞬間提高了好幾倍。「就說你智障，還眞的這麼智障！沒有壓力怎麼開始？不就回到原點了？」

傅然一愣。這怎麼會是樂樂？分明是那妖孽！

「你這樣不行，自然一點，怎麼胡說八道怎麼來，不然怎麼說服林喜樂你們正在談戀愛？過來牽個手，喊聲寶貝都好，這也要人教？還有，我告訴你，林喜樂很喜歡吃白鯧魚，有機會練習一下。」她嬌俏地笑出聲來。

「我剛剛爲什麼沒直接輾過妳？」傅然總算意識到自己被耍了，話音一沉，期待和雀躍的心情直落谷底。

「哈哈哈！當然是因爲捨不得林喜樂啊！不然，你今天下班後跟我去醫院拔辜亮亮的呼吸器好了。」

她哈哈大笑，可是傅然並不覺得那麼好笑，實際上也笑不出來。

他聽得出來，她輕描淡寫的是一件非常殘酷的事實。

自從她上次扔了一大堆林喜樂的東西，大發了一頓脾氣之後，他縱然生氣，但也深刻地反省過，其實她說得不無道理。

無論是第二人格或是另一個人，她和林喜樂都有著截然不同的性格、天差地遠的喜好與脾氣，大相逕庭。

他憑什麼要求她頂著另一個人的模樣過活？

更何況她並非自願，而這讓他很難將所有的過錯都歸諸於她。

「妳……辜亮亮的身體狀況如何？」整理了下失望的心情，傅然問。

「還不就那樣。」她聳肩，有點心煩地踢著路上的小石頭。「之前為了手術剃掉的頭髮都長出來了，根本看不出曾經動過手術，可她就是沒醒。醫生說她的復原狀況很好，做了很多檢查，都顯示她的身體很健康……你知道嗎？我們甚至還做了腦電圖，結果她的腦波竟然顯示她在深層睡眠中……在我累得半死，到處求神拜佛的奔波中，她正在好好睡覺，有夠荒謬！」

傅然走在她身旁，沉默未語。

「有時候我會想，躺在病床上的到底是誰？眞的是林喜樂嗎？裡頭的人聽不聽得見我說話？會不會有一天，等到身體眞的交換回來了之後，變成我躺在那裡，一動也不能動，就算想醒也醒不來？」

「胡思亂想也無濟於事。」不知該如何安慰她的傅然只能就事論事。

「傅然，你知道我現在最害怕的是什麼嗎？」她突然仰起頭來問傅然。

傅然搖頭。

「我最害怕的是，再繼續這樣下去，有一天連我都忘記我是辜亮亮了。」她又低頭踢起小石子。「幸好，有你這麼喜歡林喜樂，一心一意等著她回來，我才可以一直記得我是誰。」

她聳聳肩，淡淡一笑。也就是因爲這樣，所以她完全不生傅然的氣，早就將之前和傅然大吵一架的事情拋諸腦後。

其實，她很認眞想過，她覺得人與人之間的相處是雙向的，別人對她好，她也會對別人好，所以，她並不會對林母、或是任何林喜樂的同事、上司、客戶感到抱歉。

她並不認爲自己應該對「享有他們對林喜樂的關懷」這件事有任何一絲一毫的內疚，因爲她有做出相當的回饋；甚至，她能夠從其他人的態度裡，明白她做得比原本的林喜樂更好。

但是，即使她做得更好又如何？就算林喜樂想搞砸自己的人生，那也是林喜樂的選擇。

她不能取代林喜樂，也沒辦法取代林喜樂。

看看傅然就知道了，傅然還在等待眞正的林喜樂。

「不要把事情想得太糟。」傅然安慰得連自己都覺得很沒說服力。

她給了傅然一個心照不宣的微笑。

「我們還是來好好練習比較實際，快喊聲寶貝來聽聽！」她用手肘撞了撞傅然，強迫自己立刻打起精神來。

「妳還是把事情想得糟一點好了。」一不沮喪，她就開始妖孽了，眞糟糕，傅然居然笑了出來。

「快點，傅總監——」她玩興一起，追著傅然跑。

「正經點！哪來的酒店小姐啊妳？」傅然嫌惡地跑給她追。

「你去過？不然怎麼知道酒店小姐哪樣？你死定了！等林喜樂回來，我一定要跟她講！」

「神經病。」

「你才神經病！」

兩人往停車場方向跑，笑鬧聲蒸散在風裡。

✵

「林喜樂，萬一……誰都再也回不去了，怎麼辦？」

她仰頭望天，天空澄澈無比、萬里無雲，而那裡沒有答案。

夏天就快過去了。九月的氣溫居高不下，傍晚時迎面吹來的風卻已有一絲初秋的涼意。

她眺望著天空和遠山，懶洋洋地趴在陽碩天臺的圍欄旁，舒服地瞇起眼睛。

「喜樂。」陳新推開天臺的門，朝著她喊。

「嗯？」她偏頭看他，整個人還靠在圍欄上，神情倦懶，像隻貓。

「妳今天要留下來加班嗎？怎麼還沒回家？」陳新信步走到她身旁，很自然地伸出手，卻被她搶先了一步。

「不要摸我的頭髮，不要騎Ubkie，不要牽手，不要散步，不想動。」她抬了抬眼睫，一句話回答所有可能出現的問句。

「哈哈哈！好，不想動就別動。」陳新笑出來，學她趴在她旁邊的圍欄，側著臉看她。

「妳在做什麼？」

「發呆。」她把視線從陳新的酒窩上拉回來，再度看向遠方。

陳新跟著她往外看，唇角揚著若有似無的笑弧。

這些日子以來，他很喜歡待在她身邊。

以前，她總是很努力找話題跟他聊天，彷彿都要打過了草稿，才敢來找他攀談，也會多加試探他的喜好，千方百計尋找他會感興趣的話題，迎合他的喜好。她戰戰兢兢的，卻反而令他不自在。

可是這陣子，她變得不一樣了。

和她相處變得簡單，而他很喜歡這樣的改變。

「白天變短了……」她在逐漸暗下的天色中開口，伸手往空中探了探，不知道想抓取什麼。

「是啊，秋天快到了，不像夏天，到了七點多，天都還是亮的。」

「嗯……」她有一搭沒一搭的應，將半張臉埋進手臂裡。

從這裡看過去，能看見林喜樂家，也能夠看見清川醫院。

雖然很不想承認，但她越來越害怕去醫院了。

除了要一次次面對辜亮亮醒不來的沮喪感之外，還要面臨來探望辜亮亮的人越來越少的失落感。

剛開始聽說她出車禍時，同事、朋友們，都會來探病。

漸漸地，一個月過去，兩個月過去……來的人越來越少了，她明白這是人之常情，卻難免惆悵。

究竟，誰能陪誰多久？誰又能記得誰多久呢？

「欸，陳新。」

「嗯？」

「你覺得，眞的有人能一直等一個人嗎？」像傅然等著林喜樂那樣。

「啊？」陳新一愣。

「如果有一天我消失了，你能找得到我嗎？」

「妳一聲不響跑到天臺來，淨問這些奇怪的問題，會讓人覺得很危險。」陳新推了推眼鏡，俯瞰天臺下車水馬龍的街景，搭配她飄渺的問句，實在很難不多作聯想。

「哈哈哈！怎麼可能啊？」她反應過來，燦燦笑開。「我才不會做自殺這種蠢事。」

「我想也是。」陳新明顯鬆了口氣。

「爲什麼？」她很有意思地問。

「因爲……妳這段時間看起來很有精神，很積極也很努力，很難和尋短聯想在一起。」陳新如實回答。

「話不是這麼說的，又不是很努力的人就不會尋短了。」她不以爲然。

「所以妳眞的想跳下去？」陳新眼中出現一抹驚慌。

「沒有！」她大笑。「我只是覺得，努力和放棄，有時候是同一件事。」

「怎麼說？」

「像我有時候很努力，其實是爲了想放棄。」

「比如什麼？」

「比如，我小時候學鋼琴，超拚的，花了很多時間練習，也參加過很多大大小小的比賽。可是，比到後來，我就發現有些對手我永遠贏不了，不管多努力，都追不上。」

「天分有時候很殘酷。」陳新想了想，點頭。

「就是這樣。所以，後來我爲自己設定了目標，假如做不到，就放棄往職業發展……結果，你應該也猜得到，我用了九牛二虎之力，最後只證明了自己眞的不是那塊料。」

陳新望著她，試圖想從她眼底找出一點點晦澀，但她沒有，依舊明亮如昔。

「我一點都不後悔，也不難過。」她認眞地說。「我很慶幸我曾經那麼勇敢的放手一搏，知道自己的極限在哪之後，才有辦法大澈大悟、果斷放棄。」

「妳現在還彈鋼琴嗎？」

「彈，當然彈。雖然沒辦法當職業音樂家，但始終是興趣。」

「有機會彈給我聽吧。」

「想得美啊！我要收費。」她挑眉，大笑。

「收一首歌行不行？」陳新忽然遞了單耳 AirPods 給她。

「什麼？」她想也不想地接過來。

「他們昨天出了新單曲。」陳新將另一只AirPods放進耳裡，按下播放鍵。

「是哦？我還沒聽過。」她當然知道陳新口中的「他們」是誰，是他們兩人都喜歡的那個樂團。

她與陳新並肩，一起聽著耳機裡流洩出的音樂。

親愛的，我無法擋你一根菸，
但我擋你嘴上的菸。
如果你無法爲我少抽點，
不如我來分擔一點。

呵呵！擋一根菸，擋一首歌。
這算是陳新的惡趣味嗎？
一人一只AirPods，也算得上分擔一點。
就連心事，也分擔了一點。

或許變了的是我，或許我沒變。
撞破了頭，才發現被自己困在自己做的夢。

她突然想起，她忘了林喜樂會不會彈鋼琴……

算了，她已經不想管了。

不管是林喜樂，抑或是辜亮亮，此時此刻都只有她自己。

她就是她而已。

就算再短的時間也是時間，

終究會大過這一根菸。

「吶，陳新。」

「嗯？」

「你會記得我嗎？」

「當然會。」雖然不太明白她爲何這麼問，他還是十分鄭重的回答了。

菸到盡頭，那短暫卻燦爛，像冬夜的煙火般斑斕。

注：文中歌詞節錄自美秀集團〈擂一根〉，作詞：狗柏、修齊。

「謝謝，我也會記得你。」她愉快地笑，真心的。

有一天，如果能以辜亮亮的身分認識你。
如果有那一天，
到時候，再彈鋼琴給你聽吧！

她想放棄了。

＊

清川醫院，7A病房。

她坐在病床旁，望著床上那張沉睡著的，曾是她的，如今卻越來越陌生的臉龐。

「林喜樂，妳在這裡嗎？」

數不清已經是第幾次了，她說的每句話都飄散在空氣裡，毫無回應。

「妳趕快回來，我不想再代理妳了。」

她摸了摸辜亮亮的頭髮，淺淺嘆了口氣。

她的繃帶早就拆了，拜醫學發達的緣故，甚至看不見術後傷口，可她怎麼就是找不到回自己身體的路呢？

「我想過我自己的人生，做我自己想做的事情，用我自己的身體，當原本的我，就算……再也醒不來了，也沒關係。」

頓了頓，她突然想，倘若她真的就這樣消失了，傅然是決計不會懷念她的，那麼，誰會想念她呢？

陳新？

雖然陳新說會記得她，但是……

陳新記得的會是誰？恐怕就連陳新自己也不知道吧？

她苦笑，眞的感到十分荒謬。

「林喜樂，妳有想做的事情嗎？」

「我跟妳說，其實，妳媽媽不壞，我可以教妳怎麼和她相處。還有，其實傅然暗戀妳，而江姊很肯定妳的工作能力，她之所以一直找妳麻煩，只是氣妳不長進……」

她握著病床上那隻略顯得蒼白的手，訴說著這些日子觀察到的一切。

「然後，陳新和妳想的不一樣，或許妳換個方式和他相處，會比較適合……」

「今天中秋節，我陪妳媽媽和親戚們吃了團圓飯……」

「後來，我又陸續找了好多宮廟、教會、靈媒，可是，都沒用……」

「妳快回來吧！妳還有家人，還有愛妳的人，而我……反正我只有自己，我努力過了，沒有遺憾了。」

不知怎的，她忽然想起陳新的臉。

想起他的Ubike，想起他的AirPods，想起那場無緣去聽的演唱會，想起無法為他彈的琴。

「林喜樂，只有一個身體的話，妳應該就能回到原本的位置了。」

她望著病床旁的儀器，深呼吸了口氣。

大破大立，她要孤注一擲。

她不願當任何人的2.0。

她已經盡了最大的努力，即使賭錯了，她也不後悔。

「妳要加油哦，BYE。」

啪——

她一把拉掉了所有看得見的電源線。

＊

「緊急鈴爲什麼響了？」

「7A怎麼了？」

「誰快去看一下7A？」

「爲什麼7A門打不開？」

「Shit！好像有什麼東西擋在門後面！」

「醫師！」

✻

病房廊道傳來陣陣騷動。

她趴臥在病床床沿，全身力氣像被抽乾似的，突然覺得好想睡。

視線越來越模糊，意識越來越渙散……

她軟軟地闔上眼睫，以致於沒看見病床上的手指動了動。

菸到盡頭，那短暫卻燦爛，像冬夜的煙火般斑斕……

朦朦朧朧中，她想起陳新的臉，耳畔軟綿綿的，全是歌聲……

啪——

意識與視野同時斷訊。

第三部　½的女主角

10

菸到盡頭，那短暫卻燦爛，像冬夜的煙火般斑斕……

撞破了頭，才發現被自己困在自己做的夢。

若有似無的樂音穿過隔簾，沉緩地迴蕩在病房內，每個低音都衝擊著「7A」的門板。躺在病床上的林喜樂動了動手指，在流洩而出的樂音中，緩緩睜開眼睫。

「樂樂。」傅然立刻湊到床邊，非常緊張地執起她手。「妳還好嗎？感覺怎麼樣？還有沒有哪裡不舒服？」

「我……」林喜樂眨了眨眼睛，看清楚傅然，再環視四周，認清這裡是醫院。

「我……爲什麼會在這裡？……好痛！」太陽穴隱隱作痛，她伸手想揉，卻被股拉力阻礙，抬頭一看，才發現手上接著軟針與點滴。

「別亂動，妳想拿什麼，我幫妳拿。要喝水嗎？」傅然讓她半坐起身，倒了杯溫水，湊到她唇邊。

「謝謝，我自己來就好。」她接過水杯，總覺得腦袋還昏昏沉沉的。「我昏倒了？」

「是啊。」傅然撫開她額邊垂落的頭髮，緊蹙著的眉心始終沒有鬆開。

「我昏倒多久了？我記得我們剛剛還在碼頭……」她抿了口水，恍惚的意識一點一滴的，逐漸回流。

「沒多久。」她昏倒後，他便立刻叫了車，十萬火急地將她送來醫院。

「……我怎麼了？我以前從來沒有這樣過。」回想起那股突如其來的暈眩感，她驚魂未定。

「醫院幫妳抽了血，做了些初步檢查，猜測可能是妳情緒太激動，造成心因性的昏厥，但是爲了保險起見，必須先留院觀察，等明天報告出來再看看。」

「哦……」她想了想，又問：「我的手機呢？我得打電話跟我媽說一聲，不然她——」

「放心，我已經告訴伯母妳人在醫院了。」

「你、你你……什麼？」放心個毛啊？林喜樂嚇壞，腦子頓時不昏沉了，驚悚得要命。

「她說晚點會過來，我會待到她來再走。妳別擔心公司那邊，明天我幫妳送假單，妳今晚好好休息。」

「誰擔心公司啊？」嚇到連頭都不痛了，她臉上的表情十分精采。「你是怎麼跟我媽說的？她有沒有說什麼？」

她驚慌失措的模樣令傅然失笑。

「還能說什麼？就說妳昏倒了。」他好整以暇地盯著她，眸底全是笑意。

她望著他耐人尋味的笑容，不住嘀咕。「你一定是故意的……明知道我不是問這個……」

媽媽是什麼個性，她難道不明白嗎？沒有在電話裡把傅然的祖宗十八代和年收入都問出來，是絕對不會善罷甘休的。

「那妳是問哪個？」這下傅然已經不只眼裡有笑意了，整張臉龐都因笑容而染亮。煩死了！這時候還覺得他笑起來有夠帥一定是瘋了吧？

「我是問……我媽沒有問你是誰，或是我怎麼會昏倒嗎？」

「有。」

「那你說什麼？」

「妳希望我說什麼？」傅然挑眉。

「不要再玩了啦！快告訴我。」林喜樂沒好氣，輕輕推了推他，臉頰卻悄悄紅了。

「就說實話，說我是傅然，是妳男朋友，我們在約會，然後妳突然昏倒了，我正準備送妳到醫院，請她別擔心。」

「然後呢？」慘了慘了死定了！她想死，她應該再昏久一點的。

說是同事就算了，竟然坦白招認是男朋友？等等她要被媽媽盤問多久？

「我媽有問你什麼失禮的問題嗎？」她感到大難臨頭，小心翼翼地打量傅然。要是傅然因此覺得和她交往很麻煩，或是因此討厭她了怎麼辦？

「樂樂，妳爲什麼這麼緊張？」

「我能不緊張嗎？我——」

「難道妳吻了我之後想賴帳？」

等等！這句話聽起來不太對勁吧？「什麼我吻你？明明是你先——」

「莫非妳想始亂終棄？」

「不是！你到底在說什麼？」她大驚失色。

「昏倒之後就想吃乾抹淨，當作沒這回事？」傅然越說越誇張。

「不要再胡說八道了啦！你很煩！」她崩潰，決定拿手上的免洗杯攻擊他。

「樂樂。」傅然眼眉帶笑，輕鬆捉住她想造次的手。

「幹麼啦？」

「妳不能想把我藏起來，我總要和妳家人見面的。」他似笑非笑的神情中有股難以言說的認眞。

她剛剛一定忘記呼吸了！她垂下眼，不安地扭著自己的手指，就連心跳得也很快。

這是正常的嗎？她是不是應該順便掛一下心臟內科？

「我沒有想把你藏起來，我只是，覺得有點太快了……」

雖然很彆扭，但不可否認的，傅然如此鄭重看待他們之間的關係，也令她感受到無比的踏實。她從來沒想過，在傅然張揚高調的外表下，竟藏著如此細膩溫柔的心思。

「妳之所以會覺得快，是因爲妳不知道我喜歡了妳多久。」傅然握住她無措的手，傾身直視她。

「樂樂，我已經等得太久了。」

「可是，我媽她……」

「不會有問題的。」

「什麼不會有問題？」他越篤定，她就越不篤定，心慌得不得了。

「她的問題一定很多吧？她是不是問了你薪水怎麼樣，獎金多少，有沒有貸款，有沒有車子、房子，家裡有哪些人，有沒有打算跟我結婚……然後，她一定還不停嫌我了，對不對？」

傅然失笑。「除了嫌妳的部分我不太認同之外，其他的都是小事，我一點也不介意。相信我，嗯？」

「你是不是又在話術我？」她終於抬起頭來，鼓起勇氣正視他的臉，並沒從當中看見一絲猶豫或勉強。

「肺腑之言。」傅然指天發誓。「妳別擔心，等伯母來，我會在她面前好好表現的。」

「油腔滑調。」他如此認眞的模樣令林喜樂噗哧出聲。

傅然這麼包容她，她很慶幸，也很珍惜……

傅然摸摸她的秀髮，再摸摸她的臉，見她終於展露笑顏，情不自禁坐到床沿，伸手將她攬進懷裡。

「陪妳到醫院的這一路，我都很擔心妳。」

「對不起啦！我也不知道爲什麼會這樣，我從來沒有這樣過的……」她安心地枕在他胸口，呼吸著他身上好聞且暖熱的氣味。

他身上彷彿還有著河岸碼頭的香氣……

傅然安靜地環抱著她，仔細回想著這陣子以來所發生的一切，微微嘆了口氣，終於下定決心爬梳這一切。

「樂樂，妳對這間醫院有印象嗎？」他輕輕撫著她的背，一下又一下，像在安撫小動物，也像在安撫他自己。

「這間醫院？當然有呀！怎麼會沒印象？清川醫院嘛！我就是在這裡看精神科門診的，你上次還到這裡來接我——」她在他懷中仰起臉，探看了下周圍，完全搞不懂傅然為何會這麼問。

「不是這個，我是指……妳有曾經在這裡住院的印象嗎？」傅然抿唇，不由得有些緊張。

「住院？」林喜樂滿臉莫名其妙。「我從小到大第一次住院，就是現在。」

「那，妳曾經有好朋友在這裡住過院嗎？」

「好朋友？」她很仔細思考了會兒。「沒有啊！你的問題怎麼都這麼奇怪？」

「辜亮亮。」傅然頓了頓，拋出這個名字時，竟不自覺打了個冷顫。

「什麼？誰？」

「她是妳的好朋友嗎？或者是……妳有好朋友叫這個名字嗎？」這兩個問題根本是同一個問題，而他竟然還為了該如何措辭猶疑不定。

姑且不論這件光陸陸離的事是怎麼發生的，光是要把它解釋清楚就已經夠難了。

「辜亮亮？沒有啊……等等，這個名字有點熟……」啊！她想起來了！林喜樂恍然。「這不是尾牙活動公司的那位窗口小姐嗎？」

「對，就是那位窗口小姐。」傅然的太陽穴跳了下，只要提到辜亮亮，就覺得很不祥。

「我不認識她呀！為什麼你會這麼問？」

傅然沉默了好半晌。「妳收到的那個簡訊，嘗試登入妳帳號的人，說當了三個月的妳的那個人……我想，我知道是誰。」

「咦？怎麼可能？」她的眼睛睜得又圓又大。

「就是那位辜亮亮。」

妖孽出世，絕對會出大事。

傅然頭很痛。

✵

一個小時前。清川醫院。

「傅先生，接下來我們會把病患移動到病房，請您先幫忙塡寫資料，再辦理入院手續。」護理師叮嚀陪同林喜樂來到醫院的傅然。

「好。」傅然將林喜樂的包包背到肩膀上，低頭塡寫文件。

「因爲您說病患近來有失憶的狀況，醫師認爲還是安排一下精密檢查比較好……」護理師看了一眼傅然塡寫的病患姓名，微笑道：「林小姐眞的很幸運，樓上病房恰好有床位，不用在急診區人擠人。」

「太好了，謝謝。」傅然回給熱心的護理師一個笑。

「那我去忙了。」

「謝謝，辛苦了。」傅然辦妥住院手續，簡單採買了些住院會用到的生活用品，陪著移動到病房。

熟悉的醫院走廊，熟悉的醫院味道……這三個月來，他曾在這裡穿梭過無數次。

來到病房門口，抬頭一看——7A。

進入病房裡——01號床位。

就連病房、床號都一模一樣，不可思議的巧合令他手心冒汗。

嚴格來說，這三個月以來發生的一切都令他感到毛骨悚然、百思不解。

加上後來林喜樂各種反常的行為與言語，都令他越來越相信那個科學無法解釋的猜想。

然而，為了保險起見，他還是認為林喜樂應該做全面性的檢查，先澈底排除生理上的病因之後，再來尋求其他不科學的解決辦法。

至於那個傳訊息給林喜樂的傢伙……

鈴——才正思考著，林喜樂的手機就響了。

瞥了眼來電顯示，他接起電話，嗓音不自覺低沉下來。

他認得這組號碼。

早在看見展虹活動公司傳來的尾牙提案時，他就記住簽名檔上的電話了。

「喂。」

「咦？」電話那頭的女聲明顯愣了一下。「我找林喜樂小姐。」

「我是傅然。」傅然眉心的皺褶擰深，隱隱約約嘆了口氣，真沒想到這麼快就必須再與「她」打交道。

「傅然？傅然！」

女聲訝異過後，隨即嬌俏地笑了出來，語調飛揚。「嗨！傅然，你好嗎？」

就是這種笑聲，就是這種笑的方式，尾音揚起，活潑得不得了。

即使聲音不同，傅然還是一下就認出她來了。

「好妳個頭！」

「哈哈哈哈哈！幹麼這麼凶？和『前女友』別後重逢，難道不該小別勝新婚？」

「不該，更何況妳並不是我前女友。」傅然撇得一乾二淨。

「嘖，怎麼這麼無情？」電話那頭笑得更歡快了。「如何？你和林喜樂交往得順利嗎？既然都幫她接電話了，應該還不錯？快感謝我！」

「沒殺妳就不錯了，還感謝妳？」傅然沒好氣。「託妳的福，她昏倒了，正在醫院裡。」

「為什麼？」她緊張了起來，急忙追問。「怎麼？林喜樂生病了？」

「妳沒事去登入她的帳號做什麼？」傅然望著病床上那張略顯蒼白的容顏，心疼尤甚，實在很難阻止自己興師問罪。

「我之前把林喜樂的存款挪了一部分出去投資，一部分轉存到別的帳戶，如果她的網銀帳密沒改，我就可以直接存回去，不用轉帳花手續費，而且轉帳還有上限，根本不夠。登入她帳號當然是為了還錢，不然呢？」

「……」不用親眼看見，傅然都能想像她此刻雙臂盤胸的模樣，一時無語。這理由還真是正當得不得了。

林喜樂若是知道害她昏倒的理由居然是十五元手續費，應該會想再昏一遍。

「妳何時變得這麼勤儉了？不是隨便買雙高跟鞋就動輒數千元嗎？」傅然念她。

「我只把錢花在我想花的事情上，誰想讓銀行賺手續費？」她理直氣壯。「總之，我登入失敗，她勢必會看到錯誤登入的訊息，要是她以爲有人在駭她帳戶就不好了。我想告訴她這件事，既然要告訴她，就必須開誠布公，好好向她解釋清楚。我擔心她一時半刻難以接受，只好先傳訊息——」

「妳要傳訊息沒關係，但幹麼傳了訊息之後又不回？回撥還關機？」林喜樂無助失措的模樣歷歷在目，傅然越回想越不悅。

「奇怪了，手機是不能沒電哦？我這不是充好電就打來了？你凶什麼凶！」辜亮亮不愧是辜亮亮，沒辦法白白任人亂訓一通，不過，回完嘴之後，她又心軟了。「好，沒關係，我原諒你，我明白你只是心急。」

「我有向妳道歉嗎？」傅然眞是哭笑不得。

「我慈悲爲懷，大人不記小人過，搬梯子給你下還不下？你皮在癢？」

說著說著，她笑了，就連傅然也被她理直氣壯的口吻逗笑了，唇邊逸出輕淺笑音。

「不胡扯了！林喜樂到底怎麼了？」對於使用了三個月的身體以及林喜樂本人，她還是很關切的。

「應該沒有大礙，不過，明天安排了一些檢查，等檢查過後才知道。」

「一定會沒事的。」她由衷地說。

傅然微微嘆了口氣，心想，或許就是因爲她總是很眞誠、很坦蕩，從來沒有想傷害林喜樂的念頭，所以即使她有些胡來，他也無法眞正討厭起她來。

「那妳呢？」傅然頓了頓，問：「妳的身體還好嗎？妳爲什麼直到現在才出現？」

「別提了！我光是爲了從醫院全身而退就花了一陣子，你都不知道他們多想拿我去做研究。我昏迷了三個月後直接清醒，復健不到三天就出院，根本醫學奇蹟，沒被抓去當標本就不錯了。」她說得浮誇，無奈至極。

傅然笑出來。

「接著，我又花了一點時間回到原本的生活……剛開始的時候，我的記憶還很混亂、很片段……你、陳新、陽碩，一切都亂糟糟的……我搞不太清楚這些事是不是夢，只是在夢裡，我叫林喜樂……」

「嗯。」不得不承認，易地而處的話，他可能也會感受到排山倒海的恐懼和驚慌。從這角度切入，辜亮亮的心理素質與抗壓性眞是無與倫比的強大，眞不愧爲妖孽。

「再來，爲了彌補這空白的三個月，我光是處理生活瑣事和工作就忙得不可開交，根本沒時間弄清楚這是怎麼回事。直到收到陽碩尾牙比稿的E-mail，看見林喜樂的簽名檔和連絡方式，我立刻從電腦前跳起來，差點把全辦公室的人嚇壞。」

「然後呢？」想像那畫面，傅然眉頭深鎖的同時，卻又不由得笑出聲。

「然後？然後我就開始Google陽碩、整理記憶。我一邊查找，一邊回想，發現裡裡外外都和我夢中的一樣……我很想趕快來找你和林喜樂，確認到底是怎麼回事，但公事還是得先處理……如何？我的尾牙提案很不賴吧？」

「確實很好。」當初他看到展虹的提案時，就有信心展虹一定能勝出。展虹的提案是十分了解陽碩內部分工與資源的人才能做出來的，沒有任何一間活動公司能與之相比。

畢竟還有誰會比辜亮亮這個曾經親自待過陽碩的人更了解？

「那當然嘍！」被稱讚的辜亮亮顯然十分得意。「既然比稿過了，我又確定了這不是夢，當然就要趕快來處理這件事，誰知道不過傳個簡訊，林喜樂就被我弄昏了。」

「有夠造孽。」傅然冷靜地做出結論。

「你才造孽。」她本能回完嘴，話鋒陡然一轉。「林喜樂弄清楚這一切是怎麼回事了？你告訴她了？」

「沒有。」

「那你呢？你弄懂了？你這下總算知道我從頭到尾都沒騙你了？」他總該相信她了吧！

「我好像懂，又不是很懂，也不是很想懂。」傅然實話實說。

「沒關係，我懂。」她在電話這端點點頭。「那你覺得她會懂嗎？」

到底誰懂誰不懂？傅然都快被她繞暈了。

「不如這樣，等林喜樂清醒之後，你通知我一聲，由我來向她解釋來龍去脈，她應該比較好懂？」

「不必。」傅然斬釘截鐵地拒絕，沒有太多猶豫。

別鬧了！讓妖孽去向林喜樂解釋難道會解釋出朵花來嗎？

她要怎麼和林喜樂解釋她的卡位理論？

然而樂樂……樂樂又能夠諒解他嗎？

「我來向她解釋。」

傅然壯士斷腕，額角沁出冷汗，彷彿已經嗅到災難的空氣。

✵

於是，災難就這麼來了。

「你是說，這三個月來的我，是那間展虹活動公司的辜亮亮？尾牙提案的那位窗口小姐？」林喜樂坐在病床上，睜著圓圓的眼睛眨了又眨，十分懷疑耳朵聽見的。

「對。」

「為什麼會這樣？」她陷入徒勞的思考。

難怪她覺得展虹活動提案上的手寫字跡很熟悉，如今回想起來，不就和第二人格寫在她手帳上，還有尾牙場地平面圖上的字跡一樣嗎？

原來是同一人寫的……

「不知道。沒有人知道，妳不知道，她也不知道。根據她的說法，端午節連假的時候，她出了車禍，醒來之後，就成為了妳。」傅然說著說著，自己都覺得很荒謬。

林喜樂歪著頭想了想。

端午節、車禍……

「啊！難道是那輛紅色的車？」

傅然點頭。「她的車是紅色的沒錯。」

他曾經和辜亮亮一起去處理車子的事情，雖然當時那輛車已經成爲一團廢鐵，但他清楚記得那烤漆的顏色。

「怎麼會有這種事……」林喜樂喃喃問。「你見過她嗎？我的意思是，你見過她本人嗎？」

「沒有。」傅然搖頭。

「我和妳一樣，只有看過她的提案和E-mail……當然，嚴格說起來，我是見過躺在病床上的她，但她那時陷入昏迷，不只眼睛是閉著的，臉上還覆蓋著氧氣罩或呼吸器……我不太確定那些醫療設備的正確名稱什麼……總之，其實我並不太清楚她的眞實長相。」

「嗯。」林喜樂想了想，點點頭，又問。「你爲什麼不早點告訴我？」

「樂樂，妳之前和我不熟，並不信任我。」

這倒是……

那時候，光是爲了要不要和傅然坦白她失去三個月記憶這件事，她就已經糾結了很久，如果傅然貿然告訴她，她可能會嚇壞。

原來她從一開始就問錯人。

她根本就不該去問呂孟潔，而是該問傅然。

但是，誰會想得到呢？她和傅然從來就不熟啊！

「你是什麼時候確定我不是她的？」想弄清楚的事情太多，她的問句接二連三冒出來。

「很多時候我都覺得不太對勁，妳不記得加入福委會的時候，選擇油醋醬的時候，不會穿高跟鞋的時候……不過，真正確定下來，可能是從妳願意穿藍白拖的時候開始。」

「這麼早？」她十分驚訝。「為什麼是藍白拖啊？」

「因為她對藍白拖嫌棄得要命。」

回想起第二人格——不，該改口稱為辜亮亮了——那些高跟鞋與浪漫浮誇的服裝，嫌棄藍白拖好像很合理……

「她是個怎麼樣的人？」

她不是人，她是妖孽。

傅然如此沉痛地想，可惜他不能這麼回答，

「和妳截然不同的人。」難以解釋，傅然只好一言以蔽之。他心驚膽戰地看著林喜樂，唯恐她拋出任何他難以招架的問題。

然而，天下事是不會盡如人意的。

「你喜歡她嗎？」

「當然不喜歡。」

「那你為什麼要和她交往呢？你不是喜歡我嗎？而且你早就知道她不是我了啊！」

來了！他就知道，這把火有天一定會燒到他身上來！傅然的心臟差點從喉嚨跳出來。

「樂樂，要不要等妳身體好些的時候，我們再談這件事？」傅然握住她的手，驚覺自己的手竟然和她的一樣冷。

「不要。」她斬釘截鐵地搖頭。「我現在就想知道。」好不容易才有點眉目，怎麼可能現在聽到一半？

「我……那是因爲……」傅然深呼了一口長氣，說服自己冷靜下來。

無論再不敢面對，坦白還有生還的機會，說謊則不然。

「那是因爲，她察覺到我暗戀妳，而我以爲她是妳，就順勢向她告白，但那時的她並不是妳，所以……」

接下來，傅然戰戰兢兢注視著她的反應，鉅細靡遺、一五一十全說了。

「所以，你那時候問我要不要開你的車，是爲了要試探我是不是她？」

「是。」

「所以，根本沒有什麼交往六十七天這件事，你是隨口胡謅的？」

「是。」

難怪他那時候連想都不用想！她還以爲是他菁英，記憶力超強，沒想到是這樣！

「那你說我哭著說暗戀你，又是怎麼回事？」

「那是因爲……妳當時的言行舉止很奇怪，好像不記得這陣子的事情，又好像只是在試探，甚至故意要我打電話給妳……我以爲妳是她，因爲她有時候會假裝是妳回來了，想測試我認不認得出妳，次數多了之後，我也跟著她胡說八道，看看究竟是誰先裝不下去……」

林喜樂靜悄悄地看著他，仔細咀嚼思考這一切，沉默不語。

她終於知道爲什麼之前傅然無論如何都不願和她分手了。

所有的事情都有了合理的解答。

因爲他們交往這件事從一開始就是場騙局。

「你和她一起騙我？」

「你和她一起設計我？」

她面無表情，出口每句話都冷冰冰的，病房裡似乎變得比剛才更冷了。

「樂樂，妳聽我說——」說什麼呢？他能說的不都已經說了嗎？傅然說得很急、很心虛，卻不知道自己究竟能說些什麼。

「你爲了一個不認識的人，一個和我截然不同的人，一個扔光我所有珍藏的人，和她一起騙我，騙這個你口口聲聲說暗戀了很久的我？」

她輕輕地問，可每一個輕如棉絮的問句都彷彿有千斤重，重得傅然無法提起。

「樂樂，我可以解釋——」

他還能解釋什麼？

她的每一句指責都是鐵錚錚的事實，他無法反駁。

傅然的冷汗滴落下來，凝住了病房內的空氣。

「男人，你這是在玩火。」過了好半晌，她才慢悠悠地吐出這句。

傅然差點滑一跤。

什麼鬼？莫非她只要打擊太大，就會冒出奇怪的對白嗎？還是她剛剛其實撞到腦袋了？

「哈哈！我一直很想說說看這句話，每次都是總裁講，我很不服氣，終於輪到我講了。」

林喜樂笑了，笑音清脆，甜美又可愛，充滿她獨有的嬌憨感，然而傅然細細打量她，卻怎麼也笑不出來，所有的聲音都鯁在喉嚨裡，找不到適宜出口的字句。

「你以爲我要跟你嘔氣，然後再演三百頁嗎？」她搖搖頭，臉上的笑容益發甜美。「你知道嗎？端午連假的時候，我和孟潔去看電影，我邊走，邊覺得好煩哦，連假怎麼這麼快就過完了？我連覺都還沒睡夠呢！要是可以好好睡三個月就好了……誰知道最後竟然眞的睡了三個月，怎麼也沒想到，睡醒居然會是這樣……早知道就不要胡思亂想了！哈哈！」

她自嘲的嗓音與笑聲聽起來很諷刺、很可憐，然而卻令傅然想起另一段十分相似的對話。

「你知道嗎？車禍前，我一個人去賣場買東西，心裡還想著三天假期過得眞快，一下就沒了……」

「如果可以的話，眞想過過看別人的人生……」

「早知道就不要胡思亂想了……」

幾乎一模一樣的句型，幾乎一模一樣的胡鬧，辜亮亮也講過……難道這當中有什麼關聯？

傅然還來不及深思，林喜樂便開口趕人了。

「沒事，你快回家吧，時間已經晚了，等等我媽就來了，沒問題的，不用擔心我。」她輕輕從他懷抱中掙開，躺回床上。

「我想睡了，晚安，掰掰。」她蒙起頭，果斷將自己藏進被子裡，速度快得傅然甚至來不及抓住。

「……」傅然伸手觸碰那蜷縮成一團的被子，不只手指，就連心臟都漸漸感到溫度的流失。

他知道，他糟了。比他想像中的還要更糟。

那是她多年來訓練有成的總機笑容，甜美卻不帶一絲感情。

她的笑容開始溫婉，言詞開始斯文，不再是那個會對著他吼出髒話，流下眼淚，毫無顧忌地說出心裡話，笑得毫無防備的，愜意地喝著香檳的，可愛的樂樂。

她選擇躲回自己小小的堡壘，不讓任何人靠近。

「樂樂……」傅然抓住她的棉被一角。

「快回家，我沒事。」被子動了動。

「別這樣，我寧願妳問我、罵我，或是打我都好，不要放棄跟我溝通。」

被子以沉默回應他。

她是眞的不太開心，但現在的資訊量太大，一時之間無法消化。

這個男人很喜歡她，她知道，他甚至不惜說謊也要換得一個能待在她身旁的機會。

但是，她究竟是在吃醋，還是因被騙而生氣？

不想深思，好煩。她還需要一點時間。

傅然如坐針氈，不知該如何是好，留下怕惹她心煩，離開怕惹她傷心，動輒得咎。

「林喜樂！樂樂！」由遠而近傳來一聲聲倉促的，臺灣國語腔的叫喚，林喜樂的母親來了。

「伯母？」傅然嚇了一跳，立刻由床沿站起，已經猜到來人是誰。

「黑啦，我是林喜樂的媽媽，啊剛剛電話是你接的哦？」林母走進病房裡，手上還捏著寫著醫院及床號的小紙條，將傅然從頭看到腳。

「是。伯母好，我是傅然。」傅然依循著多年職場本能，立刻遞出名片給林母。

「國際事業部總監……」林母瞥了眼名片上的職銜，喃喃念出聲，貌似很滿意，望著傅然的眼神似乎更親切了。

而床上那團感覺有點僵硬的那團被子，似乎更僵硬了。

「啊她是怎樣？醫生來看過沒？醫生講啥？」林母邊問，邊提起從家中帶來的生活用品，傅然立刻識時務地接過去，幫忙就定位。

「做了一些簡單的檢查，等明天看報告，伯母不用太擔心。」

「啊她睡了哦？」林母想拉開床上的被子，好看看女兒的臉，沒想到被子裡卻猛然傳來一股拉力，拚命拽住，不肯就範。

奇怪，啊不就還沒睡？幹麼把自己裹成這樣？

林母心中疑惑，看了看時間，看了看這團被子，又望了望傅然，猜了個七七八八。

「已經很晚了，這裡我來就好，你趕快回家，明天還要上班捏。」

「好，我把這弄好就走，伯母您也早點休息。」傅然將陪病椅拉開，安頓成一張能夠讓林母休憩的床。「明天我會幫樂樂請假，假如樂樂有什麼狀況，再麻煩伯母通知我。」

「好啦！知影了，快回去。」林母揮了揮手。

傅然擔憂地望了病床一眼，向林母道別後，依依不捨地走出病房。

他一離開，林喜樂立刻掀開被子大口吸氣。

林母抬起手，立刻往她腦袋巴下去。「林喜樂，妳到底在衝啥？」

「痛痛痛！媽，我都住院了妳還打我！」林喜樂摀住頭哎哎叫，早知道在被子裡悶死也比被打死好。

「我看妳還有力氣抓被子，精神好得很，不要假鬼假怪啦！」林母碎念完，又彎下身來，查看她的臉色。「妳是怎樣？人還有不爽快嗎？怎麼會突然昏倒？有沒有吃東西？餓不餓？」

老是這樣，媽媽總是忙不迭拋出一連串問句，都不知道要先回哪句好。

「我沒事啦，不餓，可能只是因爲最近比較累而已，現在已經沒怎樣了。」

「好啦！安捏就好。」林母點點頭，幫她把被子拉好。「啊剛剛那個傅然是妳男朋友哦？」

「……嗯。」她有點不情願地應，心情很複雜。

「妳這個男朋友長得不錯，人有禮貌，好像又很會賺錢，我有喜歡。」

「妳喜歡去跟他交往啊……」林喜樂咕噥。

「講啥啊？死囝仔！」林母又打了她一下，眼明手快抓住她想再度蒙住頭的被子問。「你們吵架哦？」

「嗯。」她淺淺地應，應得很心虛。

現在這情況算是吵架嗎？會不會吵架反而還比較好呢？

「妳哦，實在很憨慢捏！找到對象就要好好把握啊！還挑？挑來挑去挑到賣龍眼的啦！」

「對啦，我就是很憨慢。」要是妳能換一個精明點的女兒就好了。最後這句鯁在喉嚨，沒有說出口。

「眞正是撿角！我就知道不能指望妳，養妳眞是沒有用！以後我老了不知道能靠誰養？」

林母吃力地移動著圓滾滾的身軀，將自己塞進小小的陪病床裡，嘴上碎念個不停。

「妳爸爸走了以後，我一個人車養妳大漢，實在是很甘苦，妳爲什麼都聽不進去我講的話？錢也好，男人也好，老了身邊總要有依靠，妳現在也不小了，不要這麼不會想。妳看，像妳現在住院，還有我能來照顧妳，要是我走了，妳以後要怎麼辦？」

她望著母親不太流暢的動作與日漸衰老的身影，心裡的感受很複雜，好像有點內疚，有點心疼，又有點生氣。

她知道媽媽眞的很辛苦，也並不是不愛她，只是嘴上不饒人，但是，她就是不知道該如何不把這些傷人的話聽進心裡。

這個很憨慢的林喜樂，連她自己都不太喜歡。

她蒙住頭，耳裡聆聽著一句又一句的埋怨與指責，在棉被上印出一圈圈無聲的淚漬。

✻

一圈圈的線條暈染蔓延，顯影在她的檢查報告上。

「林小姐，我們確認過妳的報告和病史，包含之前妳在神經醫學科的病歷，都沒有察覺到任何不對勁，妳的片子看起來很健康。」隔日下午，主治醫師走到她的病床旁，關切地詢問。
「妳失憶的狀況，最近還有再犯嗎？」
「沒有。」林喜樂搖頭，假裝沒看見母親聽見「失憶」兩個字時，瞪大的雙眼。
主治醫師點點頭，再問：「如果是這樣的話，有可能是心理上的病因，妳在精神科那邊的診療還順利嗎？」
「還可以。」她輕應，再度忽視母親聽見「精神科」時，險些掉下來的下巴。
「那好，因爲目前並沒有能夠積極治療的部分，這邊就先幫妳安排出院，之後再請妳到精神科做追蹤，需要先請護理師幫妳掛號嗎？」
「不用。」當然不用，假如傅然沒有騙她，她現在已經能夠肯定她沒有病了。
「夭壽哦，林喜樂，醫生說妳失憶跟看精神科是怎樣？妳怎麼都沒跟我講？」主治醫師走了之後，林母急匆匆地問。
「沒什麼啦！」
「沒什麼的話妳怎麼會昏倒？爲什麼要看蝦密精神科？妳給我騙！妳是要把我氣死是不是？」林母越問越急。
「媽，眞的沒有啦！我只是不太記得前陣子的事情。」她四兩撥千斤。
「蝦密叫做不太記得？」
「就是不太記得啊！陪妳和親戚去吃飯，出錢讓妳去進香那些，我都不記得了。」她當然沒有傻到向媽媽解釋來龍去脈。

「啊妳身體眞的沒有怎樣？」

「眞的沒有，妳剛剛也聽醫生說了呀！已經可以出院了，沒事。」

「沒事怎麼會忘記？奇怪！」林母半信半疑看著她。「難怪咧，我說妳前陣子怎麼突然變得那麼乖，還以爲妳轉性了，結果妳都忘光光了！」

「對不起哦，我就是沒用，不是之前那個很乖的女兒。」她沒好氣。

「妳在講什麼傻話？」林母重重拍了她手背一下。「什麼哪個女兒？我女兒就只有妳這個，妳沒聽過『瘌痢頭兒子是自己的好』哦？」

「妳什麼時候有覺得我好了？」她很想這麼問，但想起媽媽蜷縮在陪病床上，整夜翻來覆去、睡不安穩的模樣，只得默默把話嚥回去。

「好啦！我來去辦出院手續，妳先把東西收一收，不要假鬼假怪啦！」林母拿著批價單，忍不住又開始叨念。「看什麼精神科，現在人就是愛胡思亂想，才會憂鬱症這麼多啦！我眞是歹命哦！」

她望著母親碎碎念的背影，臉色瞬間黯淡下來，眼神中卻流露出一股堅定。

是啊，媽媽說的沒錯，癩痢頭兒子是自己的好，林喜樂只有她一個。

無論好壞，都只有她這一個。

沒有人能取代，沒有人能亂扔她的東西，亂花她的錢，甚至胡亂幫她交男朋友。

她拿起手機，若有所思望著她昨天沒能撥通的那組電話號碼。

如今她需要做的事，就是聯絡那位辜亮亮。

11

光可鑑人的陽碩會議室裡，負責尾牙採買的同事將一疊簽核過後的報價單，放在傅然前方的桌面上。

「傅總監，等等要用的資料我放在這裡哦！」

「好。」傅然接過文件，輕輕頷首，筆挺的西裝悄悄裹藏著他的不安。

眸光瞥向坐在會議室裡最邊緣角落的林喜樂，傅然緊張地抿了口茶。

茶是林喜樂泡的，佐以她甜美疏離的微笑，以及一句禮貌不帶感情的「主委，請慢用」。

除此之外，沒有一句多餘的話，甚至沒有投來一記目光，連著幾日都不接他電話。

即使在公司遇見了，彼此間的互動也總是如同普通同事般，不，甚至比一般同事還要來得更爲疏離。

難道一切都回到原點了嗎？

傅然捏了捏眉心，心裡空蕩蕩的。

福委會委員們陸續入坐，而他左手邊空了兩張座位，是留給今日即將加入會議的展虹活動公司的位置，名牌上寫著令他頭痛的「辜亮亮」。

早知道不要聽信那妖孽所說的話……看看他把自己搞成什麼樣子？

他們三人即將在會議上碰面，他該如何是好？樂樂會原諒他嗎？他倆能重修舊好嗎？

傅然握緊茶杯，眉心皺褶擰得更深了，喝茶的同時又淺淺嘆了口氣。

早知道剛剛應該在他的茶裡加幾滴墨水的！林喜樂偷偷看著傅然，有些惋惜地想，又趕緊將目光從他臉上移開，唯恐和他對上視線。

即將與辜亮亮碰面這件事令她好不安，說不清內心的感受是什麼，桌面下的雙腿動了動，換個姿勢交疊。

那天，從電話裡傳來的女聲無比輕快，一聽見是她，甚至高興地嚷了起來──

「林喜樂？我是辜亮亮，妳可以喊我亮亮。」

「傅然說妳昏倒了，妳的身體還行嗎？」

「妳的帳號是我登入的，不是被駭，別擔心！妳名下多了輛車，是我買的。」

「我把汽車買賣過户需要準備的資料傳給妳，妳把車賣回來給我，我們找時間一起去辦，妳公司的車位可以退掉了。」

「妳帳户裡的錢我挪去轉存和投資了，我拉個表給妳看。過兩天我們要在陽碩開會對吧？妳記得帶證件，會議後留時間給我，我當面和妳說比較清楚。」

「不要生傅然的氣，他眞的很喜歡妳，這段時間我都快被他煩死了！我一定要告訴妳他到底有多煩！妳快把身體養好，我們到時候見嘍！」

這位辜亮亮自顧自說完，單方面愉快收線，就連斷線音聽起來都無比雀躍。

什麼嘛！誰要喊她亮亮？裝什麼熟啊？

花光她的錢，亂扔她的東西，胡搞瞎搞她的人生，還說得彷彿她才是外人一樣。

明明傅然喜歡的是林喜樂，是她本人！憑什麼這位冒牌貨卻表現得一副和傅然更熟、更親近的模樣？

林喜樂低垂著臉，臉色忽明忽暗，一顆心七上八下。

一連串高跟鞋躂躂躂的腳步聲從走廊那端往會議室踩來，人沒到，聲音先來了。

「亮姊，妳走慢一點，等我啦！」

兩個女生一前一後走入會議室，後面那位看起來比較年輕的女生氣喘吁吁，顯然已經在後頭追了一陣子。

爲首的女性則穿著一身紅色飄逸的碎花雪紡洋裝，燈籠袖與蝴蝶結的設計令她更添柔美與氣勢，腳上踩著的深紅色高跟鞋與酒紅色的公事包在她身上拉出了不同的紅色層次感，整個人明豔得像團燒進會議室裡來的火。

「不要拉我頭髮啦！萬一假髮掉了怎麼辦？」妝容和衣著同樣高調的女人轉過身，一把拍掉後輩的手。

一百七十五公分的身高，眼型長、眼距寬、單眼皮、骨相明顯但線條流暢的臉型，再加上飽滿厚實的唇型，儼然就是時尚界近年來最愛的厭世高級臉，充滿名模高冷的氣場。

假髮是怎麼回事？誰戴假髮這麼大聲嚷嚷？正常人會想遮掩一下的吧？

會議室裡的人全都愣住，同時看向同一個方向，被看的辜亮亮渾然不在意，所謂的名模氣場一開口便蕩然無存，嘻嘻哈哈地撥了撥劉海和馬尾。

「怎麼？今天這頂假髮不賴吧？雖然手術後的頭髮長出來了，但是不夠長，我不喜歡……」她向後輩抱怨完，眼神滴溜轉了轉，很快就發現了最前方的傅然，喜孜孜地跑到他身邊去，重重拍了下他的肩。

「嗨，傅然！好久不見！」完全沒顧及周圍那些「原來她和傅總監認識啊」的竊竊私語，辜亮亮興高采烈地指著自己浪漫蓬鬆的單邊斜辮假髮，問：「好看嗎？」

「不好看。」傅然面無表情。

原來妖孽長得眞的很妖孽，性格也始終如一的妖孽。

誰管她眞髮還假髮？他只覺得頭更痛了。

然而妖孽還沒結束興風作浪，眼神再度精確無比地落在角落的林喜樂身上，高跟鞋一路雀躍地踩過去。

「嗨！林喜樂！」辜亮亮停在林喜樂面前，興致盎然地將她從頭看到腳。「呵呵！妳眞的長這樣，好有趣！」

有趣個鬼！

林喜樂連睫毛也沒抬，伸手往傅然身旁的空位一指。「妳的座位在那裡。」

傅然背後突然涼了一下，辜亮亮看看眼前的林喜樂，再回頭看看傅然，聳了聳肩。

「開完會再聊嘍！」她敲了敲林喜樂的桌面當再見，紅色火焰瀟灑地颾回自己的座位，揚起一陣其實並不惹人厭的香風。

林喜樂盯著她風情萬種的步伐皺眉頭，看著她在傅然身旁落坐，心頭那股悶堵的感受堵得更加不舒坦。如果可以的話，她就連開會也不想見到辜亮亮，聊什麼聊！

「好，人都到了，我們就開始了。」傅然收整好桌面上的資料，輕拍了下手，集中大家的注意力。

「我來介紹一下，這兩位是展虹活動公司的辜亮亮和李心儀，今年的尾牙活動由她們負責。大家對尾牙流程安排有什麼問題或想法，都歡迎在會議上提出來。」

「大家好，我是展虹活動的策劃，辜亮亮。」辜亮亮傾身對著桌上的麥克風說話，會議室裡響起稀稀落落的掌聲。

「關於貴公司這次的尾牙流程及分工……」她指著投影布幕上的流程表，對於底下沒人聽她講話這件事毫不意外。

今天的會議安排在下班後，每個人要麼不是趕著吃晚餐，要麼趕著回家，再加上福委會又不支薪，完全令人提不起勁。

同事們打瞌睡的打瞌睡，心不在焉的心不在焉，林喜樂望著眼前景象，既想幸災樂禍，又於心不忍，默默在心裡爲辜亮亮捏了把冷汗。

就算是面對這種情況，即使是這三個月來能一手搞定大小事的辜亮亮也無力回天吧？

嘎嘰——麥克風突然發出尖銳刺耳的高頻噪音。

「哇！」

「是怎樣？」打瞌睡的撞到桌角，神遊太虛的搗起耳朵，每個人都被嚇到了，視線紛紛投向同一個方向。

「醒了嗎？」辜亮亮環顧著每雙瞪著她的眼睛，對著麥克風輕靈地笑了起來。「既然大家都醒了，我們就抓緊時間，趕快把這件事結束，相信大家都想趕快回家吧？」

投影布幕上的表格迅速切換，她三兩下就切入重點，乾淨俐落。「我知道大家尾牙都不想表演，所以，節目的部分根據預算考量，一共安排了三種方案，需要協助的部分有——」

清晰、明快、果斷，還時不時穿插笑點，整間會議室裡熱鬧得不得了，剛才的死氣沉沉與意興闌珊彷彿是場夢。

林喜樂直勾勾地望著辜亮亮的長袖善舞，突然覺得自己很可笑，她為辜亮亮捏的冷汗只是杞人憂天。辜亮亮和傅然是同一種人，天生就是眾人的目光焦點，很會看人臉色，很容易和大家打成一片，很懂得掌握氣氛，從來不會遇上阻礙，起死回生簡直易如反掌。

至於她呢？

她……

她就是個角落的小透明。

就算曾經有人替她當過三個月的女主角，仍然沒辦法坐穩這個位置。

正在胡思亂想，眼角餘光感受到一股熱烈的視線，她眸光略移，恰好和持續凝注著她的傅然四目相對。

想什麼呢？

她趕緊低下頭來，假裝沒看見傅然極度膠著的目光。

等到會議結束，不論是傅然，不論是辜亮亮，又或是她，林喜樂，就讓一切都回到三個月前的狀態吧。

她從來就不想當什麼女主角。

✱

福委會議結束後，寬敞的會議室裡僅餘辜亮亮、傅然及林喜樂三人，其餘的人早已經全數離開。

「所以啊，我就把妳的存款一部分挪到這裡來，一部分拿去投資，這幾個月的投資報酬率還有分潤在這裡——」

辜亮亮的聲音迴蕩在空曠的會議室裡，林喜樂面前堆放著各式各樣的文件，空氣中隱約有著尷尬的回聲。

「汽車過戶文件妳有帶來吧？我算過了，車貸、稅、保險，加上手續費，我應該先轉存這些金額給妳。」

辜亮亮對空氣中的尷尬渾然不覺，逕自按著計算機，眼神專注。

三人各有所思，絲毫沒發現會議室門板被悄悄拉開一條縫，門外的人聚精會神傾聽著裡頭的一舉一動。

「這些事情就這樣處理，妳沒意見？」

林喜樂安靜地搖搖頭。

傅然神情忐忑地注視著林喜樂，脊背緊繃，四肢僵硬，總覺得有股說不出的不對勁。而林喜樂只是低頭看著那些文件，似乎什麼都聽進去了，又似乎什麼也沒有。

「林喜樂？」辜亮亮在她眼前揮了揮。

「我在聽。」

「那就這樣了，妳有沒有問題？」

「沒有。」林喜樂再度搖頭。

「好，正事解決了，我們來說點別的。」辜亮亮撩了撩頭髮，躺進椅背裡。「抱歉，那天傅簡訊給妳，卻把妳嚇昏了，妳的身體還行吧？」

「我很好，已經沒事了。」林喜樂終於抬起眼來直視她。她覺得辜亮亮整個人都散發出一種強大的氛圍，無論問話、氣勢，都能讓周遭的人相形渺小。

「那伯母呢？伯母還好嗎？還有二姑媽、三表姊，她們應該沒發現什麼異狀？」

「沒有。」

「對了，我送了套書給江姊她女兒，江姊或許有跟妳提？我告訴妳，江姊其實很看重妳，很想把妳調去比較有前景的部門。妳要做好向上管理，多順著江姊，不然空有工作能力也沒用，難道眞打算當一輩子總機？總機這工作頂多只能拿來當跳板，用來開拓人脈。」

辜亮亮喝了口水，欲罷不能，很想把這三個月來的心得傾囊相授。

「妳與其花時間陪呂孟潔，不如跟其他人打好關係，他們對妳的未來才有幫助。呂孟潔就算了，她一直在背後講妳壞話，妳離她遠點。」

望著林喜樂一臉似懂非懂，辜亮亮強調。「我親耳聽見的，妳別不信。」

「樂樂她自己有分寸，她能決定她想要什麼樣的生活，妳不用替她出主意。」傅然出言打斷辜亮亮，總覺得再繼續放任辜亮亮說下去，對林喜樂並不好。

從一踏入會議室開始，林喜樂的臉色就沒好過，如今又更加蒼白了，看在他眼裡只有說不出的心疼。

「她要是有分寸，還會把自己搞得不上不下，當這麼多年總機？我這不是在爲她抱不平？」辜亮亮十分不服氣，她又沒有說錯。

還來啊？傅然再度制止辜亮亮，轉移話題。「與其說這個，妳不如仔細回想到底奪舍是怎麼發生的，又是怎麼解決的，我們討論一下，看以後要怎樣才能避免發生同樣的狀況。」

「我已經說過了，我那天開車，在後照鏡裡看見一道刺眼的光，然後不知道怎麼回事，起床就莫名其妙變成林喜樂。」辜亮亮不耐煩地瞪了傅然一眼，眞搞不懂爲什麼傅然要問這麼多遍。不過，關於最後是怎麼把身體交換回來的這件事，她並不想主動提起。說了，好像顯得她很無助，萬一林喜樂因此覺得虧欠她，那就不好了。

由於這種難以啓齒的微妙心態作祟，辜亮亮話鋒一轉，又將話題兜回來。「還有，我知道伯母很愛碎念，有時講話夾槍帶棒，讓人聽了心頭有刺。但是，伯母她只有妳這個女兒，妳就把她當作別人的媽媽，沒事多哄哄她，讓她少操點心，何必和她硬碰硬？」

林喜樂垂下眼，方才和辜亮亮交集的視線又別開了。

「再說，伯母說的那些也沒錯，當媽的就是希望孩子出人頭地、有個好歸宿。妳不爲自己著想，也得爲她著想，難道妳忍心讓她晚景淒涼？」

母親蜷縮在陪病床上的畫面陡然躍入腦海，她肩膀一縮，在桌面下交握起顫抖的雙手，覺得自己比剛才更渺小了。

是，他們說的都對，一切都是她不會想。

辜亮亮說的話和那些母親說過的、江姊說過的、呂孟潔說過的，全都攪和在一起，在她腦海裡嗡嗡嗡轉個不停。

「林喜樂，我都不敢跟人家說妳是在當總機小姐，說出去多丟臉！」

「林喜樂，我每年都想升妳，爲什麼妳打考績前就要掉鍊子？妳故意的是不是？」

「喜樂，我們一直當總機能當到什麼時候？有四十歲的總機嗎？」

林喜樂、林喜樂……

林喜樂，妳眞的這麼惹人嫌嗎？

爲什麼？她有哪裡做得不夠好？

她的心很小，沒什麼大願望，只想安安穩穩的過日子，不需要功成名就，不需要飛黃騰達。爲什麼她想要的只是這樣而已，全世界的人卻都覺得她錯了？

她低頭看著自己的手，桌面下的手被她握得死緊，指關節捏到泛白。

「再來，說到終身大事，妳也老大不小了，看看妳眼前這個好男人，雖然是株含羞草，但應該還堪用，妳就積極進取一回，收了他？」辜亮亮輕快地笑了起來，推了推傅然手肘。

「妳在胡說八道什麼？別鬧。」傅然沒好氣。

「誰在鬧？」辜亮亮看起來更愉快了。

然而無論是她的笑容，或是與傅然親近、自然的輕鬆互動，看在林喜樂眼裡，都只覺得分外刺眼。她垂下頸項，目光停留在被她捏得發疼的手指上，有句小小聲的對白悄悄溜出來，飄散在空氣裡，轉瞬就聽不清。

「林喜樂，妳有說話嗎？」辜亮亮歪頭看著她，唇邊還勾著與傅然聊天時的笑弧。

傅然同時轉頭看著林喜樂，小心翼翼的、擔心的、忐忑的、同情的……

他一直這樣五味雜陳且膽戰心驚地看著她，就像那些試圖想控制她的人一樣。

為什麼每個人都想擺弄她的人生，拚命對她說三道四？她突然感到無比厭煩，一切都煩透了！每個人都煩透了！

「妳說夠了沒？」林喜樂猛然站起身來，將桌面的文件全都掃到地上去。不滿的情緒累積到極限，再不說出口，她就要崩潰了！

「妳少在這邊大放厥詞，自以為人生大道理，妳以為這些事情難道我不懂嗎？」她怒視辜亮亮，朝她步步走近，越說越大聲。

「王總喜歡重烘焙過的咖啡豆，股東會議要泡臺灣熟茶，秘書室喜歡養生茶，董事來的時候要確保停車場C區有十五個車位是空的，松傳媒來時要搭五號電梯，公關部喜歡用三號會議室，江姊最寵小孩，要拿下她一定先討好她女兒……我之所以不做是因爲我不想，並不是因爲我不會！」

她突然爆發的情緒令辜亮亮和傅然同時嚇住，目瞪口呆。

她受夠了！他媽的受夠了！

「什麼用總機當跳板，什麼開拓人脈，什麼更好的願景，妳以爲不往上爬就是自甘墮落嗎？我告訴妳，這個社會多的是像我這種人，喜歡微小的工作，喜歡平凡的生活，喜歡當個小人物，喜歡躲在人群裡，不喜歡交際應酬，不喜歡迎合別人，只求生活簡單舒心，妳以爲這就叫做不積極進取？

「要是每個人都跟妳一樣，拚了命地想出人頭地，這些妳瞧不起的工作誰要做？不都是我們這樣謹小慎微，戰戰兢兢，刻苦耐勞過日子的人在做嗎？不都是因爲有安守本分的我們，所以才能支撐著你們放手去實現你們所謂的遠大抱負和崇高理想嗎？」

「林喜樂，我不是這個意思——」

「不然呢？不然妳是什麼意思？我才不想管妳究竟是什麼意思！」林喜樂氣急敗壞地大吼，什麼都不想管，什麼都不想聽了。

這些年來，她聽得還不夠多嗎？

永遠都是她在聽別人說話，誰來聽她說話？什麼時候輪到她說話？他們之中又有誰在意過她想說什麼嗎？

「妳以為我不知道孟潔偶爾會說我小話？我知道，我怎麼不知道？但那又怎樣？除此之外，她還有很多優點，大多時間也對我很好，難道因為這樣，我就要全盤否認她這個人嗎？她還是有很多值得我喜歡的地方，我是因為喜歡她，所以才選擇包容她，並不是因為我粗神經！妳根本就什麼都不懂！」

辜亮亮和傅然同時一愣，原來林喜樂心中清明雪亮。然而他們都不曉得，而此刻會議室外的竊聽者也不曉得。

「誰不會偶爾忌妒別人？誰不會偶爾見不得人家好？妳在ＩＧ上寫著開始新人生，不就是因為害怕回到原本的身體會死掉，所以才決定用我的身體生活嗎？妳有妳軟弱的地方，我也有，每個人都有！不要因為妳自己不怕，就覺得沒什麼好怕，每個人都有自己的地獄！痛苦從來不是比較級，沒什麼好比！」

她越說越憤怒，越猜測越委屈。

對她而言，辜亮亮就是一個竊取她身體、偷走她生活，甚至沾沾自喜地來向她炫耀「看！我就是做得比妳好」的王八蛋、壞小偷！

她憑什麼教訓她？憑什麼教她應對進退？憑什麼教導她該有什麼樣子？

「我才不要活成妳希望的樣子！我才不要像妳！我就是我而已，就算妳認為我再渣再廢，我永遠都是這個林喜樂，永遠不會變成妳，也永遠不想當妳！別妄想對我的人生指手畫腳！」又氣又急，再繼續說下去，眼淚就要掉下來了。

她不要再理他們了！

林喜樂胡亂抹了把臉，匆匆將自己的東西扔進背包，旋足便往會議室門口衝。

「樂樂！」傅然起身要追。

「不要跟過來！不准跟過來！」林喜樂聽見背後的腳步聲，轉頭惡狠狠地瞪向他。「還有你！你也很討厭！你喜歡我爲什麼不光明正大來追？爲什麼要找別人拿主意？還和別人一起騙我？到底誰才是你喜歡的女人啊？莫名其妙！」眼淚不由自主地掉下來，她背包一甩，頭也不回地跑了。

傅然急著想追出去，卻因爲被林喜樂喝止而不敢動，不知道她是在說氣話，還是追上去會更惹她討厭，一時不知所措。

辜亮亮簡直快被傅然氣死了。

「傻站著做什麼？快去追啊！烈女怕纏郎沒聽過？跪也去跪把林喜樂跪回來，你聽不出來她在吃醋？想憑實力單身？」

「但是妳……」傅然顯然沒消化到吃醋這個重點。

「我知道，她誤會我了，但我才不介意被當作壞心女配！快去！」辜亮亮往傅然背上重重一拍，笑得明媚。

「樂樂！」傅然旋即往外衝。偌大的會議室轉眼只剩下辜亮亮一人，運轉的空調聲彷彿在嘲笑她似的。

「騙誰？誰會不介意被當成壞心女配？」辜亮亮自嘲地苦笑，高跟鞋忿忿踹了下桌腳。

「誰害怕回原本的身體會死掉，就眞的回不去啊！」

「樂樂！」傅然提步追出去，林喜樂聞聲衝得更快，砰！一個不注意，便撞倒了一直躲在會議室外偷聽，來不及逃跑的呂孟潔。

咚咚咚——呂孟潔被撞倒在地，口袋裡的東西猝不及防掉出來，滾落到傅然面前。

「孟潔？」林喜樂跌坐在地上，不可置信地看著臉上妝都已經花了、顯然剛哭過的呂孟潔。

「這是妳的？」傅然撿起呂孟潔掉落的東西。

「怎麼回事？」聽見碰撞聲的辜亮亮從會議室裡走出來。

「喜樂，我……」呂孟潔哇的一聲哭了出來。「對不起，你們聽我說，傅總監、喜樂，這一切全是我的錯——」

✲

「*All Day OPEN*」的手寫掛牌在綠色門板上撞擊出清脆聲響，白色圍牆邊的植栽晃動著鮮綠飽滿的葉片。

落地窗旁的四人桌坐著三女一男，青春嬌俏的女服務生一邊俐落地爲大家點餐，一邊輕快地問：「請問兩位小姐的沙拉要用什麼醬呢？」

「千島醬。」

「油醋醬。」

辜亮亮與林喜樂同時開口，兩人對望一眼，有點尷尬地把視線別開。

「好的。請問附餐飲料要先上嗎？」

「要。」兩個女生再度同時回話，又再度尷尬地調整了下坐姿。

「好的。」女服務生俐落地結束點單，捕捉到席間微妙的氣氛，離去前深深看了傅然一眼。

那眼神是怎樣？難道以爲他腳踏多條船東窗事發嗎？傅然覺得頭很痛。

但是，望向身旁的林喜樂與面前的辜亮亮，他發現這點頭痛根本算不了什麼，肝心腎肺都在痛。

呂孟潔環視三人，痛哭過的眼睛和鼻頭紅紅的，神情彆扭，夾雜些許猶疑。

「呂孟潔，妳找我們來，到底想講什麼？」辜亮亮雙臂一盤，睥睨地瞪著呂孟潔。她本來就不喜歡呂孟潔，口氣當然不好。

呂孟潔聞言，臉色更加難看了。

「不要這樣，妳讓她慢慢說。」傅然快把辜亮亮瞪穿了。

看呂孟潔這副委屈且狼狽的模樣，林喜樂縱然對會議室裡的爭執無法釋懷，仍出言打圓場。「來，我來介紹一下。孟潔，這位是辜亮亮，我們今年尾牙的窗口。」

「我知道。」呂孟潔木然地點頭，深吸一口氣，冷不防拋出震撼彈。「我不只知道這些，我還知道……妳是前三個月的喜樂對不對？」

辜亮亮、林喜樂與傅然三人同時愣在當場。

怎麼回事？

呂孟潔懷抱著相當的愧疚與覺悟，從口袋中拿出這陣子每天總要望上一百遍的東西，剛剛被傳然撿回來的東西。

「我想，我比你們更清楚這陣子發生了什麼事。」

一枚玻璃彈珠似的球形水晶被呂孟潔放在桌上，球體裡泛著絲絲如髮般的血紅色紋路，折射著窗外的陽光。

碎光浮動在呂孟潔臉上，將她的神情分割成零星的碎片，縹緲地浮游至數月前……

12

「這是『魂玉』。」

那天，當她拿著林喜樂的照片訴說不為人知的心願時，那個端坐在她面前，以斗篷遮住了頭臉，瞧不清面容的男人，悄無聲息地將這顆圓潤的珠子放到桌上。

不到三坪大小的占卜屋裡，四周交錯著深紫色、黑色的帷幔，逼仄的空間裡僅有一張小方桌、兩張板凳，完全沒有能容納第三人的位置。

「什麼意思？『魂玉』？這是做什麼用的？」呂孟潔眨著眼睛，不明所以地向男人發問。

單調的空間裡繚繞著不知從何而生的暗香，若有似無地竄入鼻間，騷動著肌膚上每個毛細孔，令人有點昏昏欲睡，又有股莫名的緊張。

「做什麼用？當然是實現妳的願望用的。」占卜師沉穩的聲嗓中帶著幽微笑意，食指點了點呂孟潔擺放在桌上的照片──照片中的林喜樂拿著某位繪師的簽名板，笑得分外燦爛。

「你是說……我真的能當她？」呂孟潔懷疑地問。

「只要是妳的心願。」

「也就是說……什麼心願都可以？真的嗎？沒有騙我？」呂孟潔怔怔望著眼前看似平凡無奇的玻璃珠，不可置信。

「是，只要妳是有緣人。」

「我怎麼知道我是不是有緣人？」

男人笑而不答，遮住雙眼的斗篷之下僅露出勾著笑弧的嘴。

「那……我要怎麼做？」

「時候到了，妳自然就會知道。回家後好好睡一覺吧！」男人依舊神神祕祕的。

「不能說得清楚一點嗎？具體要怎麼做？總不是拿著這個玻璃珠睡覺就好了吧？」呂孟潔追問。

「呂小姐，時間已經到了。妳可以帶著魂玉離開了。不過，請妳當心，願望太多的話，魂玉是無法負荷的。」男人伸手比向門外，做了個「請」的手勢。

「什麼？」呂孟潔瞄了眼手機上的時間，驚覺預約時講定的五分鐘確實已經過去，不死心地爭取。「欸！不是這樣算的吧？什麼都沒說清楚呀！而且我錢都已經付了，你這樣不對吧？詐騙啊！」

「買賣本來就是你情我願，妳已經得到妳需要的了。」男人口吻始終如一，毫無波瀾，且微帶笑意。

叩叩——門外傳來敲門聲，顯然是下一位占卜者來了。

「呂小姐，請慢走。」男人不鹹不淡地提醒。

「什麼嘛！哼！」呂孟潔將魂玉塞進口袋，氣呼呼地站起身來，掉頭就走，和下一位進門的女生擦身而過。

算了，就當作被騙好了！反正這些宮啊廟啊殿啊占卜啊還不就是這麼一回事？她之所以樂此不疲，除了對神祕學有興趣，也因爲對未來感到很迷茫，想四處尋求慰藉罷了。

不過……這魂玉還眞漂亮。

呂孟潔仔細端詳魂玉，越看越覺得它不只是玻璃珠而已——質感溫潤、通透細緻、隱隱閃爍著光芒，似乎眞有幾分玄妙的氣息，也不知道是不是她的心理作用？

占卜費隨喜，她只隨便投了兩百元而已，就當作是買一顆漂亮的裝飾品也好。不如等等回去時，買個漂亮的東西來鋪墊，放在桌上當擺設，討個好彩頭。

轉念之後，呂孟潔心情好了起來，走向在外頭等她的林喜樂，喜孜孜地想把魂玉拿給林喜樂看。

「喜樂。」她向林喜樂揮手。

「咦？妳怎麼這麼快？」林喜樂翩然轉身，甩了甩折傘上的水珠。

「剛下過雨？」呂孟潔看著她的傘，再看看地上的水窪。「好像還挺大的？」

「對啊，妳進去後就下雨了，我站在騎樓還被噴到，這才拿出折傘來擋一下。夏天就是這樣，午後雷陣雨嘛！妳看，彩虹都出來了。」林喜樂手指著前方的彩虹。

大雨過後的陽光總是特別明媚，絢麗的彩虹在蔚藍天空中展開了一道優美的長弧。

「眞的耶，好漂亮哦！」呂孟潔順著她手指的方向望去，非常開心，覺得魂玉果眞能帶來好運。

「怎麼樣？占卜還順利嗎？」林喜樂問。

「哈哈！大概又是個神棍吧！」呂孟潔自嘲，拉著林喜樂往前走。「妳陪我去買東西好不好？妳看，那人給了我這個——」

「什麼？」林喜樂湊過去看。

叭——後方突地傳來轎車駛過水窪的聲音與喇叭聲，兩人同時靠向騎樓內側。

林喜樂還來不及看清呂孟潔手中的東西是什麼，魂玉不知是因折射到日光或是車燈，猛地迸裂出錯綜發散的奪目光芒，蛛網狀的紅光如驚天落雷劈進她視野，令她本能地瞇起雙眼。

一道馳騁而去的紅色車影呼嘯而過。

嘰咿——砰——

就在她瞇起眼來的這零點零幾秒之間，剎車聲、碰撞聲、行人尖叫聲紛沓而至。

「車禍！整部撞上去了啦！」

「天啊！車子都變形了！是酒駕嗎？」

「駕駛還活著嗎？會不會火燒車啊？」

「快叫救護車！」

林喜樂耳邊一片嘈嚷，亂哄哄的，不知爲何頭昏腦脹，眼前好像還浮動著那奇詭紅光，放射性地往四周發散，蔓延她視野。

她眨了眨眼睛，搖晃了下腦袋。

「車禍耶！」呂孟潔率先回過神來，將魂玉塞進口袋裡，已經忘了原本要找林喜樂去買鋪墊這件事。

「對啊，真糟糕……」林喜樂四處張望，看到熱心的路人已經拿起手機。「好像已經有人報案了的樣子。」

「那我們走吧！不要擋在這邊湊熱鬧。」呂孟潔拉著她就走，邊走還邊碎念。「好晦氣，我們趕快回家吧！」

「好。」林喜樂點點頭，離去前不禁回頭望了望那變形的紅色轎車，總覺得心跳得很快，似乎有那裡不對勁，眼前依稀還有著紅色的線狀殘影。

✻

「然後？這跟這幾個月發生的事情有什麼關係？又跟這彈珠有什麼關係？」聽完呂孟潔說的話後，辜亮亮早已經用完餐了，滿臉莫名其妙。

「就是啊！」林喜樂也狐疑地看著桌上的魂玉，忍不住吐槽。「魂玉？什麼啊？是《犬夜叉》看太多還是《陰陽師》玩太多啊？這兩樣都已經是時代的眼淚了。」

「占卜師說這東西能實現心願？」傅然擰眉，總覺得他好像即將拼湊出什麼……之前總覺得不對勁的、疏漏的……

「對。」呂孟潔不自覺吞嚥口水，非常不安。

她明明是做好要坦承一切的覺悟來的，然而此時，她卻又無比希望，沒人發現她避重就輕的細節……

傅然手指一下下敲打著桌面，片刻之後，終於串聯起某種關聯。

三天假期過得眞快，一下就沒了……如果可以的話，眞想過過看別人的人生……

連假怎麼這麼快就過完了？我連覺都還沒睡夠呢！要是可以好好睡三個月就好了……

「因爲魂玉實現了樂樂和辜亮亮的心願，所以她們才交換了？」傅然推測。

「這結論是怎麼來的？」辜亮亮皺起眉頭，方才還顯得百無聊賴的神情瞬間警醒。「你可不可以說中文？爲什麼實現心願我們就會交換？更何況我並沒許願。」

林喜樂也一頭霧水地盯著傅然。

「妳不是說車禍前，妳正在胡思亂想嗎？說想過看看別人的人生，至少下輩子也投胎當個大……咳！」傅然臉色可疑地變深，清了清喉嚨，不說了。

「大什麼？」林喜樂和呂孟潔異口同聲。

「大胸部。」含羞草就是含羞草，這有什麼好不能講的？辜亮亮想也不想地回。

「呃？」林喜樂一愣，除了傅然以外的其他人不約而同瞥向她胸前。

林喜樂臉一紅，立刻抱起外套護住胸部，狠瞪辜亮亮和呂孟潔。「看什麼看啊？」

「好，姑且把我的胡思亂想當作心願好了，那路上很『胸』的女生也不少，爲什麼偏偏挑中林喜樂？」辜亮亮還是覺得很奇怪。

「或許是因爲樂樂同時許了願？」傅然只能盡可能推測，完全無法肯定。

「妳也許了願？許什麼？」由於太想弄懂，辜亮亮已經將那分和林喜樂爭吵過後的尷尬拋諸腦後。

「也不是許願啦！就是胡思亂想……」林喜樂很恥。「我就是在想，三天連假過好快，如果可以睡三個月就好了。」

「這什麼願望？」辜亮亮白眼。

「妳的願望又好到哪裡去啊？五十步笑百步！」林喜樂白眼回去。

辜亮亮差點嘔出一口血。

倘若眞是這樣，那就代表她在醫院壯士斷腕，拔掉維生設備根本是多此一舉，因爲只要三個月一到，林喜樂就會自動清醒。她可是爲此憂鬱惆悵了好久，眞以爲有可能會死耶！

「但是……無論怎麼想都不合理，路人那麼多，每個人都會胡思亂想，總不可能人人的天外一筆都會實現。」

辜亮亮又想咬指甲了，幸好美甲救了她。

「會不會有什麼條件必須滿足？」傅然轉頭問呂孟潔。「那位占卜師還有說些什麼嗎？」

「沒有。」呂孟潔搖頭。「眞的沒有，無論我怎麼問，他都不再說了。只說魂玉能實現有緣人的心願，叫我回家好好睡一覺。」

好好睡一覺就能實現願望？怎麼可能？不管怎麼想，都像騙人的。但若是假的，這段時間發生的事情又要怎麼解釋？

太奇怪了……大家不約而同望向魂玉，沉默的側臉各有所思。

「不對……就算眞是如此，呂孟潔，那妳的心願是什麼？爲什麼魂玉不是實現妳的心願？去找占卜師的明明是妳。」辜亮亮率先想到這件事。

來了！呂孟潔雙手握拳，瞬間驚出冷汗，她最不想面對的問題終於還是出現了。

「我也不知道爲什麼。」她仍然選擇規避。

「妳的願望不能說？」然而辜亮亮眯起眼，並沒打算罷休。

「我……」呂孟潔垂首望著放在膝蓋上的手，聲音小得幾乎聽不見。

「什麼？」辜亮亮湊近聽，有些不耐煩。

「孟潔，妳慢慢說沒關係，還是先喝個水？」林喜樂把水杯遞過去。

林喜樂越貼心，呂孟潔就越內疚。

林喜樂一直對她很好，很溫柔，又很有耐心……是她不好，一切都是因爲她太貪心了。

呂孟潔雙眼閉了又睜，深呼吸了很大一口氣，指甲深深陷進掌心裡。

「我想當妳。」豁出去了！呂孟潔抬起頭來，直視林喜樂的雙眼，破釜沉舟地說。

窗外驀然下起雨來，偌大的落地窗上鋪染著白呵呵的霧氣，綠色植栽上垂掛著搖搖欲墜的晶瑩雨珠。

傾盆而落的雨聲使呂孟潔的話語顯得如此不眞實。

「當我？爲什麼？」林喜樂不可置信地指著自己。

「因爲……」

「妳暗戀傅然？」辜亮亮瞥向傅然的眼神裡彷彿寫著「男人是禍水」。

「不是。」接話的竟然是傅然，他的口吻淡淡的，狹長漂亮的眼微微瞇起，臉上的神色並沒有太大變化。

「你又知道不是？」辜亮亮很有興味。

傅然沉默。他對呂孟潔的討好早有所感，尤其在他當上國際部總監之後——刻意爲之的肢體碰觸、特別放軟的聲嗓、若有似無的撒嬌……

他是個正常的男人，條件不差，口袋不淺，社會地位不低，而且並不笨，對他示好的女同事或客戶並不算少，他當然不至於傻到感覺不出來。

但是，若說那是「暗戀」，他並不認爲是。

頂多，是種對於挑選優秀伴侶的追求罷了，對他的頭銜與社會地位的動心遠比對他本人多很多。

呂孟潔垂下眼，一時無語，林喜樂卻大驚失色。

「什麼？眞的嗎？」林喜樂看看傅然，又看看呂孟潔，不可置信。她明明從來沒聽孟潔提過呀！

「不是！」呂孟潔急著否認，卻不是很有底氣。「也不是不是……」

「到底是還不是？」林喜樂和辜亮亮緊盯著呂孟潔。

「不是，我、哎喲、總之……」呂孟潔第一次覺得說話這麼難，偷偷瞥了眼傅然，又趕緊將目光拉回來。「我就是……其實我就是羨慕喜樂，不對，並沒有『羨慕』這麼美好，正確的說，我是忌妒，忌妒喜樂明明什麼都不上心，卻什麼都有，讓人看了不由自主的生氣。」

「我？什麼都有？我怎麼都不知道？孟潔，妳確定妳眞的是在說我嗎？」林喜樂越聽越一頭霧水。

「是啊，就是妳。」起了個頭，說下去就容易了。呂孟潔一股腦將蓄積已久的情緒宣洩出來。「妳的工作能力不錯，每年的考績都比我好，江姊一直很想升妳，妳明明可以往上爬，可卻總沒當一回事。」

林喜樂聞言有點心虛，頓時不知該說些什麼，辜亮亮點頭如搗蒜，一副「看吧，不是只有我這麼想」的表情。

傅然一邊關注林喜樂的反應，一邊狠瞪辜亮亮，覺得自己在此時此刻這樣的場合裡不只尷尬，還挺忙的。

「總機工作根本沒什麼遠景，若不能轉調或升遷，當然就只能指望釣個金龜婿，走入家庭，起碼有個男人可以依靠。然而妳整天沉迷二次元，對人際關係和男女關係全無興趣，可是，就算妳這樣，傅總監卻老是看著妳……更何況，妳還有陳新這樣優秀的學長，雖然陳新好像對妳沒意思，但好歹是近水樓臺……」

哦，原來是這樣！哈哈！辜亮亮忍不住又用那種「男顏禍水」的目光打量傅然，而林喜樂的頭似乎垂得更低了。

「妳長得可愛，身材又好，就算不認眞打扮、不刻意維持身材，都有菁英高富帥暗戀妳，更何況林媽媽其實對妳很好……妳常常向我抱怨五四三，對我想要的東西不屑一顧，我每次聽妳講，都覺得很不服氣，憑什麼妳明明不想要，卻應有盡有……」

林喜樂深深注視著呂孟潔，向來澄澈的眸光難得顯露出迷惘、自責、生氣等等錯綜複雜的情緒。

她確實會向呂孟潔抱怨那些不會對外人提起的晦暗心思，但那是因爲她將呂孟潔視爲知心好友的緣故。但她怎麼會忘了呢？呂孟潔自小就被生母過繼給人當養女，對生母充滿著無邊美好的想像與憧憬，而她那些對於母親的抱怨，聽在呂孟潔耳裡，會有多刺耳？

呂孟潔對她的評價令她感到不甘，但她其實也並不那麼無愧於心……

林喜樂的臉色忽明忽暗，轉了幾轉。傅然忍不住伸手去握她的手，想給予她支持與力量，她一頓，並沒有拒絕，沉默地任傅然牽著她，心裡亂糟糟的。

然而辜亮亮卻戳破了這凝滯的氣氛。

「得了吧！人生在世講什麼公平？那有人生下來就失明失聰殘障要怎麼算？難道去向老天爺爭公平？」辜亮亮絲毫不客氣。「再說，妳要是這麼討厭喜樂，就別跟她當好朋友，一邊當好朋友，一邊背地裡說壞話算什麼？當雙面人可以積陰德？」

「我知道是我不對，剛剛在會議室，聽到喜樂爲了維護我而說的那些話時，我眞的很難過，也很羞愧……」

呂孟潔看著桌上的魂玉，鼻頭瞬間紅了。

「我很忌妒喜樂，我很想擁有我沒有的那些，我很想當她……是我太卑劣了……如果不是因爲我有這樣的念頭，也許這些事情都不會發生……但是，喜樂，妳相信我，我並不知道事情會搞成這樣，我所謂的想當妳，指的是想要擁有妳擁有的那些，成爲像妳一樣的人，並不是指我眞的以爲會發生靈魂交換、奪舍這種事……」

「忌妒人又怎麼了？」辜亮亮盤胸，冷冷的。「忌妒不就是人之常情？看見別人薪水比我高，胸比我大，長得比我正，我也會忌妒，人活著都已經夠痛苦了，連忌妒都不行，怎麼過日子？誰想當聖母？不要害人就行。假如妳沒在背後說林喜樂壞話，這些根本不是問題。」

呂孟潔一愣，沒想到辜亮亮會這麼說，一時之間不知該如何回應。

「我認同她說的。」林喜樂點頭。「孟潔，我並沒有怪妳，妳別把忌妒我這件事放在心上了啦！這根本沒什麼嘛！」

性格與想法大相逕庭的林喜樂與辜亮亮居然對這件事的看法如此一致？女人眞是難以理解……傅然非常意外。

不過，跟誰忌妒誰這些事情比起來，傅然更關心的是魂玉。

「孟潔，妳爲什麼會認爲這些事情是魂玉造成的？妳的依據是什麼？」傅然實事求是地問。沒辦法，不趕快弄清楚的話，萬一哪天樂樂又變成妖孽怎麼辦？

「因爲，那個占卜師說只要我睡一覺，願望就會實現，但隔天卻什麼也沒發生啊！我本以爲碰上騙子，並沒多想，但喜樂卻變得越來越奇怪，怪得讓我不禁聯想，會不會是有人——除了我以外的人——眞的當了喜樂？」呂孟潔已經在腦中琢磨過許多遍了。

「一開始，發覺喜樂變得有點怪的時侯，我還沒有把這些事情連結起來，根本沒有想到奪舍、靈魂交換，正常人都不會這樣聯想的嘛！我以爲喜樂只是心血來潮，開始想認眞經營職場關係而已，直到後來喜樂跟我吵架，我也以爲她是因爲偷聽到我和占卜師的對話，所以才跟我翻臉……」

「這時的喜樂是我吧？我是因爲聽到妳在茶水間偷罵她，這才跟妳翻臉的，跟占卜屋一點關係也沒有。」辜亮亮不以爲然地說。

「原來如此……」呂孟潔恍然大悟地點頭。「接著，和喜樂撕破臉之後，我雖然有點失落，但也沒往這方面聯想，沒想到過沒多久，喜樂又再次變得怪怪的，而且是和之前完全不同的怪，不只戰戰兢兢的，無時無刻都像驚弓之鳥，甚至跑來對我說，前陣子的她不是她，還去醫院看精神科……」

這就是她回到自己身體後的事情了，眞是慘痛啊！林喜樂被勾起不堪回首的記憶，悲憤得連連點頭。

「我左思右想都覺得不對勁，再加上不久前才去過占卜屋，許過那樣的願望……我仔細回想，喜樂變得奇怪的時候，就是從占卜屋回來的隔天開始的，那不就是占卜師說的『睡了一覺』嗎？而且，不知道是我多心還是怎樣，我總覺得魂玉上的紅色紋路好像也是這時才出現的……我就想，會不會眞的是魂玉發揮了作用？眞的有誰當了喜樂？再後來，我聽見你們在會議室裡的談話，一切都兜上了。」

呂孟潔說完之後，大家都陷入了無解的思考。

「就算這樣推論很像一回事，但畢竟沒有證據，妳有沒有想過要去問問那個占卜師？」傅然問話的同時，林喜樂和辜亮亮兩人都屛氣凝神地看著呂孟潔，很想知道結果。

「有，當然有！發現喜樂去看精神科的隔天，我就立刻跑去那間占卜屋了。」呂孟潔一話不說地點完頭，又喪氣地垂下頭。「但是……那間占卜屋已經變成工地，人去樓空了！我在周圍找過，都沒有看到任何遷移啓示……更詭異的是，我曾經在網路上看過的，關於占卜屋的那些文章，也都憑空消失了，就連我的網路搜尋紀錄也不見了……這眞的太奇怪了！」

「怎麼可能？網路紀錄都消失了？」辛亮亮壓根不相信。

「是眞的。」呂孟潔立刻滑開手機，輸入關鍵字，將搜尋頁面拿給辛亮亮看，尋得筆數全是零。

怎麼可能？這年頭居然有Google搜尋不到的東西？

辛亮亮不死心，拿出自己的手機來搜尋，甚至還換了搜尋引擎及瀏覽器，沒想到結果也是一樣，簡直不可置信。

「也就是說，現在唯一留下來的線索，只有這個魂玉嗎？」林喜樂緊皺著眉頭，總覺得有點恐怖。

「對。」呂孟潔點頭。

林喜樂思考了會兒。「那我們是不是應該要把它丟掉啊？不然，萬一我們哪天又被交換了怎麼辦？」

「這……」呂孟潔顯得很遲疑。

「怎麼可以丟掉？假如眞能實現願望，我們應該來幹票大的。」辛亮亮撩了撩頭髮，喜孜孜的。

「什麼叫幹票大的？妳還學不乖啊？」傅然白眼，眞是夠了。

辜亮亮聳肩。「誰不會覺得可惜？難道你們不會？誰拿到阿拉丁神燈會丟掉？」

四人面面相覷，熱烈的討論瞬間沉默下來，窗外淅瀝瀝的雨聲似乎更大了。

「我還是覺得留著這東西太危險了。」林喜樂堅持。

「在討論該不該留下它之前，我認爲我們應該先弄清楚事情是怎麼發生的，就像我前面提到的，是不是有什麼條件需要滿足？不然不可能從滿街人潮中選中妳們。」傅然鄭重地說。「妳們要不要仔細想想，當時有沒有發生什麼不尋常的事情？」

「唯一的不尋常不就是我出車禍？」辜亮亮回應得很沒好氣，她已經提過好幾次了。「只有我出車禍時看見的那道光不尋常。那天剛下過雨，地很滑，我明明有放慢車速，轉彎時還特別小心，但是，後照鏡裡卻突然有光……」

「超速？」有多年駕駛經驗的傅然本能接話。

「我才不會犯這種低級錯誤。」辜亮亮立刻反駁。「而且，那道光是反在我的後視鏡裡，不是測速照相那種白光——」

「是不是紅色的？蛛網狀的光？」林喜樂立刻接話。

「紅色？」辜亮亮搗著頭，想了想。「我不太確定，我的印象很模糊。」

「樂樂，妳爲什麼這麼問？妳有看過紅色的光？」傅然皺眉。

「對啊！車禍的時候，還有我在大稻埕碼頭昏倒的時候，我好像都看見了紅色的、蛛網狀的光芒，非常亮——」

「喜樂，妳看見的，是不是很像魂玉上這些紅色裂紋？」呂孟潔將魂玉推到林喜樂面前。

她這麼一說，每個人都緊緊盯著魂玉，空氣彷彿被拉緊的弦，氣氛緊繃。

是嗎？好像眞有點像……

應該就是吧？

如果眞的是……難道當那些紅光出現的時候，就能實現願望嗎？

那麼，要怎樣才能防範紅光出現？又或是，要怎樣才能令紅光出現？

「雨停了。」辜亮亮頓時望向窗外。「看！彩虹出來了！」

大家的目光紛紛向落地窗外投去，天空碧藍如洗，高懸著的彩虹豔燦絕倫，枝椏上掛著晶瑩新鮮的雨水。

「那天……好像也是這種天氣。」林喜樂若有所思地喃喃。

「是，我開車時也有看見彩虹，剛下過大雨，地上水窪很多——」

大家同時一愣。

假如眞如傅然所言，有什麼條件需要滿足，那……氣候會不會就是其中之一？

呂孟潔渾身一震，四人都起了同樣的心思，眼光不約而同停留在魂玉上。

「留著魂玉實在太危險了。」千萬別再來一次了！林喜樂連人帶椅往後退。

「不如找個地方銷毀它？」要是樂樂再次換人，他會發瘋的。傅然下意識橫過手臂，擋在林喜樂面前。

「我來保管！」一定要想辦法許個超級大願望！辜亮亮立刻伸手拿魂玉。

「這是我的東西！」別鬧了！她的願望都還沒實現呢！呂孟潔二話不說動手搶。

「上次就是在妳手裡出問題的！」辜亮亮不讓。

「放在妳那就會比較好嗎？」呂孟潔不服，兩人居然開始七手八腳地爭奪了起來。

「妳們別鬧，現在都還只是假設——」傅然制止。

「咦？學長？」林喜樂驀然指向窗外。

猶在吵嚷的辜亮亮與呂孟潔一愣，幾人同時向外看——

不遠處，戴著眼鏡的男子騎著Ubike，沐浴在雨後陽光中，熟悉的臉龐越來越清晰——果眞是陳新。

「陳新！」辜亮亮探頭，朝外揮手。

說時遲那時快，呂孟潔立刻搶回辜亮亮手中的魂玉。

「喂！妳這傢伙！」辜亮亮大吼。

呂孟潔側過身子，怎麼也不肯讓辜亮亮。辜亮亮站起來，呂孟潔跟著站起，牢牢將魂玉護在懷裡。

「妳們別鬧了，這裡是公眾場合。」傅然制止他們。

陳新發現了落地窗內的動靜，行進的速度微微緩下，單手推了推鏡片，注視著窗內。

「不能給妳！」

「還我！」

呂孟潔將魂玉舉高，然而一百七十五公分的辜亮亮更高，辜亮亮探手，呂孟潔握更緊，兩人一陣你爭我奪，窗外的陳新距離更近了。

辜亮亮舉高搶來的魂玉，呂孟潔踮著腳想搶。霎時間，陳新的腳踏車車輪輾過地上的水窪，濺起了水花。

水珠、日光頃刻間折射而來，似乎與魂玉內晃動閃爍著的光起了共鳴，隱隱產生震動。

嗡咿——

窗框喀啦喀啦不斷震搖，玻璃發出刺耳嗡鳴聲響。

「怎麼回事？」辜亮亮嚇一跳，手一滑，魂玉頓時被拋出去。

魂玉內的紅色裂紋越來越大，以奇詭的速度迅速發散，毫不科學地波及至成片落地窗。

「啊！」林喜樂大叫。

「魂玉！」呂孟潔撲過去。

匡噹——窗內桌椅被撞倒了。

砰——窗外的陳新腳踏車打滑，將他整個人甩飛在地。

嘩銀銀——成排落地窗竟然碎了。

在空中劃出半弧的魂玉匯聚窗外與玻璃碎片上的光束，迸散出奪目光芒——蛛網狀的、紅色的，既炫麗又妖魅。

紅光！

「樂樂！」傅然心生不祥，一把抓過林喜樂，將她牢牢按在懷裡。

難道魂玉又將實現誰的心願，又或是，有誰的身體即將交換了嗎？

拜託，樂樂千萬得好好的才行，別再跟任何人交換了！

「哇啊！」辜亮亮摀住耳朵蹲下。

我想遇見一個無論我變成怎樣，都能認出我來的人。

「嚇！」呂孟潔本能往後退。

我想當一個自己喜歡的人。

尖叫聲、碰撞聲不絕於耳，客人們落荒而逃，紛紛閃避，空氣中全是懸浮的粉塵，滿室迸裂炫目紅光……

滴答——樹葉上垂掛著的雨水終於滴落下來，天空上的彩虹正在逸去，世界彷彿短暫靜止了，落針可聞。

「先生、小姐，你們沒事吧？」店長急急忙忙跑過來。

「沒事。」傅然抬起頭，心神不寧地望向懷中的林喜樂。「樂樂？妳沒事吧？是樂樂嗎？」他一連喚了好幾聲，心慌得不得了。

林喜樂仰起臉來，摸了摸傅然的臉，拍了拍他肩頭，左看右看，確認他是否安好，畢竟他可是用大半個身體擋住她了。

「我沒事啦！你呢？有被玻璃扎傷嗎？」

「眞的是妳？」傅然抓住她的手，摸摸她臉頰，將她從頭看到腳，十分心慌。

「是我。是罵你色狼大變態的那個林喜樂沒錯。」她被傅然的反應逗得哭笑不得，又有些感動與窩心，心頭暖暖的。

「妳剛剛有胡思亂想些什麼嗎？」確認林喜樂安好之後，傅然的聲嗓聽起來仍有些著急。

「沒有啊。」她有點心虛的搖頭，臉頰和耳朵都有點紅。

我想和傅然在一起。

這是她剛剛驚慌失措之際，心裡唯一的念頭。

原來吵架、嘔氣、忌妒、吃醋什麼的，在意外面前根本不值一提……

「那你呢？你剛剛有想什麼嗎？」她反問傅然。

「有，我希望妳好好的，永遠是我喜歡的這個妳。」傅然被嚇得不輕，說得眞摯，根本顧不得有沒有其他人在場。

「什麼啦？你不要老是不分場合亂撩啦！」她毆打他，偷偷揚起的唇角卻洩漏出難以言說的甜蜜。

明明，稍早時還很生傅然的氣，這麼一嚇，好像氣也消了大半……

「吼！林小姐、傅先生！你們不要隨便亂放閃啦！」來清掃玻璃碎片的服務生抗議。

「都是你啦……」林喜樂趕緊將傅然抓著她的手放開，朝呂孟潔和辜亮亮的位置跑去。「孟潔、辜亮亮，妳們沒事吧？有沒有受傷？」

既然樂樂沒事，他也沒事，該不會是辜亮亮和呂孟潔交換了吧？傅然跟在林喜樂後頭，不安地想。

「沒事，到底怎麼回事？」辜亮亮餘悸猶存地站起來，依然是那一百七十五公分的過人身高，依然是那張精緻的名模厭世臉，依然是那副高昂輕快的語調，如假包換。

傅然鬆了口氣，旋即又望向呂孟潔，林喜樂已經早他一步過去，非常擔憂地將癱坐在地的呂孟潔拉起來。

「孟潔，妳還好嗎？有沒有受傷？」她小心翼翼地輕拍呂孟潔身上的灰塵，唯恐呂孟潔被玻璃碎屑扎傷。

「沒有，但……」呂孟潔茫然地攤開手掌，當中只有星星點點的碎末。

「這是……魂玉？」林喜樂錯愕地睜大眼。

呂孟潔無神地頷首。

辜亮亮湊過來，無比驚愕。「碎了？怎麼可能碎成這樣？」

傅然緊抿雙唇，同樣難以置信。即便是再有力氣的男人，也不可能赤手空拳將玻璃或水晶捏成粉末，更何況是呂孟潔如此纖瘦的女生？

「那個占卜師說……願望太多的話，魂玉無法負荷。」呂孟潔神情茫然，悵然所失。

「願望的定義到底是什麼？又是誰的願望才可以？如果在場每個人都行，那也太隨便了。」辜亮亮怎麼想都覺得不合理。

「眞奇怪……到底那個占卜師說的有緣人是指什麼呢？」林喜樂不解。

「誰知道？」辜亮亮聳肩。

「妳們剛剛看見紅光時在想什麼？」林喜樂好奇地問。

「沒有啊，我什麼也沒想。」呂孟潔說不出口。

「妳呢？」林喜樂轉而問辜亮亮。

「我才不說。」辜亮亮嬌俏一笑，眼神飄向窗外，找到陳新的身影，直接從破碎的落地窗踏出咖啡廳。

「陳新！你沒事吧？」她跑向蹲在地上的陳新。

「我沒事。」陳新抬頭望向音源，鏡架歪斜了一邊，眼前人影歪歪扭扭的，看不眞切。

「打滑？哈哈！你是不是邊騎車邊胡思亂想？」

「我……」陳新扶好眼鏡，一時間竟有點恍神。

明明從沒見過眼前這個人，耳邊的語調與笑聲卻那麼熟悉，總是帶著令他心情愉快的尾音。胡思亂想嗎？是啊！他騎車時確實走神了。

我想，找回那個我喜歡的林喜樂……

「這是你掉的嗎？」辜亮亮將他散落在地上的東西撿起來，遞還給他。

陳新看清她手裡的東西，眼色驀然黯淡下來。「扔了吧，我不要了。」

她低頭一看，手裡握著的，不正是那場他們想去的演唱會門票嗎？

怎麼回事？門票皺巴巴的，好像被捏皺過無數次，又攤平過無數次……

「你要和我一起去嗎？」她將門票握進掌心，毫不遲疑地綻放明媚笑容。

「誰？我？」陳新不明就裡地問，十分懷疑她是在和他講話。

「對，你。」她點點頭，話音輕快。「我也想去聽這場演唱會，和我一起去。」

陳新瞇起眼睛，總覺得她說話的口吻有股說不出的熟悉。

「或是……有機會的話，你想聽我彈鋼琴嗎？」她燦燦笑開。

陳新推了推鼻梁上的眼鏡，仔細打量她，不知怎地，竟有股看見林喜樂的錯覺。

深秋的風拂過，捲起地上的落葉，捲起她飛揚的髮絲，捲起她浪漫的裙襬，也捲起了空氣中浮動著的，若有似無的什麼。

陣陣秋風攜來疏涼，呂孟潔掌中的碎末，悄然飄散至風中。

有誰的願望實現了？

抑或是，每個誰的願望都實現了？

第四部　唯一的女主角

13

秋風輕拂，綠茵如浪，由綠轉黃的樹葉在林梢發出沙沙聲響，送來微涼的秋意。

午休時間，林喜樂坐在公園長椅上，將三明治從紙袋裡拿出來，臉上一雙圓滾滾的眼睛亮晶晶的。

倏地，套著杯套的熱飲跳入她視野，杯身上印著的Logo，是她最喜歡的手沖奶茶……

「樂樂。」一把徐緩溫柔的男嗓在她身畔響起。

她一愣，抬頭，傅然帶笑的桃花眼便映入她眼簾。

「你怎麼來了？」她張嘴，問得有些傻氣。

「來和女朋友一起吃午餐。」一陣窸窣聲響，傅然將自己的午餐拿出來，在她身旁坐下。

聽見「女朋友」這三個字，她略微調整了下坐姿，總覺得有點不自在。

她和傅然現在，還算是男女朋友嗎？

雖然曾有過履歷表、試用期、重新認識及交往這樣的約定，但那是在呂孟潔開誠布公之前的事，現在還作數嗎？

她和傅然之間，好像沒有一個像樣的開始……未來，又會變得怎麼樣呢？

「樂樂。」

「嗯？」揮去雜亂的心思，她打開三明治，大口咬下。

「我的辦公室窗戶在那裡。」傅然伸手指向一扇陽碩大樓的窗。

她抬頭，想起傅然之前說的，時常會在窗邊看見她吃午餐的事，感覺更不自在了，拿著三明治的手一頓，又故作鎮定，張嘴再咬。

她明白傅然眞的對她很好，也眞的很喜歡她，但是，由於交往得有點莫名其妙，過程又太過離奇的緣故，總沒有踏實感。

時常，她懷疑這一切會不會只是場夢？會不會當她哪天醒來，女主角又換人了？

「林喜樂小姐，我很尊敬妳。」瞅著她若有所思的臉龐，傅然說得非常認眞。

「噗——咳咳咳！」什麼鬼？這也太雷了吧？她冷不防嗆到。

「妳沒事吧？」傅然連忙幫她拍背順氣，掏出手帕幫她拭淨嘴角。

她一把將手帕拿過來，瞪他。

「尊敬毛啊？你在挖苦我嗎？傅、總、監。」以挖苦回應挖苦，她這聲「傅總監」喊得又響又亮。

「實話。」傅然淺淺笑了。

「發什麼神經？又想花言巧語話術我？」老是講不過他欸！她忿忿喝了口奶茶。

「我來公司面試時，是妳接待的。」傅然臉上的微笑從沒消失過。

「我知道啊！你之前有說過，但我一點印象也沒有了。」她眞的怎麼想也想不起來。

「那天，公司裡好像很忙，大廳裡來來往往的都是人。」傅然依舊笑著，自顧自接下去。

「妳和呂孟潔跑來跑去，一下送文件，一下倒茶，從我被領到接待處之後，已經足足過了二十分鐘，但都沒有人理我。最慘的是，我甚至聯繫不上面試官，只能坐著枯等，走也不是，不走也不是。」

「呃？」沒預料到最後竟然會是這種發展，她顯然愣住了。這樣傅然還能因此注意到她，難道是M嗎？

「我等了很久，好不容易抓到妳和呂孟潔回櫃檯的空檔，請妳們幫我聯絡面試單位。」

「然後咧？是我處理的嗎？」她被勾起好奇心，很想知道她當初是不是太狼心狗肺，以致於忽略了新人。

她認爲她應該不會這樣，但誰知道呢？或許她那天眞的忙翻了，招待不周，然後就無意間刺傷小萌新了？

「然後，妳們似乎還沒忙完……妳手裡拿著識別證，轉身要進電梯，而呂孟潔請我回沙發上繼續等，我還沒走遠，就聽見她嘴裡不停抱怨著『忙死了，誰有空理新人啊』、『這時候來面試眞的很找麻煩欸！到底誰約的啦』……」

「呃，那只是孟潔日常啦，她其實沒有惡意……」她本能爲呂孟潔辯解。

「我知道。」傅然微微一笑。當然，不然當他升職之後，早就讓呂孟潔吃排頭了。

「然後呢？」她咬著三明治發問，因期盼而燦亮的眼神太可愛，傅然忍不住伸手摸了摸她髮心。

「然後，妳大概是應該猜到我聽見了，臉上的表情看起來很抱歉，明明手裡還拿著識別證，按著電梯的手卻停住，又繞到我面前來。」

「國際事業部嗎？好，我立刻催一下。對不起哦！你別放在心上，大家的時間都是時間，每個人都很重要，你也是。」

女孩走到他身前，穿著素雅的套裝，綁著乾淨低調的馬尾，清秀臉龐上鑲嵌著的眼神澄澈透亮，毫無雜質。

那瞬間，他聽見心跳怦然的聲音，全世界彷彿只剩下她的聲音。

「每個人都很重要，你也是。」

不得不承認，當時他才出社會不久，置身在氣派的陽碩大樓中，望著身旁快步穿梭著的社會人身影，心情十分忐忑，甚至有些自慚形穢。

他感覺到自己的土氣、卑微、渺小與不受重視……

然而她卻如同垂降而下的蜘蛛絲，爲他撥開晦澀，帶來明亮生機。

「妳幫我打了幾通分機，看起來好像被推來推去，不停轉接，沒多久——」

「江姊一定就跑來罵人了對不對？」

「妳想起來了？」

「不是，我不用想都知道。」她大笑。

傅然唇邊的笑意勾勒得更明顯了，伸手抹掉她嘴邊的吐司屑。

「江姊來了之後，看妳光顧著招呼我，就一直念妳連事情的輕重緩急都分不清楚，董事會和新人誰重要——」

「啊……我好像有點印象了。」應該是前幾年董事會改選，股東們都來了的那次，她點點頭，腦海裡浮出片段的回憶。

「後來，我為了不再被這樣對待，為了能有更高的社經地位，發憤圖強，一路往上爬，也開始學習說話技巧，注重衣著打扮，好讓自己看起來更體面……接著，就像我之前提過的，不論我是新人或是總監，妳看待我的眼光始終如一，而我很喜歡這樣子的妳。」

「哦……」不知道該說些什麼，被他看得臉紅，她捧著奶茶，又把臉別開了。對她而言，這只是件理所當然、再正常不過的事呀！

「妳之前會議室裡，對辜亮亮說的那些話，又令我回想起了這些往事。」傅然湊到她面前，牽起她的手，說得再認眞不過。

「樂樂，我確實很敬重妳，不是話術，不是花言巧語。妳用著妳洞悉的世故去維持自己的不世故，從來沒有將世俗價值看在眼裡。妳很善良、很寬厚，不只包容朋友的缺點，甚至連別人的小心眼都能同理。妳做的是一件很了不起的事情，更了不起的是，妳從不認爲這是件值得一提的事。」

傅然摸了摸鼻子，有些不自在。

「妳問爲什麼我不主動追妳，還要別人幫忙拿主意……我想，除了我很膽小，很怕失敗之外，還有，最根本的原因其實是，我一直覺得妳很神聖不可侵犯……」

他說得十分誠摯，可林喜樂望著他，眼底卻悄悄蒙上一股陰鬱。

她知道，這三個月以來，她錯過了很多事情，事實上，不只是這三個月，這些年來，她也錯過始終暗戀著她的傅然，甚至還漠視了好朋友以及媽媽的心情。

她一直活在自己的世界裡，只關心自己想關心的事情，對周遭的事物視而不見……到底，從前她都在做什麼呢？

而這樣的她，居然被傅然評價爲「神聖」？

她心裡的感受越來越複雜，眼底的晦澀也逐漸加深，始終不想承認的事實越來越清晰，突然之間就鬆動了，終於能夠坦白說出口。

「我、其實……我只是在逃避現實而已。」小小聲的，她對著手中的那杯奶茶說。

「什麼？」傅然凝注她。

「辜亮亮沒有說錯，我只是不想承認自己很沒用而已。」她握緊杯子，鼓起勇氣，像在告解。「我之所以能這麼任性，只是仗著我媽還在，仗著家裡有房子，所以才能不去追求別人要我追求的那些。否則，以我一個月三萬出頭的薪水，哪付得起房租？哪能養家？我不積極進取，整天守著我的小確幸，其實是一種不負責任的表現，我媽會擔心我，成天碎念我是應該的，我並不是一個成熟的大人……」

她嚥了嚥口水，喉嚨發緊，這些道理她都明白。

傅然說他膽小，可她覺得她才是那個眞正膽小的人，光是要這樣坦白面對自己，都令她感到心驚膽戰。

「我不想成為一個高瞻遠矚的人，更不想飛黃騰達，只希望錢夠用就好，能過日子就好，可是，這樣的想法能持續多久呢？有一天，等到我老了，養不起自己了，我是不是會很後悔很後悔？有時，我也會感到很害怕……」

她握緊了已經失去溫度的杯子，眼神落向遠方。前路漫漫，究竟會走到何處，會變成什麼模樣，誰也說不得準。

她不希望別人替她當女主角，可是，她又好好主宰自己的生活了嗎？

「樂樂。」傅然摸了摸她的頭，將她遠颺且晦暗的心思喚回來。

「嗯？」

「妳忘了一件事。」

「什麼？」

「每個人都是這樣的，沒有任何一個人能獨自將所有的事情都做好，所以才需要互相扶持，需要隊友，需要組隊打怪。」

「可以翻譯一下嗎？」她聽得一頭霧水。

「翻譯的話，就是……妳可以和我組隊，我負責積極進取，妳負責過小日子，我們可以一起面對生活上的難題，分工合作、互相照顧……」

這、這這……她愣愣望著傅然，突然覺得她好像發神經了。

為什麼這麼平板的一句話，聽起來好像沒什麼，卻又好像充滿著什麼……

他眞的是在說組隊打怪嗎？為什麼聽起來很像在求婚啊？難不成是她瘋了嗎？

她一臉驚駭，傅然繞到她身前，試圖說得從容，發燙的耳根和脖子卻早已出賣了他。

「樂樂，我欠妳一個眞正的表白。」

因爲錯置的三個月，他和她之間缺少了什麼，而且順序還亂了，如今，他想一一彌補，依序安放。

「林喜樂小姐，我很喜歡妳，眞的很喜歡、很喜歡。至於喜歡妳的理由，剛才我都已經說過了，應該不需要再補充說明了。請問……妳願意以結婚爲前提和我交往嗎？」

原來不是她發神經，發神經的是傅然。

爲什麼話題會一下跳轉到這裡，而且還接得如此自然？

她、她她她……這要她怎麼回話？

「這裡是人來人往的公園欸，你要不要這麼光天化日呀？」她紅著臉瞪他。

「不是妳要我光明正大追妳嗎？」傅然好笑地睞著她。

……可惡！居然無法反駁！

「你怎麼這麼會講話啊？難不成你的訂單都是這樣簽的嗎？」她瞪著面前的傅然，很想將臉埋進膝蓋裡。

「妳過獎了。」傅然大笑。

想起辜亮亮聯合傅然欺騙她的事，她亮燦燦的眼睛圓滾滾的，像賭氣的小鹿。「我還有點生你的氣。」

「我知道。」

「但我正在考慮要不要原諒你。」

「我知道。」

「是不是太便宜你了？」

「不會。」

「又想話術我？」

「不敢。」

「會怕就好。」她和傅然同時笑了。

從來沒想過，她會和傅然在一起。

從來沒想過，傅然能夠全然接受透明且邊緣的她，對她做出鄭重而認眞的表白。

這消失的三個月究竟是賺了還是賠了，她已經不想再深思。

她喜歡自己的人生，不需要別人替她過生活。

倘若人一輩子都得當一回女主角，她只願意當自己的。

「傅然。」

「嗯？」

「以後別再騙我了。」

「好。」

「任何理由都不可以。」

「好。」

得到保證，她終於安心下來，提問：「你和她……我是指辜亮亮，感情很好？」

「她讓我吃了很多苦頭。」傅然實話實說，突然覺得很有必要解釋一下。「辜亮亮……她不是妳想的那樣，她不是害怕死掉，所以才在ＩＧ上發文的。據我所知，她爲了將身體還給妳，還跑了很多宮廟和教會……」他一五一十，將知道的全告訴林喜樂。

倘若他現在不解釋，有朝一日林喜樂知情，絕對會非常內疚，畢竟她是個相當溫柔且寬厚的人。

她直勾勾盯著他，默然不語，過了好半晌，才消化完他說的話。

她想了想，竟問：「你喜歡她嗎？」

「不喜歡。」傅然想也不想。

「我和她誰比較漂亮？」

「妳。」

「我和愛醬誰比較漂亮？」

「二次元和三次元不能比。」傅然險些嚇出冷汗。謝天謝地，幸好他知道愛醬是虛擬YouTuber。

「那我和林志玲呢？」

「當然是林志……哦！痛痛痛！」

「雖然是實話，但聽了還是很不爽啊！」她理直氣壯毆打他。「你理虧，你不可以還手！」

「只好還嘴了。」傅然作勢撲咬她。

「無賴啊你！」她推他一把，兩人笑鬧起來，飛機從他倆頭頂劃過，在天空中拖曳出長長的雲。

「樂樂，妳還沒回答我。」傅然反手抓住她，當然是指那個以結婚為前提交往的問題。

「你想，魂玉還會有第二個嗎？」她雙頰紅撲撲的，答非所問。

「拜託不要有。」傅然臉上的神情非常精采。

「萬一我有一天又消失了怎麼辦？」

「把妳找出來，等妳回來。」傅然毫無遲疑，非常堅定。

「我不會再希望能睡三個月了。」她笑了。

雖然，她對自己仍然有許多不滿意的地方，但她喜歡這個獨一無二的林喜樂。也許有點渣、有點廢，但是傅然說得對，沒有人能獨自處理一切，組隊打怪或許是個好主意。

未來的每一天，和傅然在一起的每一天，她都捨不得錯過。

她要好好的，和傅然在一起。

「傅然。」

「嗯？」

「你準備好開啟追妻火葬場的副本了嗎？」她的神情既好笑又認真，問出傅然一連串笑聲。

傅然大笑，看起來安適愉快，心情很好。

他站起身來，拍掉身上的草屑，在秋日暖陽下朝她伸出手，陽光將他的笑顏鍍出一層薄薄的光暈。

「我們翹班吧！」

「什麼？」

「翹班啊，走！」傅然的手伸得更近。

「眞假？你該不會是在玩我吧？」

「怎麼會？」

林喜樂被他不由分說地拉起來。

兩人的聲音走遠了，足邊的小草隨風輕揚，閃爍著秋陽的碎光。

這一次，她只要當自己的女主角。

無論別人認爲她的故事及不及格、好不好看，都只有她是唯一，無可取代。

＊

「負責接待的同仁都到了嗎？」

「到了。」

「外燴廠商呢？」

「已經在備菜了。」

「喜樂，哪幾桌是素桌啊？」

「J區那五桌都是。」

尾牙開始前，林喜樂穿梭在會場裡，明明是天氣寒冷的十二月，紮起馬尾的後頸卻全是汗，忙得不可開交。

「喜樂，獎項的簽收單在哪？」

「喜樂，可不可以再給我一份座位表？」

「喜樂，主委呢？」

「喜樂，可以麻煩妳過來舞臺這邊嗎？我不知道音控要找誰……」

雖然尾牙已經承包給活動公司負責，但公司同仁只認識福委會的同事，所以大小事還是都找福委。

而她既是福委，又是總機；大家都認得、地位不高、好使喚；於是就演變成像小蜜蜂一樣，在會場裡嗡嗡嗡個不停的場面。

「設備怎麼了？」她手裡還抱著摸彩箱，急急忙忙衝到舞臺前。怎麼可能？明明都測試過好幾遍了呀！

「我來。喜樂，妳去忙妳的。」一道輕快的俐落女聲插進來，既從容又自信。

她抬頭一看——來人依然穿著一身火紅浪漫的洋裝，長髮略微過肩，浪漫自然地垂放在肩頭，再也不需要假髮遮掩。

「亮亮？」她眼睛睜得圓圓的，有點訝異。

「幹麼這麼驚訝？」辜亮亮燦燦笑著。

「我以為妳不會來。」活動公司通常負責數間公司的尾牙活動，她原以為辜亮亮會將案子發派下去，交由組員或助理來負責。

「怎麼可能？就算我不去別間公司的尾牙，陽碩的也一定會到。

「TEST、TEST……」辜亮亮笑得歡快，抬手招來音控，開始試音，三兩下就搞定了舞臺。

「再說，我實在很怕妳搞砸，不親自來盯著妳怎麼行？」辜亮亮哈哈大笑。

「還敢說呢！怕我搞砸的話，當初就不要接福委啊！」辜亮亮不提就算了，一提，林喜樂就有氣。「要不是妳，我也不會這麼忙好不好？到底是怎樣的腦子壞掉才會自願當福委啊？」

「哈哈哈！可惜魂玉碎了，不然我們就再交換一次，幫妳忙完尾牙，我們再換回來。」

「想得美啊？我才不要！」什麼爛提議？林喜樂奉送了她一個驚天動地的超級大白眼。

「什麼『想得美』？妳以為我喜歡當妳？當妳有什麼好？不過就是胸大了點！」辜亮亮毫不客氣地戳她額頭，懷念的E罩杯，嘖。

「哼哼，當妳倒是挺好的，沒胸，可以趴睡。」林喜樂惡毒地說。

「是啊，不像妳，不只胸，肚子也會卡住吧？」辜亮亮甜美地回。

「……」這是什麼對話？本想走過來，看看有什麼需要幫忙的地方的傅然腳步一頓，嘴角一抽，臉上表情十分複雜，又很想笑。

這些日子以來，林喜樂和辜亮亮之間的互動總是如此，唇槍舌劍、鬥嘴吐槽，或許，這也算是一種感情好的展現吧？

「笑什麼你?!」林喜樂一股氣沒地方發，只好把氣出到傅然頭上。

「妳看錯了。」傅然正氣凜然。無論她們感情好不好，渾水少蹚。

哼！林喜樂氣呼呼的，辜亮亮雙臂一盤，倒是先告狀了。

「你到底喜歡她什麼？她這麼幼稚。」

「我就喜歡她這麼幼稚。」傅然輕笑，心情似乎很好。

「你才幼稚，你全家都幼稚！」

「林喜樂小姐，我的全家也快要包含妳了。」傅然似笑非笑。

「你們……？」辜亮亮目光在兩人中間溜來溜去，恍然大悟。這是好事近了吧？

「是，樂樂已經答應要嫁給我了。」傅然神采飛揚，眼眉間全是晴天。

「還沒啦！」林喜樂急急否認。

「妳明明答應了。」

「那是因爲你問的時機讓人無法好好思考！」林喜樂聽來有些氣急敗壞。

「時機？妳是指我們正在──唔？」

「閉嘴啦！別說了！」林喜樂雙頰飛紅，一把摀住傅然的嘴，轉頭瞪辜亮亮。「亮亮，妳騙人！他根本就不是含羞草！」

「她之前也說妳在吃醋。」傅然好笑地拿下林喜樂的手，低下頭來，很有興味地直視著她。眞是夠了。笨蛋情侶放什麼閃啊？

「別再放閃了，拒絕狗糧。」辜亮亮沒好氣。

「說到這個，陳新好像在找妳。那邊。」傅然伸手指向某個方向，果不其然，陳新正在四處張望。「妳告訴他之前發生的事情了嗎？」

「還沒。」辜亮亮一反平日的明快果決，面露猶豫。

傅然和林喜樂同時朝她投去疑惑的目光。

「別看我，我知道你們要說什麼，我明明也覺得說實話很容易，但話到嘴邊，卻不知該從何講起，越看陳新越覺得煩燥，好像還有點罪惡感……」

「妳也把我耍得團團轉，爲什麼不會對我有罪惡感？」傅然眞想捏死她。

「那當然是因爲我知道你喜歡的不是我。」辜亮亮理直氣壯。

「那就對了。」

「對什麼對？」……還眞的對！

她之所以對陳新感到煩躁與愧疚，不就是因爲她知道，陳新當時喜歡的是眞正的她嗎？

她怕陳新知情之後，對她的長相和身材感到失望……正是因爲她懷抱著期待，才會感到非常煩躁，難以啓齒。

沒深思就算了，越深思就越害怕承擔，很想逃避。

原來妖孽也有這一天啊！／這次輪到妳了吧！傅然和林喜樂對望一眼，同時壞心地想。

「學長，這裡！」林喜樂驀然舉高雙手，朝陳新揮了揮。「亮亮有話跟你說！」

「林喜樂！」辜亮亮跺腳，這時想摀住林喜樂的嘴也來不及了。

陳新的目光投來，停留在辜亮亮身上，邁開步伐往這裡走。

「快去！」林喜樂不由分說地將辜亮亮推向前。

辜亮亮佯怒地瞪了林喜樂和傅然一眼，深吸了口氣，走向陳新的背影簡直像荊軻刺秦王。

「欸，傅然，你覺得他們會在一起嗎？」林喜樂望著辜亮亮與陳新，好奇地問。

「樂樂。」傅然將林喜樂的臉扳回來，低沉的聲調聽來有些危險。「妳再繼續盯著陳新，我要吃醋了。」

「你很無聊欸！」她好笑地把他的手揮開，打趣地問：「其實亮亮人眞的不錯……如果我一直沒回來，你會和亮亮在一起嗎？」

「當然不會。」

「爲什麼？難道你要準備孤家寡人一輩子嗎？還是你打算要乾脆放棄我的皮囊，找亮亮以外的對象？」

「皮囊」是什麼鬼？傅然輕笑，彈了下林喜樂的額頭，彈出她一陣哀號。「如果不是妳，孤家寡人一輩子也無妨。」

「你到底惡補了多少撩妹語錄？」她摀著額頭抗議。哪有一邊彈人家額頭，一邊肉麻兮兮的？

「眞心的。」傅然停頓了會兒，神情裡有抹不自在。「在陽碩以來的這幾年……應該說，認識妳之後的這幾年，我從沒想過要和別人在一起。」

他說得認眞，林喜樂卻抿了抿唇，既害羞又開心，本還想抬頭吐槽他幾句，沒想到卻撞見他發紅的耳殼。

天啊，辜亮亮說傅然是含羞草這件事居然是眞的！他耳朵紅了，怎麼這麼可愛?!傅總監你人設各種崩壞欸，這樣眞的不要緊嗎？

「我睡覺會打呼。」沒頭沒腦地，林喜樂又冒出這麼一句。

「我知道。」

「你怎麼會知……啊？難道是上次那通電話？吼！你幹麼不掛電話?!」一定是她睡著，傅然卻拿著電話到天亮那次露餡的，林喜樂眨著圓滾滾的眼，眞的很想死。

「樂樂，我已經做好聽一輩子的打算了。」傅然笑得非常愉快。「妳一直都是我的女主角，唯一的。」

踢公伯啊！快把這個肉麻得要命的男人帶走！

可是，她怎麼會因爲他的肉麻而感到如此開心呢？不如也順便把她抓去浸豬籠好了！她眞是對自己感到無能爲力。

傅然低下頭來，雙手環抱住她的腰，額頭輕抵著她的，暖熱好聞的男人氣息拂過她臉頰。

「別鬧了，大家都在……」不容拒絕的懷抱兜攏上來，她微弱的話音被溫溫柔柔地吞沒在他的吻裡。

「喂！你們看那裡！」

「傅總監和喜樂……？」

「他們兩人交往的事情是眞的？嘩──」

細細碎碎的笑語聲在他們周圍炸開。

✻

「所以，妳要告訴我的就是這些？之前的林喜樂……答應和我去看演唱會的，和那個會彈鋼琴的林喜樂，其實都是妳？」陳新望著眼前的辜亮亮，推了推眼鏡。

「對。」終於決定向陳新開誠布公的辜亮亮頻頻點頭。她已經做好心理準備迎接陳新一連串的提問了。

「我早就知道了。」陳新平靜地說。

「什麼？」辜亮亮驚愕地望著他。「怎麼可能？開玩笑的吧？你什麼時候知道的？」說好的一連串提問呢？

「來，我慢慢說給妳聽。」陳新笑出酒窩，在她尚未反應過來前，便十分自然地牽起她的手，信步往外走。

✻

「不好意思，借過，謝謝！」一位看起有點眼熟的男人匆匆經過，停步在呂孟潔座位前。

「請問……」男人氣喘吁吁地在呂孟潔面前站定，怯生生地迎進她的眼。「我可以坐妳旁邊嗎？」

呂孟潔疑惑地昂首。

「我之前來面試，妳可能忘記了……我現在都在九樓見習，還沒拿到正式的員工證。」男人舉起胸前的臨時識別證，有些靦腆地搔了搔後腦，笑出一口漂亮的牙齒。

「我可以坐這裡嗎？」

「啊……」呂孟潔眨了眨眼睛，喚回不久前的記憶。

那個因爲她和喜樂嘔氣而被放生的新人、常董的兒子……

「當然可以啊。」她笑著向男人點頭。

華燈初起，尾牙的喧囂在他們身後綻放。

他們在各自的故事裡，各自精采。

——全文完

番外篇

最後一次的暗戀

「……對不起哦！……每個人都很重要，你也是。」

自從那天之後，女孩說過的這句話時常縈繞在他腦海裡，揮之不去，而且，連帶著，連女孩的長相、笑顏、語調……無一不在他心中生根，日益清晰。

女孩總是綁著馬尾，化著淡雅素淨的妝，臉上帶著禮貌卻有些疏離的微笑；女孩的衣著總是無色彩，或是彩度極低的大地色調，樣式簡單純粹。

女孩喜歡穿低跟鞋，襯衫總是扣到最高，裙長絕對能遮住大腿；女孩說話輕聲細語，無論是公司聚會或是員工旅遊，總是安安靜靜坐在最邊陲的位置，小心翼翼的，不惹人注目。

可是這樣低調的女孩，在他眼裡卻越加顯眼；即便女孩多努力想隱身在人群中，卻往往總能被他一眼望見。

最開始，他只是遠遠看著女孩而已。

他想，無論如何，先努力工作、努力爬升，等到有了個更稱頭的職銜，成為了更好的自己，擺脫了自慚形穢的自卑感之後，再鼓起勇氣向女孩攀談或邀約，勢必會容易許多。

然而，事情的發展往往和預想中的不一樣，即便當上了總監，他還是不知道該拿女孩與這份暗戀的心情怎麼辦。

有時，他會在明明可以直接撥內線的情況下，不自覺地按下總機代碼。

「陽碩科技您好，敝姓林，很榮幸能為您服務。」

女孩清甜的嗓音透過話筒傳來，明明是意料之中的事，心跳卻來得措手不及，險些令他拿不穩話筒。

「您好，我、我……」我什麼我？然後呢？

他能不能找個藉口，隨意與女孩閒聊個幾句？或是約女孩單獨碰面？

不好，這樣似乎太輕浮了。

而且，這已經是這週第三次了，再繼續這樣有意無意地請女孩轉接，女孩恐怕會覺得他是個智障，來公司都已經這麼久了，竟然連可以直接撥內線都不知道，增加女孩的工作量……

喀——他像被燙到一樣，鬼使神差地掛上話筒。

「哇！傅總監，你在幹麼啊？」他想撞電話而死的行徑嚇壞了臨座同事。

咚咚咚——他挫敗地拿前額去撞電話，很想把自己一頭撞進赤道裡。

＊

「喜樂，怎麼了？是誰打來的？」電話那頭，呂孟潔一臉狐疑地看著林喜樂，而林喜樂一臉狐疑地看著話筒。

「不知道，大概打錯的吧？沒事啦！」總覺得這聲音有點耳熟……林喜樂莫名其妙地掛上電話，不以爲意地繼續辦公。

＊

悲憤的傅然從赤道回到地球表面之後，決定重整旗鼓。

不行，撥打總機這方法太蠢了，得想想別的辦法才行。

巧遇怎麼樣？製造機會巧遇應該可以吧？

好，就巧遇！

爲了合理的巧遇，他足足觀察了兩個星期，找到了女孩午休時喜歡獨自前往的公園、愛喝的巷弄奶茶店，以及愛吃的那家咖啡廳三明治。

女孩低調，所以不能在公司裡人來人往的地方和女孩攀談，人潮太多的路段也不適合……至於公園，女孩時不時會在公園裡做些伸展操，可能並不想被人撞見。

這麼一過濾，就只剩巷弄裡的手沖奶茶店和咖啡廳了，不如就從手沖奶茶店開始吧！好，就這麼決定了！

下定決心之後，他先到星巴克……等等，爲什麼是星巴克？

當然是因爲想要裝逼一定要有星巴克，想製造完美的巧遇，就得從一個有品味的星巴克隨行杯開始！

黑色？太厚重了！

灰色？太單調了！

透明？太赤裸了！

軍綠色？攻擊性太強了！

他東挑西揀，好不容易選定了灰霧藍，還特地選了極簡系列，看起來應該品味不壞，很適合女孩平常的色調吧？

就是這樣！大功告成！

六十秒……他在巷弄轉角處站定。

五十秒……劉海應該沒有亂吧？

四十秒……西裝ＯＫ、襯衫ＯＫ、領帶也ＯＫ。

三十秒……牙縫裡應該沒有任何不該出現的食物殘渣吧？

二十秒……他握緊了手上的霧藍色隨行杯。

十秒……來了！女孩的身影從轉角處走出來，七步、六步、五步……

他既期待又怕受傷害地揚起拿著隨行杯的那隻手。

「ㄏ……」

「傅總監？好巧，掰掰。」

他一個「嗨」字還沒說完，女孩抬眸，圓滾燦亮的眼望著他，打招呼、道別、走過，一氣呵成……僅僅花了兩秒。

咚咚咚——這是腦袋連擊隨行杯的悲鳴。

✯

沒關係，山不轉路轉，巧遇風險太高了，不如在定點守株待兔吧！

好！目標就是那間有著女孩愛吃的三明治的咖啡廳！

他比午休時間早了一點點進了咖啡廳，點了杯三分糖特調咖啡，再點了女孩愛吃的三明治，坐在女孩平時慣坐的座位的斜前方，準備在女孩進門時，鼓起全宇宙的勇氣和女孩攀談。

「好巧，喜樂妳也來這裡吃飯啊？」

對，自然而然地喊出女孩的名字，拉近距離。

「這裡的三明治很好吃，CP值很高。」

對，藉著相同的喜好與話題，讓女孩感到親切。

「我還知道一家不錯的餐廳，人不多，餐點不貴，距離公司也不遠，也許下次我們可以一起去？」

對極了！就是這樣！

鈴叮——迎賓鈴響了，女孩進門了，傅然背脊一僵，坐姿更挺了。

「老闆，外帶。」

林喜樂走到櫃檯，迅速點好餐，拎起裝著餐點的紙袋，風一般從他身邊颳過，完全沒看見有誰坐在咖啡廳裡。

咚咚咚——

傅然從鋪著強化玻璃的桌面上仰起臉來，精神上和物理上都想吐血。

＊

俗話說：「天無絕人之路。」計畫性的巧遇與定點等候都宣告失敗之後，傅然不期然地迎來了眞正的偶遇。

書店裡，女孩安安靜靜地站在櫃檯前等候結帳。

怎麼回事？太突然了吧？

玻璃上反射出的他立刻調整了下領帶，整理了下頭髮，不過才短短幾秒鐘，女孩手裡已拿著提袋，從他身旁翩然走過。

「喜……」

他還來不及喊住女孩，女孩低頭專心看著手裡的漫畫，邊走路邊格格笑，不過一轉眼便離開了書店。

「我要買剛剛那位小姐的書單。」傅然迅雷不及掩耳地衝到櫃檯前。

「什麼？」店員完全聽不懂他在說什麼。

「就是剛剛走掉的那位小姐，她買的書，我全都要買，和她一樣的。」

店員終於聽懂了，愣了很大一下，叫出上筆結帳明細，嘴角一顫一顫地問：「你確定？」

「對。」

幾分鐘後，傅然在店員以及後排客人的竊笑之下，扛著超過二十本BL漫畫、小說走出書店。

異男與腐女之間是無法因爲BL產生共同話題的，失敗。

咚咚咚——

✡

歷經無數次的失敗之後，有時，傅然會在不經意的時刻，無預警得到上天賜予的機會，比如現在——

「明美，妳知道除了這幾個地方之外，還有哪裡可以買到愛馬仕的彩妝嗎？」

「愛馬仕？除了那幾間貴得要命的精品百貨之外，就只能找代購了呀！怎麼了？喜樂，妳要買什麼？」

熟悉的清甜嗓音從茶水間裡飄出來，是女孩與她的同事！傅然立刻停下腳步，手裡還拿著杯子，聚精會神地聽著。

「就是那個新出的腮紅，有亞洲限定色那個。」

「齁，拜託！限定色一定買不到的啦！就算找代購也是回天乏術，趁早死了這條心吧！」

「哦……好吧……」

他小心翼翼地往茶水間裡探看，將女孩漸弱的尾音與下垂的肩膀、滿臉沮喪的神情深深烙印在腦海裡。

愛馬仕、腮紅、亞洲限定色。

得到的資訊非常完整，完整到他能夠利用職務之便，與他的亞洲客戶聯繫，動用到他所有的人脈，千辛萬苦且千山萬水地買到了整組愛馬仕彩妝——口紅、腮紅、腮紅收納袋、刷具，一應俱全。

好！他第不知道幾次確認過服裝儀容，深呼吸了第不知道幾口氣，拎起整袋愛馬仕，勢如破竹地走到櫃檯前。

「傅總監？」林喜樂與呂孟潔同時抬頭睞他。

「這個……」他將印著愛馬仕品牌Logo的精美提袋放上櫃檯。奇怪，剛才練習過一百遍的對白怎麼一句都想不起來。

「買到了。」乾澀的喉嚨裡竟然只能擠出這麼一句。

「買到什……咦？愛馬仕？」林喜樂眨了眨眼，神情突然亮了起來，興高采烈地往旁一喊。「孟潔，傅總監幫妳買到愛馬仕了耶！」

等等，什麼「幫妳」？幫什麼「妳」？這個「妳」不是「妳」啊！傅然神情一僵。

「天啊！口紅！腮紅！亞洲限定色，連配件都有！太神了吧！」湊過來的呂孟潔喜孜孜的。「傅總監，謝謝！你怎麼知道我拉著喜樂找了好多地方？太感動了啦！多少錢？我給你。

分期行不行？」

「不、不用了。」

爲什麼他剛剛沒有多說幾句話呢？就算說句「喜樂，這是送妳的」也好啊！

傅然露出一個勉爲其難卻不失瀟灑的微笑，走出陽碩大廳，第不知道幾次的想死。

咚咚咚——

✲

雪上加霜的是，在暗戀的火苗搖搖欲墜時，偶爾，還會有人試圖想將之掐熄。

比如，這天一早，開車前往公司的途中，傅然接到了母親的來電。

「阿然，這個週末你會回家吧？廖阿姨說要幫你介紹對象，那個女生我和你爸都看過，長得不錯，人也很乖，在銀行上班……」

「媽，眞的不用幫我介紹對象啦。」他二話不說地回絕，這已經是這半年來的第幾次了？……第三次？還是第四次？

「什麼不用，每次都說不用，不用的話你要自己找啊！哎喲，媽跟你說，先認識一下，出來見個面、吃個飯，當作交個朋友，不用有壓力——」

「我有對象了。」在母親即將滔滔不絕前，傅然決定先下手爲強。

「眞的？怎麼都沒聽你講？啊對方多大？住在哪裡？家裡有什麼人？你們交往多久了？」

「我……她……」傅然一口氣堵在胸口，完全無法接話。

「怎樣？你們怎樣？」母親口吻急切，滿心期待。

「我們還沒交往啦。」

電話那頭的母親霎時沉默了下來，這頭的傅然摸了摸鼻子，尷尬之餘還有些歉疚，對自己的裹足不前與三番兩次的鎩羽而歸感到十分懊惱。

令人困窘的沉默過後，母親隔著話筒嘆了口很長的氣。「你從小到大都沒讓我擔心過，什麼事值得，什麼事不值得，你自己心裡清楚，你也老大不小了，是該找個對象，趕快定下來了……好啦，媽就不說了，週末等你回家，掛電話了。」

通話喀一聲斷了，他能聽出母親那些沒有說出口的話是什麼。

認真說起來，到了這個年紀，還讓母親這麼操煩，身為兒子的他實在很糟糕……

心神不寧地轉動方向盤，他突然想，是啊，母親說的沒錯，什麼事值得，什麼事不值得，他心中雪亮，比誰都清楚。

女孩對他無意，如此顯而易見的事實，他怎可能看不清？再繼續這樣不著邊際的暗戀，有朝一日真能有結果嗎？

是不是，其實早該死心了？

一邊胡思亂想，一邊開著車，卻意外撞見街旁一道再熟悉不過的嬌俏身影。

他眨了眨眼，懷疑自己看錯，下意識抬起手，看了看腕錶上的時間──

這是他每天上下班的必經之路，可是卻不曾遇見過她，是之前的時間出了問題？地點？又或是上天安排的驚喜？

「喜樂？」他放慢車速，降下車窗，將轎車駛近女孩身邊，不甚確定地喊。

「嗨。」公車站牌下的女孩毫不遲疑地綻放笑容。

「妳要去公司？要不要搭便車？我送妳。」他用盡了洪荒之力，強迫自己鼓起勇氣。

「好啊。」女孩燦燦笑開，立刻走上前。

他精神一振，心跳快得不像話，盤據心頭的陰霾瞬間煙消雲散。

他想，相親那件事，還是先緩緩吧。

就一次、再一次、最後一次……

這時的傅然還不知道，這個即將上車的女孩，會將他的暗戀駛往截然不同的方向——

※後記※

致唯一的主角

無論是重生到別人身上，抑或是重回自己年輕時代之類的故事裡，大抵都會看見主角洗心革面，重振原本衰頽人生的勵志過程，很熱血、很燃、很有希望。

有時候我會想，大家都這麼愛看熱血主角奮力打怪、力挽狂瀾，那麼，那個「被重生」的主角呢？

他的人生眞的那麼不堪、那麼失敗、那麼不值一提，那麼值得被「改造」嗎？

會不會其實，他很滿意自己的生活，並不介意當個別人眼中的「失敗者」？會不會其實，別人認爲的所有「錯誤」決定，其實是他刻意爲之的「正確」？

倘若他發現自己的人生被別人過成這樣，他會覺得自己眞的很廢很沒用，還是其實他會很生氣、很不甘心、很不服氣？

由於這樣的念頭，誕生了林喜樂，以及這個故事。

想說的，都已經在故事裡完整表達了，既然故事完成了，作者就可以退下了，而作品會在每個人的心中長成不同的模樣。

謝謝每位幫我一起構想主角姓名的小夥伴們，也謝謝之前連載時曾經留言鼓勵過我的每位大家，雖然這個故事寫作的時間非常非常漫長，但因爲有你們在，我在這段旅程裡得到了相當大的滿足感與成就感。

謝謝你們陪伴喜樂、亮亮以及傅然走到故事的最後。

祝福每個人都能與獨一無二的自己和平共處，喜歡自己的每個選擇，喜歡自己無可取代的人生。

我們下個故事見！

國家圖書館出版品預行編目資料

1/2的女主角/宋亞樹作. -- 初版. -- 臺北市：春光出版,
城邦文化事業股份有限公司出版：英屬蓋曼群島商家
庭傳媒股份有限公司城邦分公司發行, 2021.12
面； 公分. --(奇幻愛情；78)
ISBN 978-986-5543-59-4（平裝）

863.57 110020502

½的女主角

作　　者／宋亞樹
企劃選書人／王雪莉
責任編輯／王雪莉、張婉玲

版權行政暨數位業務專員／陳玉鈴
資深版權專員／許儀盈
行銷企劃／陳姿億
行銷業務經理／李振東
總　編　輯／王雪莉
發　行　人／何飛鵬
法律顧問／元禾法律事務所　王子文律師
出　　版／春光出版
台北市104中山區民生東路二段 141 號 8 樓
電話：(02) 2500-7008　傳真：(02) 2502-7676
部落格：http://stareast.pixnet.net/blog E-mail：stareast_service@cite.com.tw
發　　行／英屬蓋曼群島商家庭傳媒股份有限公司城邦分公司
台北市中山區民生東路二段 141 號11 樓
書虫客服服務專線：(02) 2500-7718 / (02) 2500-7719
24小時傳真服務：(02) 2500-1990 / (02) 2500-1991
服務時間：週一至週五上午9:30～12:00，下午13:30～17:00
郵撥帳號：19863813　戶名：書虫股份有限公司
讀者服務信箱E-mail: service@readingclub.com.tw
歡迎光臨城邦讀書花園　網址：www.cite.com.tw
香港發行所／城邦（香港）出版集團有限公司
香港灣仔駱克道 193 號東超商業中心 1 樓
電話：(852) 2508-6231　傳真：(852) 2578-9337
E-mail : hkcite@biznetvigator.com
馬新發行所／城邦（馬新）出版集團　Cite(M)Sdn. Bhd
41, Jalan Radin Anum, Bandar Baru Sri Petaling,
57000 Kuala Lumpur, Malaysia.
Tel: (603) 90578822 Fax:(603) 90576622 E-mail:cite@cite.com.my

封面設計／蔡佩紋
內頁排版／極翔企業有限公司
印　　刷／高典印刷有限公司

■ 2021 年（民 110） 12 月 16 日初版一刷
Printed in Taiwan

售價／360元

城邦讀書花園
www.cite.com.tw

ISBN　978-986-5543-59-4

廣	告	回	函
北區郵政管理登記證			
台北廣字第000791號			
郵資已付，免貼郵票			

104台北市民生東路二段141號11樓

英屬蓋曼群島商家庭傳媒股份有限公司

城邦分公司

請沿虛線對折，謝謝！

愛情・生活・心靈

閱讀春光，生命從此神采飛揚

春光出版

書號：OF0078　　書名：½的女主角

請於此處用膠水黏貼

讀者回函卡

謝您購買我們出版的書籍！請費心填寫此回函卡，我們將不定期寄上城邦集
最新的出版訊息。

姓名：____________________

性別：□男　□女

生日：西元__________年__________月__________日

地址：____________________

聯絡電話：__________　傳真：__________

E-mail：____________________

職業：□1.學生 □2.軍公教 □3.服務 □4.金融 □5.製造 □6.資訊

□7.傳播 □8.自由業 □9.農漁牧 □10.家管 □11.退休

□12.其他 ____________________

您從何種方式得知本書消息？

□1.書店 □2.網路 □3.報紙 □4.雜誌 □5.廣播 □6.電視

□7.親友推薦 □8.其他 ____________________

您通常以何種方式購書？

□1.書店 □2.網路 □3.傳真訂購 □4.郵局劃撥 □5.其他 __________

您喜歡閱讀哪些類別的書籍？

□1.財經商業 □2.自然科學 □3.歷史 □4.法律 □5.文學

□6.休閒旅遊 □7.小說 □8.人物傳記 □9.生活、勵志

□10.其他 ____________________

為提供訂購、行銷、客戶管理或其他合於營業登記項目或章程所定業務之目的，英屬蓋曼群島商家庭傳媒（股）公司城邦分公司，於本集團之營運期間及地區內，將以電郵、傳真、電話、簡訊、郵寄或其他公告方式利用您提供之資料（資料類別：C001、C002、C003、C011等）。利用對象除本集團外，亦可能包括相關服務的協力機構。如您有依個資法第三條或其他需服務之處，得致電本公司客服中心電話 (02)25007718請求協助。相關資料如為非必要項目，不提供亦不影響您的權益。

1. C001辨識個人者：如消費者之姓名、地址、電話、電子郵件等資訊。
2. C002辨識財務者：如信用卡或轉帳帳戶資訊。
3. C003政府資料中之辨識者：如身分證字號或護照號碼（外國人）。
4. C011個人描述：如性別、國籍、出生年月日。

請於此處用膠水黏貼

Aki Sung
宋亞樹

Aki Sung
宋亞樹

春光奇幻愛情書系

少　君　芃羽／著

他的手腕上自小纏著一條隱形紅線，卻繫在……眼前那個胡亂啃著麵包的女人身上。
為何與堂堂薄家宗主命運相繫的會是一個這樣癡傻無能的女子？
兩人究竟有何端的前世牽扯糾葛，今生才有這樣莫名難了的因緣？

玉集子　典心／著

西北的荒漠中，幽暗的漢代古墓裡，她握著胸前那枚玉，
指尖在蟬翼的豔豔紅絲上輕摩。
相思沁？
一塊玉哪裡就能相思？
又是怎樣的相思，被封存了那麼久？

鬼故事　鏡水／著

余謹真看得見普通人看不到的東西。這個力量，究竟是為了什麼而存在的？
直到遇上溫夜，從兩人皮膚相觸後的強烈觸電感，他隱隱約約覺得，好像有什麼事從此再也不一樣了……

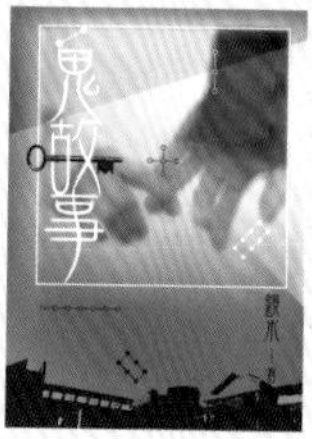

身為一個平凡的總機小姐，林喜樂的畢生志願就是當個小透明。
沒想到一覺睡醒後，日子竟已從端午變中秋，世界風雲變色。

和她冷戰的媽媽變得慈祥又和藹，
對她嚴厲的主管變得親切又可人，
就連和她八竿子打不著的同事、親戚，
也全被她收服得服服貼貼。

這三個月裡的她人見人愛、花見花開，升官指日可待，
就連公司裡的萬人迷大長腿、超級菁英——傅然，都成了她男朋友！

這是怎麼回事？
她對這消失的三個月一點印象也沒有，怎會搖身成為人生勝利組？
難道她穿越了？
平行時空？第二人格？奪舍？借屍還魂？
別鬧了！怎麼可能?!

城邦讀書花園
www.cite.com.tw

ISBN 978-986-5543-59-4
00360
9 789865 543594
cite 城邦媒體

OF0078 售價360元 HK$120

春光出版 https://www.facebook.com/stareastpress